江南味道

每个人心中的枕水故乡

诸荣会 著

当代中国出版社
Contemporary China Publishing House

图书在版编目（CIP）数据

江南味道：每个人心中的枕水故乡 / 诸荣会著.
—北京：当代中国出版社，2011.6
ISBN 978-7-80170-966-0

Ⅰ.①江… Ⅱ.①诸… Ⅲ.①游记—作品集—中国—当代
Ⅳ.①I267.4

中国版本图书馆CIP数据核字(2011)第099325号

出 版 人　周五一
策划编辑　彭晓蓝
责任编辑　邱　然
责任校对　杜英娟
装帧设计　古　手
图片摄影　赵　鸿　武学新　俞　峰　秦淮渔隐　叶庆瑞　唐奇通
出版发行　当代中国出版社
地　　址　北京市地安门西大街旌勇里8号
网　　址　http://www.ddzg.net 邮箱: ddzgcbs@sina.com
邮政编码　100009
编 辑 部　(010)66572154　66572264　66572132
市 场 部　(010)66572281或66572155/56/57/58/59转
印　　刷　北京京都六环印刷厂
开　　本　680×1020 毫米　1/16
印　　张　18.25印张　8插页　165千字
版　　次　2011年7月第1版
印　　次　2011年7月第1次印刷
定　　价　38.00元

这里的土地都浸泡在水里，这里人的生活便也如流水一般，明净而悠长了。

序言

江南味道 依旧如初

说江南是中国最有味道的一个地方，恐怕不会有太多的人反对吧！那么，江南的味道究竟是一种什么样的味道呢？

“暮春三月，江南草长，杂花生树，群莺乱飞。”那时的江南，每一个角落都弥漫着花的芬芳和草的清香——那是江南的味道吗？

“江南路，云水铺，出门进门一把橹。”那样的江南，四季的清风中都裹挟着雨的清凉和水的腥臊——那是江南的味道吗？

还有那粉墙黛瓦的素淡，吴侬软语的甜糯，春茗佳酿的醇香……

——那些都是江南的味道吗？

是的，这一切正是江南的味道——不但浸透在阳光中，飘荡在晨风中，弥漫在暮雨中，而且还婉转于梁祝化蝶的优美旋律中，氤氲于湖笔宣纸制造的淋漓水墨中，萦绕于每一个中国人都必定会做的江南梦境中。

江南的味道又远不止这些！生活原本具有的种种味道，江南都不或缺！那一座座石拱桥，驮走了江南多少风雨？请看一看阳光下那些面朝黄土背朝天的造型！那一条条小河，流去了江南多少岁月？请问一问那些朝天的脊背上又流过多少汗水！江南的味道中，也沉淀着风雨的凄楚、汗水的苦涩和岁月的艰辛。

我很小的时候就知道自己的故乡在江之南岸，也在很小的时候便在“样板戏”中学会了一个形容江南美好的词语，那就是“锦绣江南”，只是那时我除了在作文中常用这个词语大唱那些只不过是人云亦云的赞歌外，说句实话，生活中反而常常想，这连吃饭也常常成问题，自己天天生活的这块土地又如何能算得上是“锦绣”呢？有人告诉我，这都是因为我的故乡并非江南的正宗，或正宗的江南，正宗的江南并不是这样。于是从那时起，我的心中便有了另一个江南——既在心中，又在远方。

那时我是多么渴望自己能有一个投入江南的机会呵！

机会终于有了，那就是考大学。可这样的机会要把握住实在太难了，尽管我几经折腾考得了一个不错的分数。

想一头扑进自己心中那个江南的怀抱，我在“志愿表”上全填了苏杭两地的有关学校，可是老师语重心长地对我说：“那里的学校分数线高，还是填几所北方的吧！”哎！为了增加我跳出“农门”的保险系数，我只好望着江南的背影长叹一声，自嘲地想：去去北方也好，可以在我柔如江南丝竹般的生命旋律中添加几个金戈铁马的音符。

然而，命运似乎有意捉弄我，我最终既没能去苏杭，竟也没能被北方的学校录取——录取我的那所学校所在的城市世称“江南水乡的起点”。从此，我之于江南，如同一个痴情少年，终日遥望着自己思慕已久的人儿，却又不能与之相交相知，而她对我只是“巧笑倩兮，美目盼兮”，那杏花、春雨、油纸伞，那粉墙、黛瓦、石拱桥，仿佛走在大街上突然映入眼帘的一个曲线优美的朦胧背影，令人心旌摇曳而又茫然怅然……

也就是从那时起，我开始自称自己是半个江南人。当然，其原因其实并不只是我的故乡在世人眼中似乎非江南正宗，而更在于自己的生活实际上从此开始渐渐与江南产生了距离，且这种距离并非只在空间上，而更多是在生活方式和文化形态上。

我一直都以为，传统的江南文化是以农业文明和城镇工商文明为底子或背景的，而我自己的生活似乎离这一切渐远。但是或许正是应了“只有失去了才知道珍惜”的规律吧，此后我反而开始越来越关注起我的故乡了。不只关注她的现在，更多关注她的过去，因为她过去的一切随着时间的推移在我的脑子里竟越来越清晰。我为此而陆续写下了一些文字，并不断地发表于有关报刊；与此同时，我也越来越热衷于作一次又一次的“江南游”，尤其是近年来，我几乎走遍了整个江南。要说究竟走过了她多少小桥流水人家和稻花香里阡陌，走过了她多少个杏花春雨的清晨和落霞孤鹜的黄昏，还真是说不清楚。说得清楚的是我因此而写下了几本有关江南的小作。

我知道自己写下的这些有关江南的文字，不可能如有些评论家所说的那样，成为江南文化的一部分，也从没有这样的奢望。我只希望它能为故乡和江南留下一份昨天的记忆、今天的印痕和明天的期待。这不为别的，只因为生活中我常常听到这样的话：江南文化已经被毁了，江南味道已经变了。

是的，今天的江南，“小桥流水人家”变成了林立的高楼大厦，“古道西风瘦马”变成了高速公路上车流如水如电，梦里水乡变成了人头攒动的旅游胜地……这样的江南还是江南吗？这样的江南还有江南的味道吗？这样的疑问听得多了，我便还想用自己的文字告诉人们，江南的这一切都不是凭空产生的，那一座座高楼大厦，实际上都只是那粉墙黛瓦马头墙长高了而已；那一条条高速公路上风驰电掣的车流，只不过是那曾摇晃着梦想的乌篷船摇快了而已；还有那今天所有用多媒体包装过的繁华、热闹和喧嚣，只不过是昨天那小巷深处讨价还价的市井声放大了而已……

其实，江南改变的只是她的外形，而她的味道一点儿也没变！

作者

2010年8月4日

目录

酸甜滋味流水长

热辣不只是阳光

苦涩才子佳人梦

咸淡日子咸淡过

酸甜滋味流水长

那里的人爱吃酸，更爱吃甜，那里人的每一个日子便也酸里带甜，甜中夹酸了；那里的土地都浸泡在水里，那里人的生活便也如流水一般，明净而悠长了。你听过隔着雕花窗格传出的子落棋盘的声响吗？那是诗意生活平平仄仄的韵脚；你见过变幻在水乡墙壁上水流与波浪的影子吗？那是画意人生朦朦胧胧的境界；你闻过那将诗情画意与烟火气息一起升起的炊烟的味道吗？那是生活将自身的五味杂陈给这片如诗如画的热土。

巷韵

故乡是每个人心中最美的一首诗，而我的这首最美的诗，韵脚全落在故乡的一条条小巷里了。

我的故乡虽非名都古邑那样，长街纵横，深巷阡陌，但窄窄的村巷曲曲折折，横横竖竖，倒也井然。那些小巷宽者二三米，窄者一二米，长者百数十步，短者数十百步，有的断砖仄铺，有的乱石平垫，有的则是“泥巷”。故乡的小巷走着踏实、平稳、坦荡，脚下自有一种独特的韵致。

幽巷枕河是江南水乡的常见景致，故乡也一样。那些河流从远处飘逸而来，与白墙青瓦的故乡缱绻缠绵后，又向远处柔婉而去，故乡的每条小巷因此都与清波粼粼的河水相连。而巷内则路面黑黢黢，墙壁灰蒙蒙。偶尔，谁家孩子的哭声夺窗而出，谁家院里的犬吠惊动四邻，或是谁家的红杏、丝瓜花开出墙，小巷才现出几分生气，生出几多话题。

小巷的历史和未来都系在小巷尽头的河边。那儿有一座祠堂，高高的屋脊已微微倾斜，古老的石阶早已残损，唯天井中那棵数人才能抱合的古柏，枝繁叶茂的似乎还很年轻。祠堂曾香火鼎盛，如今书声琅琅，成了故乡的学校，故乡的孩子便是从这里开始走出小巷认识世界的。小巷的确走出过许多人物，他们走进了城市的高楼大厦，走上了国际的学术讲坛，但就是永远走不出关于小巷的记忆。

春天，小巷是古老的琴。雨水从屋檐跌落，将小巷敲打出古老的乐音，如泣如诉，那低沉而单调的节奏，自有一种落寞与凄清。小巷里绝没有叫卖杏花的少女走过，更无撑着油纸伞如“丁香一般的结着愁怨的姑娘”徘徊，唯有孩子们的琅琅书声，从巷子尽头的祠堂里流淌过来，小巷因此显得更幽、更静、更长了。读书的孩子也因此而生出了烦闷和不安，想冲破雨帘，甚至想冲破小巷……

春雨过后，孩子们吱吱喳喳地飞进小巷，将巷里的积水“噼噼啪啪”地踩出一串一串的水花，小巷便有了另一番韵味。当斜阳照在巷口迟迟不肯离去，小巷便到了最热闹的季节。

夏日的清晨，人们端着饭碗躲避家里的闷热，聚到小巷，共同享受小巷的清凉，于是就有了东家长西家短，张家妹恋上了王家郎、李家的小子又考上了大学之类的故事。故乡这些最精彩的故事，总是在小巷首先发表。小巷像长长的录影带，忠实地录制着这些精彩的故事，再一遍一遍地放给要听的人聆听。

午后，巷口清粼粼的河水，将波光与水草的艳影映到小巷的粉墙上，小巷便充满了水的清新、水的清凉和水的清韵。孩子们抵挡不住如此的诱惑，便纷纷从小巷涌出，“扑通扑通”跳进巷口的河水中……

傍晚，小巷里便弥漫起鱼鳖蚌蟹的香味，“吃饭喽——”的呼唤随之便会在小巷此起彼伏，婉转的拖音被窄窄的小巷挤得韵味悠长，在巷内回荡萦绕，久久不绝。于是，鲜美的饭菜味儿和芳醇的酒香便沁透了小巷的一个个夏日黄昏。

一条条小巷就是一行行诗，读不懂的孩子个个喜欢小巷；有一天读懂了，个个想离开小巷；有一天离开了，又时时思念小巷。

小巷与故乡的历史等长，小巷与游子的人生等长。

捡湖底子

我的故乡在石臼湖的北岸。

石臼湖是一个季节湖，冬天是它的枯水期，若遇上五级以上的北风连着猛刮个半天一夜的，湖水便会被风“赶”至南半湖，较浅的北半湖便会一下子露出湖底，未跟上水的鱼儿便会被“搁”在湖底的淤泥上。此时人们下得湖去，无须渔具，便可轻易地将这些鱼捡进鱼篓、鱼筐，故乡人称这叫“捡湖底子”——这也算是故乡的独特风情吧！

然而，这捡湖底子是要有一点“一不怕苦，二不怕死”的精神的。这“不怕苦”主要指不怕冷：寒冬腊月，北风呼啸，赤着双脚，挽着裤管，在湖中走下去几里甚至十几里（在近膝深的泥水中，若穿胶鞋之类是跑不动的），等于在刺骨的冰水中泡上个一天半日，寒冷自然不难想象。而“不怕死”也绝非危言耸听：每年总有捡湖底子的人下得湖去，而上不得岸来——其情形也不难想象——踩着近膝深的淤泥，走下湖去几里甚至十几里，几乎已到湖心了，而此时湖水只是被风暂时“压”着，若是风骤小或骤停，湖水自然会立即回流，在这坦荡如砥、一望无际的湖底淤泥上，人怎么跑得过水？

我早年在故乡时，父母从不让我去捡湖底子，尽管看见别人从湖里捡上来成篓成筐的鲜鱼，有时也不免眼馋。高中毕业那年，一是出于好奇，二是出于为做一个标准的农民作准备，我背着父母，随着村里捡湖底子的老手水生叔悄悄地去捡过一次。那是我唯一一次捡湖底子的经历，所以至今还记得。

那一天特别冷，刮了一夜的北风到早上丝毫未小，湖底的淤泥上结了一层薄薄的碎冰。我们下湖三四里便捡到鱼了，不过都是些不太大的鲫鱼。下到十多里，多是斤把重一条的鳜鱼，越往下，鱼越大，也越多。我越捡越起劲，后来干脆将先前捡得的小鱼扔了，专捡大的，一会儿便捡了大半鱼篓。这时，水生叔说：“我们上岸吧！”但我望着淤泥上白花花的鱼儿，想再多捡些，至少将鱼篓装满。水生叔说：“见好就收吧，人心不能太黑！鱼是捡不完的！风怕是要停了……”我有些依依不舍地往回走。果然，不一会儿，风就开始小了。我们气喘吁吁地刚爬上湖岸，湖水就几乎跟着我们的脚后跟涌到了湖边，我回头看看身后茫茫的湖水，不禁一阵后怕，心想，多亏听了水生叔的话！

这事过去近二十年了。今年春节，我回故乡探亲时遇到水生叔，与他说起我们那次捡湖底子的事，他只是嘿嘿地笑了笑，说：“你还记得这事呀？”我说：“当然，我一辈子也忘不了的！”我又问他：“现在还去捡湖底子吗？”他说早不干了，一是家里生活好了，自己也上了年纪了；二是现在湖里也没鱼可捡了，因为沿湖有些工厂，把有毒的废水往湖里放，鱼都被毒死了。我听了水生叔的话，不禁想起了二十多年前捡湖底子时他说过的那句话：“人心不能太黑！”

李白赋诗于石臼湖

湖与元气连，风波浩难止；
天外贾客归，云间片帆起。
龟游莲叶上，鸟入芦花里；
少妇棹轻舟，歌声逐流水。

这是唐代大诗人李白的一首《游丹阳湖》的诗。这丹阳湖便是我故乡的石臼湖。当年李白蒙唐明皇“赐金还山”而云游天下，他的叔父——唐代著名书法家李阳冰，此时正被贬在石臼湖畔做我故乡的父母官，一代诗仙便因此与我的故乡结下了缘。诗仙在石臼湖上载酒泛舟，举杯邀月，深情的湖水浸润了他这颗流浪的心，他那清新俊逸的诗篇便因此留给了石臼湖，留给了我的故乡。石臼湖大概正是受了这些诗篇的点化，多少年来，它如一块巨大的碧玉静静地躺在江南的怀抱里，如诗如画。

当火红的桃花开遍湖畔的山冈，一夜春雨敲窗，便是石臼湖进入“桃花汛”的报告。那些被春雨打落的桃花，随着哗哗的流水流进湖去，浮在湖边的水面上，鱼儿争相啄食，正应了“桃花流水鳜鱼肥”的诗意。有时，这些鱼儿会高兴地迎着水流嬉戏而上，直上到沿湖田头地边的水沟里草坂上，故乡人称之“上水鱼”。谁运气好，谁就能得到石臼湖的这份丰厚馈赠。“上水鱼”肉肥味鲜自不必说，最是那发现和捕捉它们时的心情，是你经历过一次便可终生享受的。不难想象，你去田里放水或下秧，无意间眼睛一亮，田头的水沟里草坂上白花花的，全是鱼儿在活蹦乱跳，那份激动，那份惊喜，那份心跳，一辈子能有几次！因此，我故乡素有“吃鱼不如捉鱼鲜”一说。

要说石臼湖里的鱼，味道最鲜的要算是“班班子”了。这名叫“班班子”的鱼，其实就是从长江里游进石臼湖来的河豚。由于它们来去总一班班的（一群群的），所以叫它“班班子”。但“班班子”又有不同于河豚之处——河豚虽味鲜绝伦，但它体内含有剧毒，若处理不尽食之，人畜即刻毙命，任何药物不能救，所以苏东坡当年也只好“拼死吃河豚”。而河豚一旦游进石臼湖便被称为“班班子”，它体内的毒素也会因石臼湖水的浸润而奇迹般地消解，而味鲜程度丝毫不减。所以品尝“班班子”这人世间少有的美味就无须像苏东坡当年那样要“拼死”了，这是我故乡人的口福。我小时候很爱吃“班班子”，这不仅仅因为它味美，还因为它的皮可以剥下来蒙鼓或胡琴。那鼓，那胡琴，不仅是我童年时最好的玩具，而且现在想来，也开发出了我头脑中最初的几个艺术细胞。我今天能写几笔文字，能给学生讲几句文学，真应该感谢故乡的“班班子”和石臼湖。为此，我至今还保存着一把用“班班子”皮蒙的胡琴。虽然它的音色如今已谈不上优美了，但我偶尔拉它几下，一股悠悠的乡情就会在心头流淌，常让我不禁吟诵起苏东坡的“竹外桃花三两枝，春江水暖鸭先知。蒌蒿满地芦芽短，正是河豚欲上时”。这优美的诗意，又常牵着我的乡情，把我的思念接回故乡的石臼湖，去挖蒌蒿，拔芦芽，打粽叶……

石臼湖有许多芦苇荡。那尖尖嫩嫩的芦芽儿春天从荡里冒出来，随着湖水长高，待到芦叶儿一手宽时，正好做端午节的粽叶，用它裹的粽子吃起来鲜甜而有一股清香。芦苇荡还是鸟儿的王国。我们划着小船去芦苇荡打粽叶时，总能捡到鸟蛋，捉到水鸟。有一种野鹌鹑，肉骨全黑，用它炖的汤，是治疗妇科病的良药。还有一种背上长着绿毛的野鸭，据说治疗跌打损伤特有效。鸟儿年年捉，但芦苇荡里的水鸟一年年并不见少。夏天过后，湖水开始慢慢退下，芦苇出水便越来越高，她们亭亭玉立于越发清澈的湖水中姿态优美。待到芦花盛开，远远望去，芦苇荡一片洁白，秋风中银色的波浪翻滚起伏，如雪的芦花漫天飘飞，故乡因此而增添了几分浪漫的情调。百里石臼湖分明是一幅恬淡雅致的国画，镶嵌在故乡的大地上，也镶嵌在我的心上。尽管我离开故乡多年，但是每当我读到《诗经》中“蒹葭苍苍，白露为霜，所谓伊人，在水一方”时，石臼湖这幅美丽的图画，就会在我心灵的底片上显影。

石臼湖如诗如画。她青山四围，满怀秀色；她的碧水如她唱不完的渔歌，歌唱着我故乡的富庶和美丽；这湖水日日月月，常将故乡的天空洗得一尘不染。然而，故乡的天空终究也有风起云涌的时候，每当此时，石臼湖又会以另一种形态展示着她的美丽，也展示着故乡特有的风情。

那是冬天，石臼湖是枯水期，北风一夜呼啸，湖水便会被风“赶”到南半湖，浅而平的北半湖便会一下露出湖底，未跟上水的鱼儿就会被“搁”在湖底的淤泥上。这现象是石臼湖所特有，故乡也因此有了“捡湖底子”的风情。我也有过一次“捡湖底子”的经历。至今历历在目。就是那一次，故乡的石臼湖不仅给了我丰厚的物质馈赠，也给了我人生中最初的告诫。

去年年底，我回故乡过年时又说起了“捡湖底子”。年逾古稀的父亲说：“如今生活好了，谁还去吃这个苦，冒这个险！”我站在故乡的阳台上向石臼湖眺望。故乡的确变了，浅浅的湖水在冬日的阳光下依然那么清澈闪亮，对岸的骆山、蛇山和乌龟山，山体曲线依然那么柔和，如一卧美人沉睡着。石臼湖宁静而安详，这一切我似曾相识，梦中也曾多次出现。但湖畔那一幢幢漂亮的农家小楼，是我梦中不曾有过的，让我感到有几分陌生。它们那白墙青瓦，朱门绿户，给如诗如画的石臼湖平添了几分时代的鲜明色彩。这让我禁不住想：诗仙李白今日若能再来我故乡，再游石臼湖，他一定会留下更新更美的诗篇吧！

看 云

看云是一种境界，据说非曾经沧桑者不得入。然充其量一介小儒的我，人生中既不曾有金戈铁马叱咤风云的壮烈，也不曾有四面楚歌风萧萧兮的悲怆，更不曾居庙堂之高，就如今也说不上处江湖之远，竟也有意无意地爱仰天看云。

唐人有诗云：“行到水穷处，坐看云起时”，此境常令我低回。我有陋室，名之“待云阁”，盖取意于我平素所喜一联语：“抱琴看鹤去，枕石待云归”。室有小窗，窗外民舍鳞次栉比，挡住了绿野稻田，也挡住了远山近水，更挡住了蛙声禾香，但挡不住窗外的蓝天，更挡不住“蓝蓝的天上白云飘”。我常独坐窗前静观，看一种从容自然的平常人境。每当此时，心灵便会被放逐到很远很远的地方。

其实，“看云”是我从小就有的一个嗜好，只是那时的感觉简单和朦胧罢了。我故乡门前是石臼湖，每到春天，一眼望不到边的湖滩上长满了青草，正好放牧。我七八岁时开始在湖滩放鹅，十多岁开始放羊，无论是鹅还是羊，放在湖滩上并不需人多去照看，放牧的孩子就成天在湖滩上奔跑嬉戏。而那时我就与一般孩子不同，我喜欢一个人躺在草滩上，看洁白的鹅群和羊群在绿色的草地上散开、移动，更爱看天空中一片片形状怪异的白云飘飘悠悠，想，这变幻莫测的白云，可是天上的仙人放牧的鹅群和羊群！我的不合群被大人看在眼里，不免让他们纳闷，也让他们不安。他们说，云是无根之物，我天性喜云，恐怕一生不会安分。为此，我考大学时，父母要我报考了师范，因为师范毕业能分配回乡。

果然，大学毕业后我不曾像一片出岫的轻云去云游世界。至今我仍很安分地在江南的一隅，干着传道授业解惑的营生，只是看云的兴致有增无减。我曾为了看云海而去峨眉山、黄山，我也曾为了看巫山云雨而买舟东下。但此后我又觉得那样看云，或者说看那样的云，似有点奢侈，我更不同意“除却巫山不是云”的说法，我倒常觉得“何处青天不看云”。我喜欢独自坐在自己的小窗前，握清茶一杯，沐悠悠清风，看天上云卷云舒，想世事潮起潮落，人生花开花谢。

我曾自书一联悬于陋室：“春云夏雨秋夜月，唐诗晋字汉文章。”在我看来，春天的云最为亲切和单纯，它来时虽如潮水涌起于天边，但潮起潮落从容自然，且无潮起潮落的声响，往往在我们不知不觉中覆盖天空。我看春云，多在清晨，看它与太阳一同升腾，看它与朝霞一同辉煌，也看它悄悄淹没太阳，洒下如丝的春雨。此时，看云水一色，听雨声淅沥，也看窗前的山栀和桃树花开花又落，也听春天偷偷窜过屋脊与苦楝树的跫音。时而清风徐来，将细细的雨丝拂到脸上，遂无端地又记起一联：“山花春世界，云水小神仙。”待到窗下有荷着犁耙的农夫走过，待到雨中有村姑湿漉漉的山歌飘来，雨丝便轻轻地收起，如当初轻轻地飘下。傍晚，一缕阳光照到我的窗前，举头窗外，已不再是云水一色、天地相接了。似乎越发高远的天幕上，朵朵白云或列队飘过，或三三两两地悠悠徜徉。于是也想自己也已多日不曾出门，一出门，便又会发现，原来天上那么多的云都随雨而落到了地上，落到了平展展的农田里，只是已浸透了春天的绿色。

夏天的云是夏天肩头的披纱，它总拖着一块阴凉在大地上奔跑忙碌，夏天蒸腾的汗水把它浸得又重又暗时，就会有轰隆隆的雷声响起，就会有亮闪闪的闪电划过，那是夏天在有声有色地拧自己的披纱了。此时看云，看“黑云翻墨未遮山，白雨跳珠乱入船”，看“东边日出西边雨，道是无晴却有晴”，颇有几分气势，也颇有几分情趣。偶尔，太阳复出，地上的菌子便争先恐后地破土，鼓着铜琵琶敲着铁绰板的乌云，又被拧干成了白色的披纱，在天空飘飘忽忽。再看它，似乎有一种说不尽的慷慨与道不明的悲凉。

我之看云，最爱看的还是秋冬之云。秋冬之时最受人称道的往往是秋雨冬雪。殊不知在无雨无雪的秋冬之日看云也别有一种情味。时维九月，序属三秋，天空澄澈而高远，阳光灿烂而明艳，白云乘着轻风飘过天空，那种悠悠的况味，相信确是非曾历苍凉人生者不得悟也——

大风起兮云飞扬，
威加海内兮归故乡，
安得猛士兮守四方！

高祖还乡，仰天看云，涛走云飞，何等意气风发！但他心中奔涌的或许已不是云，而是千军万马，而是浩浩皇威，或许，还会是历史长河中奔腾的浪花……

九嶷山上白云飞，
帝子乘风下翠微。
斑竹一枝千滴泪，
红霞万朵百重衣。

这又是一位伟人胜利后在故乡看云，但他看到的却是另一境况。而古今文人墨客看云之际，又是何等兴会淋漓呢——

我是天空里的一片云，
偶尔投影到你的波心，
你无须讶异，
也无须欢喜，
在这转瞬间消灭了踪影。

这便是秋冬之云呵——随风起涛走，闲游高天，冲淡安详而又不失丰富热烈，恰似饱经世事沧桑和历尽人生坎坷者眼中的声名利禄、恩怨爱憎，虽也真实而具体，但去则去也，往则往矣，一切已于我无加，所以也总那么悠然、坦然、欣然。不像春夏之云，虽也有闲游高天的时候，但那是少年人平步轻云的得意，这种得意往往虚狂而短暂；至于其丰富和热烈，又往往因其锋芒毕露而略嫌莽撞。“宠辱不惊，看庭前花开花落；去留无意，望天上云卷云舒。”此乃人生之大境界。我固执地认为，此境所看之云该是秋冬之云。

当然，云终究是云，无论是人们心灵对云的感受，还是云对人们心灵的昭示，不必然，不必不然，也不必尽然。看云，看宦海沉浮，看世态炎凉，看人世沧桑，看心中的故乡、童年的梦幻……我常独坐小窗前，看“高天上流云”，如对故园乎？友人乎？爱情乎？此中深意我无法解得，唯有那位已逝的被人当做疯子的诗人顾城的那句话反觉得真切：“我看云时，你离我很近；我看你时，你离我很远。”

送春

水是眼波横，山是眉峰聚。

欲问行人去哪边？眉眼盈盈处。

才始送春归，又送君归去。

若到江南赶上春，千万和春住。

这是宋代词人王观的一首《卜算子》，也是我十分喜欢的一首小令，每每读起它我就会联想起了从前的一个习俗：送春。

只是我想到的送春可没有这般诗意。

春来青黄不接，一些人家断了炊，走投无路了，有人便去“送春”：他们手拎一面小铜锣，肩上搭只布褡裢，远走他乡，走村串巷，每遇望上去稍富裕些的人家，便上门去讨一把碎米、半把糙面之类。“铛铛、锵——铛铛、锵——铛铛——锵锵——铛铛——锵”他们首先将手上的铜锣在门口有节奏地敲打，然后和着敲打的节奏说唱起来。唱词多为迎春接福的吉祥话，所以人们就将这种乞讨的形式谓之“送春”。

一户人家刚造了新房，送春者会在他家门口唱：

手敲铜锣响铛铛，

老板家里亮堂堂；
我送春光到你家，
幸福日子万年长。

铛铛、锵——铛铛、锵——铛——铛——锵锵铛铛——锵

……

如果这家人家刚娶了新媳妇，送春者则要唱：

手敲铜锣铛铛响，
新娶媳妇好漂亮；
我将春光送府上，
早生贵子去留洋。

铛铛、锵——铛铛、锵——铛——铛——锵锵铛铛——锵

……

如果主人一时不拿出施舍，这便意味着主人想听送春人多唱几句，送春人就得一直唱下去，直唱到主人把施舍拿出，送春人就借着将铜锣翻过接施舍的机会而停止说唱，并就此一面道谢一面告退。

送春的词儿，一般都是送春人现编现唱，这就要求送春人眼快、脑快、嘴快，见什么唱什么，因此，有“送春”本事的人其实并不多；也因此只要有送春者上门“送春”，人们一般都会施舍，且态度较之于对一般乞讨者要客气得多。这让一般乞讨者既羡慕又嫉妒。有一句意在讽刺可怜的人之间互相轻视的俗话：“讨饭的看不得拎锣的。”这“拎锣的”便是指送春的人。

由于送春说唱时要不断敲打铜锣，所以“送春”又叫“打春”。据说“打春”习俗与明太祖朱元璋有关。朱元璋出生于“十年九年荒”的安徽凤阳，他当了皇帝后并没能改变老家的这种局面，于是便诏告天下，立春之日，凤阳人可以用送春的方式向天下人索要钱、米，且被要者不得拒绝。这也算是朱元璋发迹后对故乡的报答吧。朱元璋晚年选陵孝陵。为了使孝陵附近的住户能与他长期“和平共处”，临终时他颁布诏书，特赐孝陵卫一带人家可享受他故乡人的待遇，即在立春之日可进南京城送春，向城里人索钱、米，且城里人不得拒绝。

如今送春的习俗早已消亡了，但大街上还不时有乞讨者。他们的乞讨都是直奔主题，有时竟是强要恶讨，与之相比，送春真可算是一种“文化”了。

告别炊烟

中国的任何一本田园诗集该都是用那如丝如缕的炊烟装订的吧！中国乡村的缕缕炊烟，从《诗经》的“国风”中袅袅升起，弥漫了中国的田园诗史。然而，时至20世纪90年代，中国乡村已开始告别炊烟，告别那升起过无穷诗意的炊烟了。

不久前的一天，我回故乡探亲。当粉墙青瓦的故乡出现在眼前时，正该是炊烟袅袅的时刻，然而却不见一丝一缕的炊烟从村里升起，当时一阵难言之情掠过心头。我在乡村长大，我知道那袅袅炊烟在中国农民心中的分量——他们每日开门的七件事“柴米油盐酱醋茶”，何以把“柴”和“米”排在前头？因为二者或缺其一，便没有了炊烟，没有了起码的温饱。中国乡村的缕缕炊烟呵，是中国农民因温饱而告慰上苍的一炷炷高香！我爷爷是一位标准的中国农民，为了自家烟囱里的那一炷炊烟，在土地上劳作了一生，最后是在那个“墟里上孤烟”的吃食堂的年代里去世的。他临终留下遗言，要子孙把他葬到村前的小山坡上，他要看着自家的屋顶上日日炊烟缭绕。然而在我的记忆里，一年一年，我家烟囱里的那一缕炊烟升起得总十分艰难。童年时每到春天，地里青黄不接，家里不要说无米下锅是常事，单说那些柴火也总是不够烧。为了升起我家烟囱里的那一缕炊烟，母亲每天从队里收工后，还要到村后的山坡上挖草根，我放学后也去帮忙。借着夕阳的余晖，我把母亲用锄头刨出的草垡子一块块敲碎，敲打出一把把白色的茅草根，也敲打出我人生中关于炊烟和温饱的永久记忆……

二十多年后，眼前故乡又不见炊烟升起，回到家里，年逾花甲的老母告诉我，那是因为村里办起了造纸厂，稻草和麦秸都卖给厂里了——现在家家都用上了液化气和电饭煲。她还用激动的语气说："没想到'钻'了一辈子灶塘，临了还赶上了这样的好日子！"原来烧草根的日子已随着故乡的最后一缕炊烟永远地飘散了。今天的日子岂止母亲高兴！记得我为了让母亲少"钻"灶塘，大学毕业工作后，曾用第一个月的工资买了一只煤炉和半年的"计划煤"，从百里之远的县城送回家去。母亲曾为此而着实高兴过，但最终这还是没能让母亲少"钻"灶塘，我家的温饱依然要靠我家烟囱里的炊烟日日升起。母亲说："烧煤炉，庄稼人赔不起这个工夫。"我后来在城里成了家，用上了液化气和电饭煲，也曾想为母亲买上一套送去，但妻子说："气用完了你要妈上哪儿去充？用电饭煲妈舍得电费吗？"我想想也是，只得作罢。

没想到母亲今天终于用上了与城里人家一样的灶具——故乡终于用勤劳告别了世世代代象征温饱的炊烟。我心中的高兴和欣慰并不亚于母亲。此时，我又想起了爷爷，如果他真的在天有灵，他可曾在村前的山坡上与故乡的最后一缕炊烟挥手告别！

秦淮河从窗下流过

山如眉黛，秦淮河恰似江南脸颊上闪闪亮亮的泪一行，又像一副碧波织就的青罗带，从远处飘悠悠而来，从从容容地飘过我的窗下，与我居住的小城缱绻缠绵后，又在城西那苍老的永寿古塔下流连了一番，才带着几分幽幽的古意，几分依依的恋情，向那“六朝金粉”的古都柔婉而去……

秦淮河从我的窗下流过，那窗下的桨声灯影便是一首恬恬淡淡的歌，江南小城那独特的韵致便如此被有声有色地轻柔唱吟。这里的桨声灯影可贵的是还没沾上脂粉气。那些透出灯影的小屋，将两岸装饰得古色古香，显示着古秦淮独特的景观。它们依岸而建，座座幢幢各具姿态，共同的特征是：多有一个小阳台临河翼然，阳台下一般都有一个小码头，如此上下对称，建筑上构成了一种有趣的呼应。当孩子们在码头上叉鱼钓虾时，大人们则在阳台上照看。码头是各家为淘米浣洗之便而建的，那些身材窈窕的秦淮女，在码头上一边淘米浣洗，一边隔水聊天，那些家长里短的故事往往比河水还长。每当此时，总在河里浮着的鸭子，便围拢过来，争食她们洗去的菜帮糠稗，赶也赶不开。当女人们的故事说得动情时，鸭子们会忽然衔走她们搁在码头上的抹布之类，这才使她们的故事不得不草草收场，精彩的结尾只好连同那些花花绿绿的衣衫一起晾到一个个小阳台上。此时，便是秦淮河桨声悠悠的时候。那些满载瓜果蔬菜的小船沿岸叫卖，卖主多是附近的农民，他们在各家的小码头上与人讨价还价，做成一笔笔生意。住在楼上没有码头的人家，就用一根绳子将一只竹篮或吊桶之类从窗口放下来，一笔笔生意同样可以成交。在这里，秦淮河的桨声灯影，轻唱摇曳着的是秦淮人家日常生活的恬淡和温馨、悠闲与自足。

的确，这里的建筑景观古色古香，这里的乡风民俗粗朴淳厚。然而，你千万不要将这里当做理想的世外桃源，这里“古色古香”的背后隐藏着一种难言的尴尬和无奈——这里的建筑是别致的，但也是简陋的；这里的格调是清新的，但更是灰暗的。那些小码头实际上只是在驳砌的岸下多垒了三五块石头；那些阳台，也只不过是用几根木头支撑着几块木板而已。那些危楼小阁、低篷矮户，虽将两岸的空间分割得恰到好处，但同时又将不宽的河面拥成了一条闭塞的陋巷，向世人显示着困窘；那些翼然而伸的阳台，小巧玲珑各具其妙，在局促的住房外艰难地拓出了一片向阳的空间，但与其说这是建筑艺术的天才发挥，还不如说是一种无奈的阉割。可以说，这里的一段秦淮河，是一段逝去了的岁月的留影，也可以说是一个民族贫穷困厄而又不甘现状的精神的物化……我是看着这里的一切长大的，当我在襁褓中睁开眼睛时，这里的一切就已经是这样的苍老了，苍老如我的祖母。那剥落的粉墙，那错落的瓦行，那摇摇欲坠的阁楼，每当我看到它们，就如同看见我年迈的祖母，看见她霜染的银发，深陷的皱纹和维艰的步履。意大利作家措德勒曾说：“故乡是我深爱着的不幸。”对于我来说，秦淮河何尝不更是我“深爱着的不幸”呢？河两岸的危楼小阁、低篷矮户，尽管我的确深爱着它们，但它们常在梦中压得我难以喘息。每当我凭窗临河，那脉脉的流水就如一幅历史的长卷一幕幕地展现于眼前……

公元前2世纪，秦始皇为了“泻去”钟山脚下的“天子气”，下令疏

青石板，檀木家具，古旧涂金的对联写上恭谦敦厚的家训，每一户江南的枕水人家，都在漫长的岁月里，恪守着中国的传统美德。

秦淮河的桨声灯影，轻唱摇曳着的是秦淮人家日常生活的恬淡、温馨、悠闲和自足。两岸小阁楼的雕花小窗，如一双双不眠的眼睛还在发着光芒，那是秦淮人投向秦淮河的一片深情。

凿秦淮河。这当然是无益的徒劳，钟山脚下的“天子气”不但一点没被“泻去”，反倒多了个“六朝金粉销魂地”“十世都会销金锅”，为这块古老的土地平添了许多风流佳话：“宝钗分，桃叶渡，烟柳暗南浦”，是“书圣”王献之的风流；“何缘十二巫峰女，梦里偏来见楚王”，是才女李香君的风流……多少次，我眺河思索：一千年前，晚唐风流诗人杜牧夜泊秦淮，为何吟出的竟是“商女不知亡国恨，隔江犹唱后庭花”的忧愤；七百多年前，爱国词人辛弃疾泛舟秦淮，又为何要“唤取红巾翠袖，揾英雄泪”；公元1842年，《南京条约》在秦淮河畔的“静海寺”草签，此后激起了多少中国人的哀怨和抗争；还有我居住的小城，太平军曾三进三出，那些流血漂橹的太平军将士，为何圆睁的怒目至死未瞑？秦淮河日夜流淌，流淌的岂止是桨声灯影、佳人香泪！它流去了无穷的时光，它日日夜夜都在唱着一支沉重而不幸的歌。

好在今天的秦淮人已从这支既往的歌中认识了自我，他们不再只津津乐道秦淮河的风流故事和美人佳话，更不再因此而悠闲自足。每天清晨，当秦淮河还呵欠连天地吐着满河雾气的时候，两岸一个个雕花小窗如惺忪睡眼般已早早睁开了，人们上班前的忙碌从窗口溢出，打破了河面上晨雾裹着的宁静。河边小码头上人影匆匆，临河梳洗的人们将还在河心睡着的月亮搅成了满河银片，他们梳洗的姿态优美，动作利索，小码头间没有了聊天的空闲，更没有了那比河水还长的故事。就是回响在石驳两岸的捣衣声，节奏也变得短促而明快。随着一声清脆的喇叭声，满载着小城风情的第一辆邮车从跨河的桥上驶过，一个个精彩的小城故事便被发往遥远的地方。随后，一辆辆锃亮的自行车在桥上有声有色地汇成了一条湍急的车流，古老的石拱桥成了“立交桥”，桥上桥下，争分夺秒的车流与缓缓悠悠的水流，协奏着一首时代感鲜明的秦淮晨曲。

太阳升上了天空，秦淮河收起了薄薄的轻雾，但河两岸反而人影寥落，清亮亮的河水轻扑着两岸的驳石，同时潋滟的水光在背阳的石岸上悠闲地变幻着图案。河里的鸭子，有的浮在水上，将头插在自己背上的翅膀里打盹，有的则在水边的小码头上梳洗羽毛。小阁楼的阳台上，色彩缤纷的时装早已晾干，但仍没人来收拾。骄阳下，小阁楼更加显得萎靡不振，直到傍晚，斜柳绿桑间陆续停满了大大小小的自行车，它们才恢复生气——它们的主人回来了，眉宇间明显都挂着倦意。但是当他们听见了秦淮河轻声的吟唱，看见了古秦淮独特的景观，再浓的倦意就都烟消云散了。此时有人隔河交流着一天工作的收获；有人倒上一杯清茶，专注地阅读当天的“晚报”“导报”“桥报”，为各自的工厂和公司寻找着有用的信息；孩子们也不再叉鱼钓虾，各自就着一张小方凳专心做着每天要做的功课。夜幕降临，这里的人们无论多忙，每天的“新闻联播”是不能不看的。许多人把电视机搬到阳台上，于是黑白的、彩色的荧光交相辉映，如霓虹闪烁，陋巷般的秦淮河此时成了一条不夜的长街，有声有色地装饰着小城不曾有过的风情。

是的，这里的风情在发生变化了，色调灰暗的低篷矮户间，悄悄崛起了一座银灰色的摩天大楼，虽有点鹤立鸡群，也破坏了这里古色古香的建筑风格，但唯因如此才使人动情——这是秦淮人在贫瘠的土地上艰难培植出的一棵参天大树，也是他们在天地间大写给世人的一个巨大的惊叹号！

秦淮河从我的窗下流过，每一个“烟笼寒水月笼纱”的夜晚，我总爱凭窗临河，此时秦淮河悄无声息，但两岸小阁楼的雕花小窗，如一双双不眠的眼睛还在发着光芒，那是秦淮人投向秦淮河的一片深情。

呵，秦淮河从我窗下流过，秦淮河从我心头流过！

远山的呼唤

《远山的呼唤》是我许多年前看过的一部由高仓健主演的日本电影。看它时我正在一所乡村中学读书准备考大学。说实话，电影内容似乎并没怎么感动我，但电影中高仓健沿着铁道走向远山的那个镜头总在头脑中挥之不去，成了我的经典，也成了夜晚我常做的一个梦，而远山自然也成了白天里我常常静读的一本书。

在我的故乡，放眼向四周望出去，总能看见天地相接处那一抹淡淡的色彩和挺拔的轮廓，那便是远山——大地乐章上的一处起伏。

对于我来说，最撩人的远山在水一方——我家临湖而居，每天晨起，推开窗户，一抬头便看见湖南岸的山了，温温柔柔的一卧，缠着晨雾的纱，那撩人的体态的确让人遐想，只是在当时的我看来，它似乎更像是一位因劳累而贪睡未醒的村姑，容不得你去亲近，哪怕打一个"妹子，你早"的招呼，也仿佛会惊扰了她美好的梦。因此对于她，我竟不曾有过多的顾盼与亲近。

那时我更爱读的远山，如沉默的哲人，更像勤劳的农人。

每一个晴朗的早晨，东边的远山托起一轮如火的朝阳，如同捧出一轮灼热的渴望。远山就在这默默的努力中，与故乡人一同开始一天的耕种。阳光下，人们挥汗如雨，没完没了地重复着那个"面朝黄土背朝天"的造型，也没完没了地演绎着那个追逐太阳的神话，然而人们怎么也走不出那个神话，如同夸父怎么也走不出那片沼泽，怎么也追不上最后的那颗太阳。

每一个溢彩的黄昏，西边的远山将落日及其余晖一起收尽，如收获一颗成熟的果子，把它种进黑夜的沃土，以便长出一个个火热的明天。每当此时，我就会在心中默默地唱起罗大佑的那首著名歌曲："没有人知道为什么，太阳总下到山的那一边；没有人能够告诉我，山里面有没有住着神仙……"

当然，远山也有歉收的日子。那是太阳——那颗沉甸甸的种子被满天的乌云吞没了。每当此时，连红红的余晖也没有，甚至连天空也忍不住伤心地哭泣，流下气馁的泪雨。但远山从不气馁，它把自己的汗水不住地挥洒，灌溉另一个更加明朗的晴天——

只要日出日落，只要乌云遮不住太阳，远山对于我都是一种呼唤。

北边的远山是威严的哲人。太阳从东方升起时，它的全身被镀了一层颜色，也镀了一层灵光，这种灵光与我见过的庙堂里的神像所闪现出的类似。阳光从前面直射过来，它身体的轮廓和线条开始渐渐清晰挺健，沟沟谷谷也开始分明，那阴面阳面，缓缓陡陡，起起伏伏，越来越凸现……此时，它成了一座有血有肉的健体，一条莽莽大汉，肌肉发达，浑身线条如斧刃刀痕，且神态冷峻，不苟言笑，让你在它的面前感到压抑，连对它说一声"哥们，你好"的勇气也没有。偶尔从山顶飘过的白云，也仿佛成了对你的嘲笑，笑你的渺小，笑你的无知，笑你的不配。

然而，所有的冷峻和嘲笑也是一种呼唤。

终于，有一天，我忍不住想知道，远山究竟是什么，更想知道远山的那一边是否还有远山。

去县城参加高考的路上，我顺道登上了一座山——我在故乡眺望过无数次的那座东边的远山。在山顶，我看见远方还是——山。

然而，我并没因此而失望，因为脚下的山分明告诉我，曾经遥远的今天不是被踩在脚下了吗？而曾经的“远山”不也成了今天脚下一个新的起点了吗？

抬头眺望，前面还有远山，远山在呼唤！

也许有一天，我们在追随远山呼唤的征途上会突然倒下，但只要我们是向着远山的方向倒下的，我们的躯体终会隆起一座山，一座后人的远山。

村树传奇

并不是所有长在村里的树都有资格被叫做“村树”。在江南，村树又叫“胤树”，它必须长在村子的某个特殊位置，并且在村里所有的树中年岁最老，叶阴最大，干枝最粗。

我故乡的村树是一棵巨大的柏树，长在村口祠堂的天井里。祠堂是我们读书的学校，我们常见有人在树下焚香烧纸，还在树干上拴上一根根串着一小块一小块红布的红丝线。我们起初不知道那些人是在干什么，后来才知道他们是在为自己的新生儿女向村树祈求保佑。老师说这是迷信，然而在我们眼里，大树因此而笼罩着神秘的色彩。我们在树下嬉戏时，常几个人手拉着手去合抱大树，抱抱看它究竟有多粗，也抱抱看它是不是还长粗，但即使这样，我们也从不敢去扯那些系在树上的红丝线，似乎它真系着一个个孩子的生命。

后来又听老师说，老柏树之所以成为村树被人们敬仰，还有个故事呢。据说，当年日本鬼子进村时，乡亲们拉响了挂在柏树上的大钟报警，大家很快就转移到了安全地带。鬼子进村后看了看老柏树上挂着的大钟，呜里哇啦一阵就要把老柏树砍了。他们强迫两个未逃掉的乡亲用锯子锯树，可是锯子刚锯进树干便怎么也拉不动了，而且锯缝间竟有殷红色的液体流出，如同鲜血一般。站在一旁的鬼子兵竟也惊住了，随即放下枪也去拉锯，但同样拉不动。两个乡亲乘机扛起鬼子丢在地上的枪跑了。柏树依然屹立在村口，像一个不屈的巨人，只是那把锯子一直夹在树干上拿不下来了。后来，鬼子兵悻悻地走了，村里逃走的人都回来了，那把夹在树干上的锯子也被拿了下来。从此，老柏树就成了故乡的村树。

我在村树下读完了小学后就去外地读书了。当我离开故乡走了好久好久，在一个小山冈上回过头去张望，故乡已淹没在氤氲里了，但老柏树仍撑着一树的绿云目送着我走向远方。从此，我每次离乡，最后一个与我告别的是她；我每次返乡，最先一个迎接我的又是她。我一次次与她作深情的告别，又一次次与她欣喜再见，这份深情和欣喜使我深深地感到，我的生命也似乎永远地系在了她的身上。

然而故乡的村树在“文革”期间却被砍去了，说是要破除迷信。

砍树时我不在村上。听母亲说，当时有两个“造反派”进村造反，硬要村民砍了村树，开始谁也不肯去砍，但终于有一个“积极分子”站了出来，他高呼着口号在树下用山镐刨了好几天，终于将当年日本鬼子也没能锯断的村树砍倒了，枝干装了两辆载重十吨的卡车，拉走了。

那位砍树的“积极分子”不久后当上了大队革委会主任，再不久，他的老婆疯了，又不久，他自己竟也病亡了。临终前，他让他儿子在原来村树长着的地上又栽了一棵柏树，那树现在已有碗口粗了。

油菜花开

油菜花开，是春天的江南最为辉煌的一页。这一页刚掀开，放蜂人便准时地来到村口，把成箱成箱的蜜蜂放飞。于是小小的蜜蜂嗡嗡嘤嘤，春天的乡村便被它朗诵得有声有色。

“今年的油菜花特别的鲜，这蜜一定特别甜吧！”

“油菜花今年鲜得特别，这收成一定特别好吧！”

放蜂人与村里人这样互相答问。就凭这样的答问，村里人便用整个花期接纳了放蜂人，也接纳了他们放飞的蜂群……

晨曦初露，村里人在无边的花海浮游。男人们为了不碰落花瓣，赶在日出前给菜地浇最后一次水；小媳妇、大姑娘们则钻进菜垅间，嗅着花香，将嫩嫩的青草带露割进筐——这种带露的青草喂猪喂兔特别长膘。此时，放蜂人在帐篷前升起乳白色的炊烟，这缕烟将村里人的目光扯得老高老高。逆光中，放蜂人来河边汲水的身影模糊而高大。

傍晚，村里人看着蜂群在夕阳下飞舞，平常看惯了的乡野景色，竟让他们胸中突然涌动起一种情感，复杂而又旷远。

于是，他们期望走近放蜂人魔盒似的蜂箱，更走进那花海边用油布搭起的帐篷，渴望与放蜂人作一次春夜长谈，谈春天，谈花期，谈太阳和雨，或许也可以谈谈他们漂泊的行踪和传奇的艳遇。然而村里人开始总怕那乌云一般的蜂群。放蜂人说，只要你不去扰它，蜜蜂绝不先蜇人。于是在一个春雨淅沥的午后，村里人终于走进了放蜂人的帐篷。村里人从此知道了，那仿佛童话中的帐篷里，原来除了一卷铺盖和几桶蜂蜜外，还装满了孤寂。放蜂人让客人喝最新鲜的蜜，这蜜足以滋润村里的男人们一冬的话题，而女人们则从此夜里常做甜甜的梦——在梦里，放蜂人被春雨淋湿的身影，总被他帐篷中的马灯映得高大而亲切。

村里最漂亮的妹子，在喝过了放蜂人的蜜以后，越发鲜活水灵了，她的笑容里仿佛也沾了放蜂人的蜜，甜得让人陶醉。在放蜂人的卡车将他的蜂箱和帐篷连同乡村的春天一起载走后，村里人发现那个漂亮妹子也失踪了。她年迈的父亲，在村口望着天上的浮云发了好一阵呆，回家从箱子里取出八百元钱，掂了掂，还给了村东头的老王家——那是他家昨天刚送过来的彩礼。

第二年油菜花开时，放蜂人的卡车又准时来到了村口，村里人又走了过来。

“今年的油菜花特别鲜，收成一定特别好吧！”

放蜂人笑着高声说，可是村里人这一次谁也没有接他的话茬。

失踪的妹子腆着大肚子从车上下来，村里人更不能接受她这个形象。她一气之下又上了车，从此再没回来，尽管油菜年年开花。

故乡的香菜

读大学时，每逢寒暑假返校，当晚宿舍里总要举行一次“南北风味大会餐”：东北的同学拿出粉条炖肉，无锡的同学拿出酱排骨，新疆的同学拿出葡萄干和哈密瓜……我故乡地属江南农村，没有类似的名产，这曾让我自惭形秽。然而当学友们尝过了我从故乡带来的“香菜”后，我却十分的骄傲起来了——在我们的“南北风味大会餐”中，我的“香菜”因为“香辣鲜脆，口味独特，余味无穷”，而多次被学友们评为“最佳美味”。此后每次回家，学友们总要提醒我：“开学时别忘了香菜！”

我故乡的“香菜”并非湖南人所说的“香菜”——芫荽，而是一种用独特工艺制作的腌菜。你知道了这一点以后或许会说，这腌菜再怎么样，能算是美味吗？不过我要告诉你，香菜的神奇之处，除了它味美外，正在于它是用最普通的材料制作而成的。

据说，当年乾隆皇帝下江南曾在我故乡的无想寺驻足。县令为了邀宠，令百姓进贡“御膳”，可美味佳肴大多沾着鱼肉荤腥，均为佛门所禁。本县明觉乡的一户菜农，把以全素的作料做出的一坛特殊的腌菜进献皇上。没想到乾隆品尝之后竟龙颜大悦，连问此为何菜。县令如实相告，说只是腌过的白菜梗子而已，并无菜名。乾隆哈哈一笑说：“如此佳肴，岂能无名？此菜香辣鲜脆，就叫‘香菜’吧！”从此，“香菜”的名字便传了下来，而腌制香菜的习惯和工艺更在故乡延传至今。

制作香菜有四道主要工序：选、切、晒、腌。选，即选择那种叶小梗高的大白菜，再把它晒软洗净。切，即把晒软洗净的大白菜除掉叶子，并切成丝状。方法是，先用一根缝被子的大号钢针，将菜梗子顺势划成粗细尽量均匀的条条，然后再用刀把它切成二寸左右的段段。一般切菜丝，只要用刀把菜梗子斜着切就是了，而切香菜为何要用如此特别的方法？这是因为用一般方法切出的菜丝，两头尖中间粗，太阳一晒，整体干湿不匀——两头干，中间湿，制成的香菜质量会大打折扣。晒，即把切好的菜丝放到太阳下晒“干”。这一道工序看似简单，实则不易。它不易就不易在把菜料晒“干”到什么程度——晒得过干，最后制成的香菜韧而不脆，甚至咬不动，易塞牙；晒得不够干，最后制成的香菜味如一般腌菜，不但失去了香菜的风味，而且不易保存。另外，晒料最好是连着日头晒，这就需要老天帮忙，不要在晒料期间阴或雨。这一点也很不易。制作香菜的最后一道工序是腌制。腌制本身并不难——把洗净晾干的菜丝与作料拌匀后装进坛子密封起来就行了。难的是作料的配制。作料是用粉精盐、生姜粉、胡椒粉、八角粉、熟食油、熟芝麻、白糖、蒜泥、茴香、陈醋、味精等配制而成的，配料之间的比例不同，最后腌出的香菜口味也不同。有经验的人正是通过改变配料的比例来腌出或偏辣、或偏甜、或偏咸、或偏酸的香菜，以满足不同口味的人食用。

香菜的制作如此复杂，且一担白菜最多只能制成数斤香菜而已，因此一般农家并不多做，腌出的香菜一般情况下也不舍得自己享用，常常把它作为稀罕之物来招待贵客和馈赠亲友。据说也曾有人想对它作商业开发，但由于它制作工艺复杂，难以大批量生产，再加上贮藏保鲜也存在困难，所以多少年来故乡的香菜一直没能被外界真正认识。

不久前，我早年教过的两位学生跑到省城来找我，说他们在故乡办了个香菜加工厂。我跟他们说了香菜大批量生产的难处，他们说我说的难处都解决了，现在唯一的难处是销路问题。说着递给我一堆真空小包装的香菜，让我尝尝味道是否正宗，好帮他们在省城宣传宣传。我很佩服他们的闯劲。尽管我没有推销商品和做广告的经验，但我还是很高兴地接受了他们的要求。我把他们留下的香菜分送给了几家我熟悉的饭店，很快就有饭店打来电话，问我哪儿能买到。我当然把学生们的香菜加工厂电话告诉了他们。

或许不久的将来，故乡的香菜真的能够香飘四方了。

桑叶青，桑果红

“桑叶青，桑果红；桑果红，掌灯笼……”

这是一首我童年时常唱的童谣。

我家老屋的后面原先有一块空地。二十多年前的一个春天，父亲用一捆桑枝插了一圈篱笆，将它圈了作菜园。其中有一根插作篱笆的桑枝奇迹般地发出了嫩绿的新芽，夏天过后竟成了一棵亭亭的小桑树。两三年后，菜园被当做“资本主义尾巴”给割去了，而这棵桑树竟枝繁叶茂、绿荫如盖了。

一天，我和几个小伙伴在树下玩，突然发现，碧绿的枝叶间点缀着几颗小小的桑葚，青的像绿色的珍珠，红的像一盏盏小小的灯笼。顿时，一股不可名状的激动充溢着我的心头。我跳起来摘了一颗，飞快地丢进嘴里，嚼了几口不禁张大了嘴巴——太酸了，还未成熟。从此，我天天盼着那几颗桑葚的颜色变乌。故乡的桑树就这样寄托了我少年时成熟的渴望。

终于，枝叶间的桑葚变得乌黑发亮了，我郑重地摘下满满一大捧，将小伙伴们请来，一人几颗。我们放在手心上闻了又闻，看了又看，许久才缓缓地送入口中，一嚼：甜甜的，酸酸的——那是今天的孩子吃“娃哈哈”所无法体味到的，想来这滋味足够我一生品尝。

从此以后，我每年都要为桑树松土、施肥、浇水、修枝，桑树每年也都以它丰硕的果实报答我们。我家左邻右舍，没人不曾接受过它的馈赠，包括大人。当然，桑树的馈赠远不止这桑果儿，还有它肥大鲜嫩的一身绿叶。

我至今记得父亲从乡里领回蚕种时高兴的样子。那年，我家的蚕宝宝长得特别好，新栽桑园的桑叶不时告急，那棵老桑树上的叶一次次使“叶荒”缓和。后来，我每次回家探亲，总要与我的桑树相见，只是从未在桑叶鲜嫩、桑果儿成熟的时节。好在每次我都能享受它带给我的欢乐和慰藉，也总忘不了为它松松土、施点肥、浇些水。它给予我和乡亲们的馈赠源源不断：春天，它的新叶儿喂蚕，蚕儿为人们吐出富裕，桑果儿鲜美，为孩子们留下童年的美好记忆；夏天，修下的枝条是入冬后烧茶的最好柴火，那“桑枝茶”为老人们增加了几分晚年的温馨；秋天，它用自己的生命作一年中最后的努力，吐出第二茬新叶正好将秋蚕喂“上山”；冬天，那孕育春天的树枝，给人以新的启迪……

这就是我故园的桑树，它求于人甚少，给予人甚多。然而，它却被砍去了——家里来信说：我家的蚕茧今年又是大丰收，家里盖了新房，修院子时将那棵老桑树砍了。

我无法想象它被砍的样子——那生命终结后的样子。我要去看看它，哪怕只是去作一次生命的诀别。

“为什么非砍了它不可？”回到家，我望着躺在院里的桑树躯体，皱着眉头问母亲，“不能将院墙往里或往外挪一点吗？”

“往外挪一点影响村里的大道，往里挪一点院子又小了，如今谁家不是高楼深院？”

我无可奈何，但终究不相信这生命力强大的桑树，竟会如此从我生活中消失。我又来到桑树生长的一角，想寻出点什么可作纪念的东西。忽然，我的眼睛一亮——那院墙脚下的罅隙里钻出了几棵嫩嫩的小桑苗，秋阳照着它们鹅黄的叶儿，天真的样子着实可爱，仿佛正向我微笑，没有一点儿忧伤的神情。我紧缩着的心因此而宽慰了：原来桑树的生命并未结束，而是以另一种形式在另一片新的天地里得到了再生。这时，我的耳边仿佛又回响起那首熟悉的童谣：

"桑叶青，桑果红；桑果红，掌灯笼……"

燕归来

老家曾有一种说法：燕子在谁家做窝，谁家就门庭吉祥。因此，那些堂前的燕窝，如同今天“文明户”“新风户”的牌子，给主人以高兴和自豪。

记得小时，我家住着既破又矮的草房，家里黑洞洞的，燕子总不来做窝。“哎，燕子也往亮处飞嘛！等盖了新房就会有燕子来做窝的！”父亲老这样说，可我家的新房一年一年老盖不起来。

终于有两只燕子飞进了我家的草房，我高兴得大叫起来。不想我这一叫，竟把它们吓得飞了出去。好在一会儿它们又飞了回来。一连两天，它们都这样飞进飞出，似乎很怕惊吓。大嗓门的母亲在那两天里也变得轻声细语的，我更不敢舞枪弄棍，唯恐吓跑了燕子。家里没人时，门也敞开着，唯恐锁了门，燕子进不了家而另寻人家去做窝。几天后，我家堂前终于有了一个精致的燕窝。一个多月后，窝里有吱吱的声音，原来里面竟有了小燕子。当了妈妈和爸爸的燕子更忙了，忙着为小燕觅食。每当它们从外面觅食回来，小燕吱吱叫着将头争相伸出窝，嘴巴张得很大。那嘴巴黄黄的，呈三角形。小小的燕窝里竟有七八只小燕子，燕妈妈或燕爸爸每飞回一次，只能喂一张嘴巴，所以它们不停地飞进飞出，永远不知疲倦，让人不胜感动。

小燕子越长越大，看起来很好玩，我曾很想捉一只下来玩玩。但大人们说，谁掏燕子窝，谁就会生瘌痢头。当时村里有几个生瘌痢头的孩子，头烂得淌血水，好了以后头发也不长。虽然不知道他们是否掏过燕窝，但我很怕生瘌痢头，所以终究没敢去掏燕窝。

一天，有只小燕子突然从窝里掉到地上，被我捉住了，燕妈妈和燕爸爸绕着我上下翻飞、喳喳直叫。妈妈说："把它放了吧，明年它会来我家做窝的！"我半信半疑，便在燕子腿上拴了一小块红布，把它放回窝。不久，它便同其他小燕一样，羽毛丰满飞走了。春去秋来，我家堂前的燕窝空了，我用一根竹竿把它捣了（因为大人说，空了的燕窝里会生铁丝蛇），但我常想：我放了的那只燕子明年真的会回来吗？

转眼又一年春天。一日傍晚，忽然听到房梁上有燕子叫，我抬头一看，见一只燕子的腿上真真切切拴着一小块红布。"妈，咱家的燕子回来了！"我高兴得大叫。这次，燕子一点儿也没被我的叫声惊吓。它在房梁上高兴地叫着，好像要把它别后一年的情况向我们一吐为快。从此，我家的燕子每年都准时来衔泥做窝、生儿育女。几年后，我家终于盖起了三间新瓦房。

只是如今，我家的瓦房在村上又显得矮小而破旧了，因为它周围的楼房越来越多、越来越高。但我不知道，那些建筑和装潢都十分考究的楼里，可否为燕子留着个做窝的地方；我也不知道，住在那些楼里的人们，是否仍那样欢迎燕子，并且以堂前的燕窝而感到高兴和自豪。

倾听绝响

“蝉和蟋蟀、耗子一样，是家家户户养在家里的家虫。”这是一位现代著名作家当年老北京的句子。可如今，不要说北京不再是这样的情形，就是如我寄居的这样的小城，如此情形也早已寥寥可数了。当然，每到夏天，蝉鸣偶尔还是能听到的，但那是一种单调而焦躁的噪音，它飘浮于城市固有的哄响和炽热的烟尘之上，充满了无奈，让人感到绝望，感到蝉这种夏天的小生灵即将奄奄一息了。而乡村的情形却大不相同。

在乡村，树是庄户人喂养的不会叫唤的生物，而树上的蝉则是乡土培养出的专属歌手，它的鸣叫，是一种来自乡土的清纯而深沉的吟唱。记得小时候，我曾十分喜欢听蝉的鸣叫。夏天的午后，我被大人逼着正午睡，听着窗外的蝉鸣，便悄悄爬起来谛听，然后潜到树下，屏住气息，寻声而觅，看到蝉正伏在绿叶青枝间唱得十分投入，我便像猴子一样爬上树，慢慢地轻轻地接近，心跳为之加速，最后突然出手，将蝉捉住，下来用线将它的一条腿系住，拴在蚊帐中。晚上，这蝉似乎并不担心自己的处境，窗外的蝉唱，它也和着唱。我便听着蝉的悠扬鸣唱——如同听着催眠的摇篮曲而恬然入梦。故乡的蝉鸣，想来真是一首词儿古老而简单的歌，声声歌唱着乡村的夏天和我的童年。因此，当我如今偶尔回乡探亲，听到满耳的蝉鸣，竟如同听到久违的乡音一样，感到自然、亲切和温馨。在连续的谛听中，我那颗尘封于心灵深处的情感种子常常因此而复活，甚至那如潮声月色般绵绵不绝的蝉鸣进入耳廓竟成了旋律，既熟悉又陌生，而作曲的竟是自己。

倾听蝉鸣！倾听心曲！

然而，乡亲们告诉我，故乡的蝉也不如从前多了。我曾询问原因，结果谁也说不出所以然。我还曾问我小外甥，他们这些乡村孩子，是否还像我小时候那样，喜欢听蝉。小外甥向我摇摇头，举起手里的电动步枪一通扫射。那种由电子摹拟出的枪声十分逼真，且伴有电子火光，很是刺激。的确，现在的孩子比起我们小时候是幸福多了，他们不但有电动步枪，还有变形金刚、电子琴、钢琴等等，他们已不需要蝉鸣这种最为单调的摇篮曲来相伴入眠了。我曾参评过一次儿童电子琴、钢琴比赛，孩子们都能用自己的小手弹奏出十分高难的乐曲，但在我听来，这些乐曲也许并不是属于他们的音乐，虽然都很动听。我还曾看见一个城里的孩子，在玩够了变形金刚，也弹够了电子琴、钢琴后，偶尔捉一只蜻蜓把玩，那模样笨拙得可笑，那颤抖的小手全没了在琴键上的灵巧。想到这些，我觉得今天的蝉鸣，似乎成了中国乡村音乐和儿童音乐的绝响。

倾听蝉鸣！倾听绝响！

乡村是城市的童年，童年是人类的乡村。乡村接近自然，童年属于自然。但人类的进步，社会的发展，似乎终将离大自然远去，这几乎是一种无奈。倾听蝉鸣，感伤涌上心头，许多关于童年、关于乡村的旧事也涌现在眼前，但就是怎么也捉不住了，就像我已怎么也捉不住树上的鸣蝉。但鸣蝉捉不住，蝉鸣却是再不会从我的生命中消失的，虽然它终将成为绝响。

倾听蝉鸣——我闭上眼睛，生怕流下泪来。

江南动物志

蛇

在西方神话中，蛇是一个不光彩的角色，因为在伊甸园中是蛇教唆亚当和夏娃偷吃了禁果。在我老家有“见蛇不打三分罪”的民谚，可见蛇是人的死敌。

我小时候的乡下，蛇好像特别多：有时候走在路上，突然就会有一条蛇从路边的草丛中窜出来，再从你的脚边哧溜一下窜过去；有时候在家里正吃饭或睡午觉，突然间从屋梁上挂下一条蛇来，正挂在你的头顶上。类似情形，每次都把人吓得一大跳。有时回过神来，想去追打，而蛇早已逃得无影无踪了。不过这样遇到的蛇，大多数是水蛇或“家蛇”，都是不会也不能伤害人的无毒蛇。对于这类蛇，大人一般都是不打的，只有孩子才会追打它们。孩子们追打水蛇和家蛇，想来一是为了一泄被吓的愤怒，二是为了逞能——真的是毒蛇，他们哪里敢去打！每当有孩子打水蛇和家蛇，大人们常常会说：“人遇见蛇吓一跳，蛇遇见人蜕层皮哩。”这话倒常常能成为对孩子们的一种提醒，于是赶紧放弃对蛇的追杀而去寻蛇蜕。

蛇蜕可以入药，因而可以卖钱，因此，乡村的孩子尽管怕蛇，但仍常常会在荒草丛中、残墙根下寻寻觅觅，为的是能寻得每条能卖个两三毛钱的蛇蜕。而这自然又是十分危险的事情，因为那些地方除了水蛇更有土虺蛇（蝮蛇）、赤链蛇等毒蛇。我的堂兄二呆便是在他家后园里寻蛇蜕时被土虺蛇咬了，被咬的那只手一会儿就肿得连手指都不能弯。要不是村东头的牛二及时送来蛇药，恐怕连小命也难保。

村东头的牛二不但识得草药，会配制各种蛇药，而且还会捕蛇。牛二捕蛇一是为了吃蛇肉，二是为了卖蛇皮。蛇皮卖给城里的乐器厂蒙胡琴。在村里孩子们的眼中，牛二是十足的英雄。牛二只要拎着一只塑料袋子去捕蛇，身后便常常跟着一大群孩子。牛二沿着废墙根或茅草坎轻手轻脚地走着，走着走着，用手向身后的孩子们挥一挥，孩子们便知道牛二发现目标了，赶紧停住脚步，屏住呼吸观望。此时，牛二有时会打几声忽哨，有时则什么声响也不发出，只弯下身子，向草丛探出手去，等到他将手收回举起来，一条很大的蛇便缠上了他的胳膊，而他的手正掐着蛇的“七寸”（脖子）。牛二把蛇似乎十分艰难地放进塑料袋，心满意足地回家，孩子们则比他更高兴，跟在他身后个个如凯旋的英雄。当晚，牛二住的那间茅屋里一定会有芳香飘出。但每家的大人决不准自家的孩子走近牛二的茅屋，他们对孩子们说：“牛二的前世一定不是人，他是黄鼠狼转世，只有黄鼠狼才吃蛇！”但在孩子们眼里，牛二怎么也不像黄鼠狼，因为他的皮肤不但并没长毛，而且比谁都光亮。牛二告诉孩子们说这都是吃蛇吃的。

终于有一天，捕蛇的牛二竟然被蛇咬死了。那次他从山里捕得了一条五步蛇，在家一个人宰杀时，不小心被蛇咬了。如果他被咬后立即用药，或许是不会死的，但那条五步蛇就有溜掉的可能——它溜进村里，后果不堪设想，因此牛二被蛇咬后的第一个念头便是追打蛇，可是等他将蛇杀死后，蛇毒已在他身上发作了，他就倒在了离他放蛇药的木盒旁。他手伸向盒子，但终没取得蛇药。

乡亲们说这是牛二吃蛇的报应："蛇是小龙，吃不得的！"有人说："广东人人人爱吃蛇哩！"乡亲们个个瞪大眼睛，感到不可思议。许多年后，我去广东工作，证实此言不虚。粤菜的一大特点正是"无蛇不成宴"，只是我在广东时宴是赴过不少，但宴上的那些蛇肴、蛇羹我是从未吃过一口。遇有人客气着硬要我吃，我便说："蛇是小龙，咱乡有风俗，不敢吃！"

前几天去夫子庙花鸟市场，竟看见有人卖蛇。是一种很小的蛇，装在一个个小小的笼子里。询问卖者后才知道，这种蛇是卖给人玩的。我很是诧异，说："这蛇也能玩？"答曰："玩的人多了，你看这不！"顺着他手指的方向，我竟真的看见一对时髦小青年，各自的手上真拿着一条小青蛇，蛇身正缠在手腕上。我看了一眼就不敢再看，无论如何都觉得有点儿恶心，也有点儿恐怖。

狐

写下这个题目，自己也觉得很愚蠢，因为在这个题目下的好文章早在蒲松龄笔下就被作绝了。但是再一想，蒲公笔下的狐实际上是人，他讲述的一个个"狐狸的故事"，实际上是一出出人间悲喜剧的另一种讲法而已。

我要写的是真正的狐狸。

狐狸，我老家人呼之"黄老板""黄大仙"等。它生活在荒山野岭、孤坟破庙之中；它在某个角落里幽幽闪动的目光如照耀另一个世界的磷火；它在夕阳下飘忽而过的身影常常将人们追寻的目光牵得同样的飘忽；它是大自然孕育出的一种最神秘、最精怪的生灵。

狐狸属食肉类动物。但它的个头是那么的小，猎食的对象自然只是农家的鸡、鸭、鹅一类家禽，给人的印象也就不像狼那样凶狠可怕，相反有时倒有几分暧昧。乡下的某个女人，相貌特标致，体格特风骚，人常常呼之“狐狸精”，有时她听了不但不反感，反而有几分得意——狐狸挺招人爱哩；某个女人生活作风有问题，人常常骂之“骚狐狸”——狐狸挺讨人嫌哩！

“杀千刀的黄老板呵，你怎么净叼我家的鸡仔，老跟我们家过不去呢……”二婶又在那里叫骂了——肯定是她家的小鸡又让狐狸叼走了一只。我老家的屋后是一片废园，里边杂草丛生、荆棘纵横，自然是狐狸的天下。但附近人家饲养的鸡鸭也常去那里觅食，这对于狐狸来说真是送上门来的美味。我母亲说：“他二婶哎，你就再别骂了！你没觉得你越骂得凶，你家的鸡越少得快吗？”最近不知怎的，这黄老板似乎专门与二婶家过不去，她家一窝二十多只“东风鸡”，今儿少一只，明儿少两只，而别人家的鸡都不少。这自然让二婶十分恼火，心想，这倒霉的事大家摊摊心里也好受些呵！越想越生气，越生气越要骂：“我才不信呢，下次被我看见，我非得叫咱家的狗咬死它！”二婶恶狠狠地说。母亲叹口气说：“这黄大仙灵着呢，别以为你骂它的话它没听见！你越骂它越生气，它越生气你越倒霉。”对于母亲的话我也不信，这狐狸真能有这么神？但是二婶家的小鸡真的在二婶的骂声中一只只地减少。个把月后，那一窝“东风鸡”终于一只不留地被狐大仙给消受掉了，而别人家的鸡几乎没动——说来真是令人难以置信。正是因此，一般情况下，老家人并不敢得罪狐狸，怕被它盯上遭受报复。

狐狸的报复方式传说还有更厉害的，那就是它会放火。这更让人胆战心惊而又觉得不可思议。但是只要你看见了火狐，你就不由得会相信。我就看见过一次。那次我和一群孩子在村边的破祠堂边放鹅，突然从祠堂里窜出一只浑身着火的狐狸，眼看着它在地上不停地打滚，火被滚灭后它便一溜烟地窜进了一个树洞，留下一股难闻的焦味，半天才散去。我们走过去一看，地上的茅草被烧焦了好大一片哩……

后来我在一本书上看到，狐狸能放火的本领竟是真的。狐狸的小便中含有一种磷，每次小便会多少沾一些在腿间的皮毛上。狐狸对事物具有本能的记忆，如果它在某个地方被人追击，它下次经过这里时会本能地回想起来，于是快速逃离，这样它腿间的皮毛就会快速摩擦，如果此时它腿间皮毛上沾着的磷正好又积累到了一定的量，就会起火，而狐狸的皮毛又十分易燃，一旦起火，狐狸就很易成为“火狐”，它只有就地滚灭身上的火才不会被烧死，而它打滚的附近如果有易燃物，狐狸自然就成了纵火犯。因此，狐狸不但狡猾，而且简直是十分危险。

狐狸对人构成最大危险是因为它那张与众不同的毛皮，同时它也正因为长着这样一张毛皮，便注定了自己悲剧的命运。不是有一句“再狡猾的狐狸也逃不过猎人的手心”的俗话吗？可是猎人捕杀狐狸的最直接原因想来并不是在于它叼鸡的习性、狡猾的品性，甚至也不在于它对人构成危险，而只是为了得到狐狸的那张毛皮，好用它做成一件件高档的时装，给有资格穿它的高贵者以温暖和美丽。

我小时候常常看到田野里走动着专门捕杀狐狸的猎人。他们背着一只网兜，兜里装着夹狐狸的夹子。每天傍晚，用一把随身带着的小铁锹在田坎下挖出一个个洞，放进一块肉，再装好夹子——如此为狐狸设下一个个陷阱——第二天早上便可收获一只只被夹得或已死去或半死不活的狐狸。他们剥下狐狸的皮，把肉就地扔掉。他们似乎从来不怕狐狸的报复，他们在我们的眼中仿佛来自另一个世界，比狐狸还要神秘。

据说，如今老家的狐狸几乎已绝迹，想来这也在情理之中，因为连我自己的皮夹克上竟也缝着一条狐裘领子。呜呼，狐狸！

蛙

故乡有一家企业，生产“金蛙”牌系列农用运输车。对于农用车来说，“金蛙”二字真是一个很好的品牌名：农用车的形象十分朴实，形象正如“蛙”一般；再修饰以“金”字，正切合了广大农民兄弟发家致富的迫切愿望。“金蛙”农用车一度誉满大江南北长城内外，还有少量出口到了海外。这当然为故乡带来了巨大的经济效益。曾经连续好几年，这家企业成了故乡经济的半壁江山。

企业强大了，企业领导者自然也注意起树立企业形象来了，于是企业出资数百万元之巨，要在故乡的城市中心广场上造一座雕塑。这当然是一件好事，但企业的领导者毕竟只是企业家而非艺术家，他竟让人在广场的中央塑造了二十多只金色的青蛙——中间一只巨大无比，并高高在上，其他团团围成一圈。更糟糕的是，这二十多只青蛙的形象完全是田间地头任何一只青蛙的写实，一点儿也没有经过艺术化处理（像把人人喊打的老鼠艺术化为人见人爱的米老鼠那样）。于是有人讽刺曰：“若有一只天鹅从这儿飞过，我们的城市正应了一句俗话——‘癞蛤蟆想吃天鹅肉’。”

这座投资巨大的城市雕塑，之所以落得这样的效果，想来是因为设计者和建造者忽视了一点，这就是蛙的形象并不美观。青蛙大大的嘴巴，短短的脖子，鼓鼓的肚子，四只腿脚，前两只短小，后两只巨大，似乎也不成比例，蹲在那里永远是一副呆头呆脑的样子，也就是说青蛙的这副身材是不具备艺术特长的，因此它的尊容也很少入画（最多只在一些花鸟画里作点缀）。白石老人画命题作品《蛙声十里出山泉》，很是费了一番心思，可最终他也没有让青蛙出现在他的画笔下：他宁可画了无数条蝌蚪，也没画半只青蛙。

青蛙最能给人艺术想象和审美愉悦的不是它的形象，而是它不倦的鸣叫。

辛弃疾有词云："稻花香里说丰年，听取蛙声一片。"青蛙在乡下又被叫做田鸡，人们听到它的叫声如同听到鸡的叫声一样，听到的是生活的宁静、祥和和诗意；除此之外，青蛙的鸣叫还能给人以丰收的希望，因为有一个简单的道理：青蛙是害虫的天敌——蛙声响，自然青蛙多；青蛙多，自然害虫少；害虫少，自然丰收在望。

偶然读到一首题目叫《咏蛙》的诗，里面有一句："我不开口谁敢言。"诗家对此句大为称颂。但我以为青蛙绝没有如此霸道，因为说到底，青蛙只是一种来自田园、来自泥土的小生灵，而且它在实际生活中的处境是十分尴尬的，甚至可以说是十分可怜的。早些年有一部叫做《保护青蛙》的科教片，里面详细介绍了青蛙捕食害虫的种种高超本领和深远意义。影片拍得很艺术化，很美，在村子上放映时，农民们看了不住地发出一阵阵惊叹的咋舌声。但具有讽刺意义的是，有的人电影刚一散场，便打着手电到水田里抓青蛙去了。他们把抓得的青蛙，小一点的喂自家养的鸭子，大个的卖给小贩，供城里人吃食。他们说："净扯淡，这青蛙抓都抓不完，还用得着'保护'！"

的确，那时的青蛙实在是多。每到春天以后，夜晚的乡村就仿佛被淹没在蛙声的海洋中了。各种各样的蛙，发出各种声调的鸣唱：小土蛙声低而短，大田蛙声高而长，小旱蛙声细而尖，大牛蛙声粗而响……它们声高声低，此起彼伏，组成了一曲乡村田园的交响。有时候，夜晚躺在床上一时睡不着觉，听着这来自田园、来自泥土、来自自然的交响，便仿佛倾听自己的心曲，人生的花开花谢、生命的潮起潮落、生活的歌笑歌哭，都能在这种静静的谛听中渐渐化解。蛙鸣，真还是一帖医治心灵的良药哩！可是不知从何时开始，蛙鸣竟越来越稀少了，现在即使在乡下，夜晚也难得听见一两声了，那种如潮汐春雷般的蛙鸣更似乎成了一个遥远的梦。

前两天，我在菜场买菜回来，在小区的巷子里，突然听到一两声蛙鸣，我起初以为是自己的耳朵发生的错觉，再听见不觉举目搜寻：在一个角落里发现有一个卖青蛙的小贩，他的面前正放着一只网兜，里面网着几十只青蛙。我问过价后便买了下来，并悄悄地把它们全放到了我住的那个小区内的一个人工池塘里，当晚我躺在床上竟听到了久违的蛙鸣，只是这样的蛙鸣竟听得我在黑暗中几乎流下眼泪。

兔

本人属相是兔，自然从小对兔颇多好感。

我曾喂养过一只大白兔。那是从下放的小学老师家要来的。兔子的性情十分温顺，这有时让我很是不满。我有一个比我大一岁的堂兄，老爱欺负我，有时我被欺负过后，便回家将我的那只兔子打一顿，直打得它发出“吱吱吱”的叫声才罢手。那时在我看来，堂兄之所以能欺负我，是因为他属老虎，而老虎是凶猛的动物；我之所以被欺负，是因为我属兔子，而兔子太温顺了。所以我被欺负后便去打我的兔子，怪它怎么不也凶猛一点，也好让我不受欺负。

我养的那只兔子，虽然没少挨我的打，但更多的时候我是很喜欢它的。它那一身雪白的茸毛，两只红红的眼睛，吃起草来动来动去的小嘴巴，还有那肥嘟嘟的样子和那永远胆小怕事的神态，真是十分的讨人喜欢又惹人怜爱。我每天挑猪草时，总要把最鲜嫩的青草留给它，因此，尽管我常常打它，但它一点儿也不怕我，相反，它只要一看到我，就会连蹦带跳地迎过来，在我脚下撒娇嬉闹。

老家古称中山，古书上有“中山多狡兔”的话；后来又知道了一个成语“狡兔三窟”——似乎兔子是很狡猾的动物。可在我看来，不要说像我养的这只兔子，即使是野兔，不但不狡猾，相反倒十分厚道，甚至有点儿傻。我曾跟邻居海子一道在夜里去打野兔，野兔躲在草丛中，只要被我们用手电射出的光束照到，一般情况下它不但不跑，反而瞪着两只红红的眼睛傻傻地看着我们——看我们向它瞄准、射击，有时甚至迎着我们的手电光一跳一跳地跑过来，我们为了不至于一枪把它打得稀巴烂，不得不将它赶得远一点再开枪。你说兔子傻不傻？兔子背上个狡猾的恶名，实在可算是人类在动物界制造的冤假错案之一。不仅如此，正因为兔子背上了个恶名，所以它在人眼中的形象就可想而知了：什么“兔子的尾巴——长不了”了，什么“兔死狐悲”了，还有兔子与乌龟赛跑，失败的永远是兔子，甚至谁家媳妇生了个豁嘴的孩子，也要把罪过算在兔子身上，说这个媳妇一定是吃过太多的兔肉，所以生出的孩子才长个“兔唇”……这一切曾让我愤愤不平，于是我更加精心地养着我的那只兔子。

我的这只兔子从春天养到了秋后，便成了家里的负担，因为秋后野外没青草了，它就要与家里的猪羊争吃饲料。父亲说：“把它宰了吧！”我抱着它哭了半天，说什么也不答应。父亲答应留着它，可是有一天，我放学一回家就闻到了从厨房里难得散发出的香味，我的脚也没有踢到那毛茸茸的一团，便立刻明白了是怎么回事，在堂屋中央愣站了老半天，眼泪也流了老半天。晚饭时，任凭父母说兔肉多么多么好吃，任凭姐妹们用夸张的吃相怎么来引诱我，我硬是一口没吃我的兔子。

鹅

鹅在我故乡被称做“鹅呆子”或“呆头鹅”。正因为鹅的呆，所以老家几乎家家户户养鹅。此话怎讲？因为各家放鹅的任务一般都是交给孩子的，鹅最呆，自然也最好放，至少不像鸭子：晴天钻稻行，雨天跟水氽，放鸭无异于看贼一样的难。鹅走到哪里，永远迈着四方的步子，将头抬得老高老高，并且时时“噶公，噶公”地叫唤，一副高谈阔论的样子，自然难以从放鹅人的眼睛下走失。再则，鹅虽然也吃稻子、麦子，但没稻子、麦子可吃时，它还吃青草，不像鸭或者鸡，无稻子、麦子吃时，还要吃鱼吃虾吃螺蛳，至少还要像人一样吃饭。因此鹅实在是农家十分好养活的一种动物。

农村的孩子，一般从七八岁就开始放鹅，一直放到十四五岁下大田干活。多则一人要放上一二十只，少则也有七八只。一个孩子，手拿一根细竹竿之类，跟在雪白的鹅群后，在青青的草地上悠悠地放牧，如同赶着一片白云在草地上悠悠地飘荡，想来是十分具有诗情画意的。只可惜孩子们当时是无论如何也体验不到的。

记得我小时候，除了冬天，每天早上天不亮起床，头等大事便是将鹅放饱关进鹅笼，然后才能上学去。放学走好几里山路赶回家，老远就听见家里的鹅已饿得在笼里叫翻天了，于是也顾不得歇一口气，立即放下书包打开鹅笼。此时，鹅一点也不呆，它们争先恐后地向野外逃去，远远地看见田野和水，高兴得一个个伸长脖子，张开翅膀，高叫着飞向水草，有时竟真的腾空飞了起来。每当此时，自己的兴奋一点也不比鹅差。

鹅在水里洗过澡，也吃上一会儿草后，便又开始悠闲地踱着方步高谈阔论了。此时放鹅的孩子也聚到了一块，或交换着当天学校里的新闻，或吹嘘着自家的鹅飞得如何高又如何远。有时说着说着，鹅群却大乱了起来：各家的鹅挤到了一块儿，几只脖子长个头大的公鹅已互相角斗了起来。它们用嘴狠咬着对方的颈毛，脖子缠在一起，用翅膀扇着对方，用爪子踢着对方，各自都是一副置对方于死地的模样。此时放鹅的孩子也来到一旁呐喊助威，特别是正斗着的两只公鹅的主人，他们更是既兴奋又紧张，兴奋的是自己的鹅是一条好汉，紧张的是唯恐它败下阵来。但即使如此，他们也决不插手，而只是让鹅公平决斗。最后终于分出胜负：一方落荒而逃，一方乘胜追击但也不真追，只是追出个意思后便停了下来——只见它伸长脖子，高叫几声，仿佛是向世界宣布自己的胜利，也向主人报告自己的凯旋，然后得意地回到自己的群体。家里的成员当然也少不了用热烈的叫声欢迎它的凯旋。更为得意的是它的主人，仿佛胜利的不是鹅而是他。当然那只斗败了的鹅的主人，则比鹅更为沮丧，有时，他甚至还会以一副哀其不幸怒其不争的态度用竹竿将他的鹅打一顿，但打过之后，为了另日卷土重来报一箭之仇，他往往会更精心地去放养他的鹅。当他赶着鹅群从战场离开的时候，一般总是要经过生产队的稻田，此时看看四处无人，他便故意放慢赶鹅的速度——此时“呆头鹅”一点儿也不呆，立即心领神会，一个个伸长脖子猛叼田边的稻穗……

有过这样的生活经历后，读到骆宾王的《鹅》，我常常生出这样的感觉：骆宾王小时候一定没放过鹅，如果他是一个放过鹅的孩子，他笔下的鹅肯定不只会“曲项向天歌，白毛浮绿水，红掌拨清波”。这样的鹅才真是“呆头鹅”哩。我倒是觉得王羲之可能是放过鹅的，因为他不但舍得将《黄庭》换白鹅，对鹅表现出了很深的爱，更因为他参照鹅的形象写出的

“之”字是那么的生动、形象、有趣。看越剧《梁山伯与祝英台》，看到梁祝十八相送时，英台说山伯是呆头鹅，山伯一时很生气。其实他大可不必，因为呆头鹅也有不呆的时候，更何况许多人爱的就是鹅的呆呢？

前一段时间，我居住的城市不知怎么竟风靡起吃鹅来，似乎一夜之间，全城的大街小巷到处都是“××老鹅馆”的招牌，这让我想起写这么一篇记鹅的文章。

狼

“狼心狗肺”“狼子野心”“狼狈为奸”“狼奔豕突”……从汉语里的这些成语不难看出，狼在人们的心目中并不是个好东西；老家的女人常这样吓唬长哭不止的娃儿：“再哭，再哭狼来了！”有时娃儿真会因此而停止哭号，可见狼是很让人感到恐怖的。二十年前，我听齐秦唱“我是一只来自北方的狼”，怎么听怎么不顺耳，暗暗地想：你什么不是干吗非得是一只狼呢……

我小的时候，老家的田野山林间狼是很多的。冬天的夜里下过雪后，第二天一早，村外的雪地上一定印着一行行的梅花脚印，那便是狼留下的脚印。村里的猎人沿着一行行的梅花脚印跟踪追击，常常能在山里找到狼窝或狼洞，有时竟能从中掏出小狼仔。一般情况下，猎人对于狼仔，是既不捕也不杀的。狼仔我只见过一次，那是年轻的猎户大虎从狼窝里掏出来带回村的，他说是为了看一看“这挺好玩的狼仔到底是怎么长成狼的”。狼仔看上去与狗仔没多大不同，毛茸茸的样子的确“挺好玩”。只是狼一点儿也不好玩——大虎捕回狼仔的当天夜里，我们的村子几乎就淹没在了凄厉的狼嗥声中，那情形似乎全世界的狼都来到了我们村子四周。一村人自然也都陷入了恐怖之中。直到天亮，狼嗥声才渐渐消失。大虎更是差点儿没被吓死，第二天，他赶紧把那只小狼仔放归了山里，自然当天夜里村子便安宁了。村里的老人都说："狼是有灵性的！"

的确，狼是十分狡猾的动物。记得当年，我们村在湖边搞了个鹅场。鹅场的腥味很快招来了狼的光临，任凭放鹅的社员如何警醒，每天夜里总要有几只肥鹅成为狼的夜餐。大队支书忍无可忍，让武装民兵持枪轮流守候鹅场。一连几天，狼都没出现。于是便以为狼被吓跑了，遂将民兵撤下。谁知就在当天夜里，狼又来了。此后，只要有民兵带枪守场，狼就决不会在鹅场出现；只要民兵一撤走，狼必定会到，好像有人给它送情报似的。一村人与狼斗智斗勇斗到年底，鹅场的上千只鹅还是几乎都喂了狼。

狼进村叼走牲畜，甚至叼走娃儿的事情也常有发生。我家隔壁是我伯伯家，两家共一块院场，是夏天夜晚乘凉的所在。场边有伯伯家的猪圈，圈内是伯伯家养的一头猪婆，每年夏天都要产下一窝猪仔，伯伯家一年的花销全靠它。然而不知怎的，只要这猪仔一产下，狼便会不请自到，伯伯便因此要与狼斗智斗勇一个夏天，其结果往往是胜负各半，也就是说，一窝二十上下只猪仔，最终总要被狼叼去一半左右。情形往往是这样的：我们在土场上乘凉，伯伯与我们一面说话，一面永远地竖着耳朵听着猪圈的动静，说着说着，或说到某个兴头上，或渐渐地睡意袭来，有些迷迷糊糊，突然，猪圈那边传来"哇哩"一声——只听到伯伯叫一声"不好"，腾地跳将起来，一面高呼"打狼！打狼！"一面向"哇哩"声追去，直追出村，但"哇哩"声越追越远。最后伯伯只好回到猪圈，数一数猪仔，果然又少了一只。如此情形，有时一夜竟不止上演一次。若是狼叼走的是谁家的娃儿，全村人都会持锹握钗去追，邻村人听到了动静，也会帮着一起追。狼叼娃儿一般是衔住脖子，只要狼不"换口"，追下来的娃儿一般

石臼湖里有很多芦苇荡，我们时常划着小船去芦苇荡打粽叶、拣鸟蛋、捉水鸟。芦花盛开时，远远望去，秋风中如同银色的波浪翻滚起伏，如雪的芦花漫天飘飞，故乡因此而增添了几分浪漫的情调。

鹅走到哪里，永远迈着四方的步子，将头抬得老高老高，并且时不时“噶公，噶公”地叫唤，一副高谈阔论的样子。

都有救。所谓“换口”，就是指狼跑累了把叼着的娃儿放下来歇一歇再叼起来。因此，一旦狼叼走娃儿，就要不停地追它，追得它在换口之前把娃儿丢下。当然，这样的孩子，命真是够大的！邻村有一个孩子与我差不多大，大人呼之“狼叼”，据说便是被狼叼过而得救的。我曾见他脖子上有一个大大的伤疤，看来所言不假。

当然，人战胜狼的时候也是有的。那一次，全公社的社员在我们村的圩堤上“会战”。时值春天，圩内的油菜花一片金黄，铺天盖地。午后，有妇女去油菜地里小解，不想竟轰出一只狼来，于是整个工地上的人都放下担子去追击狼。狼被包围在圩内，圩内河汊纵横交错，最终落进了一条河中，被几个年轻人用挖锹劈死了，整个工地欢欣鼓舞。晚饭时，工地上的人都有机会尝上一两口狼肉。据说味道并不好，酸酸的。

我读中学，要到离家老远的镇上，不得不每天两头不见日地早出晚归，路上碰到狼也便是家常便饭。为此，父亲没少教给我许多的对付狼的知识：诸如“狗眼看人低，狼眼看人高”，意思是遇到狼千万不要躲闪——你直着身子，狼眼看你如顶天立地，自然怯三分；如果你躲躲闪闪，让狼侧着头看了，哪怕只一眼，它就会把你看低，便会下口吃你了。再如，狼是“铜头麻杆腿，铁尾豆腐腰”。意思是打狼要打狼的腰和腿。还有，如果狼伏到你的肩上，你千万不能回头——你一回头，狼正好咬住你的喉咙——你只要大喝一声“贼狼！”狼便会逃窜，因为骂狼为贼是咒语，狼是扛不住的。对于这些，我一直未得试验的机会，因此一直将信将疑。如今和今后更不可能再有试验的机会了，因为据说狼已在故乡的山野绝迹了。狼的绝迹，对于狼来说当然意味着它与人的斗争的彻底失败，但有时我又忍不住想，对于人来说，狼的绝迹就意味着人的最终胜利吗？

油老鼠

“油老鼠”是老家人对蝙蝠的称呼。

老家人认为老鼠偷吃了油便会变成蝙蝠，换句话说，蝙蝠即是偷吃了油的老鼠。

既然有“老鼠过街人人喊打”的话，蝙蝠自然也在可打之列了。事实也的确如此，老家人偶尔发现一只蝙蝠，总要追着打个半天，直到把它或打死或打跑而后快。总之，在我老家，蝙蝠似乎是很让人讨厌的一种动物。

我这里之所以在“很让人讨厌”前用了“似乎”一词，是因为我还发现了一个奇怪的现象，这就是在许多人家的灶头上，除了墨笔画出的出水芙蓉之类外，常常还有两只大大的蝙蝠。还有我家那张爷爷的爷爷传下来的雕花板床的花板上，除了呈祥的龙凤外，更有五只大大的蝙蝠口衔铜钱倒挂枝头……

老家人似乎将两种截然相反的态度同时都给予了蝙蝠。这曾让我很是不解，如同我对于蝙蝠本身不解一样。

蝙蝠长着一对翅膀，能够在天空自由地飞翔，从这一点来说，它太像鸟儿了；但是，它的翅膀上分明又不曾长有一根羽毛——世上哪有不长羽毛的鸟儿呢？不长羽毛倒也罢了，它小小的嘴巴里竟然还长着锋利的牙齿，鸟儿是绝没有牙齿的，只有野兽才有如此锋利的牙齿；再看它的体形（除却那两只翅膀）也更像缩小了的兽类，准确地说，活脱脱就是没长毛的老鼠；还有它的叫声，也一点儿没有鸟鸣的美感，那种怪异的“吱吱”声与老鼠的叫声简直无异——这些大概就是我老家人为什么会认为蝙蝠就是老鼠变成的原因吧！

人们一般情况下都是喜欢鸟儿讨厌老鼠的，而蝙蝠既像鸟又似鼠——起初我以为这便是人们对蝙蝠既讨厌又喜欢的原因。可是后来我在一本书上读到的一个故事告诉我，事情并非如此简单。

那个故事说，在远古的时候，曾经爆发过一场鸟兽大战，双方互有胜负，而蝙蝠总依违其间，老挑暂时取胜的一方投靠，一会儿向鸟类说自己是鸟，一会儿又向兽类说自己是兽，然而，鸟们常常因为它的无羽毛有牙齿而把它当做是兽们派来的奸细，兽们又因为它有一对会飞的翅膀而认为它是鸟们派来的奸细，总将它逐来逐去。不仅如此，更要命的是鸟兽双方最后竟议和了，蝙蝠自然连说谎的余地也彻底没了，最终不但“不容毛群，斥逐羽族”，而且“不容兽群，斥逐哺乳类之族”了，也从此不敢在光天化日之下活动，只好昼伏夜出了。

这个故事出自《伊索寓言》。既是寓言，即借物寓理：骑墙之人总是人们所讨厌的，也是不得好下场的。既是寓言，便并非科学，换句话说，它还从另一个角度告诉我们：人们真正应该讨厌的是骑墙之人，而非只是模样儿长得有点骑墙的蝙蝠本身。

然而理虽是这个理，但事实上人们还是对蝙蝠一如既往地讨厌着，不为别的，只为它的模样——在蝙蝠身上，人们以貌取人（物）的习性真是表现到了一个极致。

其实，据现代科学证实，蝙蝠并非像一些电影上渲染的那样以吸人鲜血为生，相反它倒是专吃害虫的，对于人类来说也算是一种益兽（如果算它是“兽”的话），然而这似乎一点也改变不了它的尴尬地位。当然，对此它自己也有责任，谁叫它长成这样一个不伦不类的骑墙形象呢？但我们若站在蝙蝠的角度设身处地地替它想一想，这又能全怪它吗？谁不想自己长得漂亮些。再说了，它长得虽然像鸟又像鼠，但它毕竟本质上既不是鸟也不是鼠，它是蝙蝠，它是它自己呵！你人类凭什么因为你讨厌骑墙的同类，就把气撒到作为兽类的蝙蝠身上呢？

不过，《伊索寓言》只是一本西方人的书，对蝙蝠一味讨厌也只是西方人，中国人对事物总常常表现出一分为二的态度，对待蝙蝠也一样：蝙蝠的样子虽然中国人也不喜欢，但它名字中的这个“蝠”字，在汉语中与“福”同音，这正切合了中国人渴求“五福（蝠）临门”“福（蝠）来是五”“福（蝠）在眼前（钱）”的民族心理，因此一只又一只大而黑的蝙蝠纷纷栖上了一家又一家的门眉、堂前、灶头、床头等。你千万不要因为中国人对蝙蝠的喜欢更多地落在它的名字上，便以为中国人的这种喜欢仅仅停留在“叶公好龙”的程度。《医学集成》里说，“小儿惊痫，用入蜇蝙蝠”和药。《圣惠方》里也说，“小儿慢惊返魂丹，治小儿慢惊及天吊夜啼，用蝙蝠”和药——原来中国人对蝙蝠的喜欢还表现在爱吃蝙蝠，而且讨厌归讨厌，吃归吃，两相一点也不妨碍。只是这样一来，从古至今究竟多少无辜的蝙蝠被人“阴干、碾碎、和药”吃下肚去，实在是难以计数。

蝙蝠就是这样任古今中外的人们讨厌着、喜欢着，只是厌也倒霉，喜也倒霉。因此，蝙蝠不但是世上最奇怪的动物，也可算是世上最倒霉的动物了。也因此，我们一点儿也不要奇怪蝙蝠为什么总是倒挂着栖息——那或许是它只能以这种方式将这个在它看来的颠倒世界再颠倒过来；也一点也不要奇怪蝙蝠为什么只用耳朵而不用眼睛去看这个世界——那或许是它将以此表明自己对这个世界眼不见心不烦！

热辣不只是阳光

当别处的人们一心一意用青铜铸造着精美、豪华与排场时，那里人的每一个日子便也酸里带甜，甜中夹酸了；那里的人们一不小心却用青铜铸造出了『吴王金戈越王剑』，也铸造出了『男儿何不带吴钩』的典故；当易水之滨的荆轲吟唱『风萧萧兮易水寒』时，被专诸一刀毙命的吴王僚，墓上的荒草已不知青了又黄、黄了又青多少回了；当外族的铁蹄携着大漠雄风一路南下时，那里人的头在『留发不留头，留头不留发』的告示前昂得老高老高……那里热辣的不只是阳光，还有那里人别样的性格。

走过南京的街巷

走在南京的街巷里，我常常生出一种鱼在水中漫游的感觉。

南京有世界上最大、保存最完整的古城池。城池的这个“池”字很形象，它最好地诠释了南京像一片水域——似乎从历史长河中截出了的那么一段。

南京的楼房参参差差，就如同水中的地形高高低低。那些摩天大楼，是水中新长出的岛屿，上面不乏成功的冒险家；而那些低矮的民房与有名的故居、祠宇，便是淹没在水中的沉船，其中藏着太多的历史秘密。那些随处可见的梧桐、雪松、水杉，生长在城市的空气中，正如同缠绵的水草漂荡在透着阳光的清水中。那些纵横交错的大街小巷，如同水下错综复杂的沟谷；而城市的大街小巷里来往奔走的人儿，便是在水中游动的鱼儿——鱼儿是喜欢在水底的沟谷中游弋的。

第一眼瞥见南京的街道，是在孩提时期看过的一则记录“文革”中某次大游行的《新闻简报》上：六月天里，骄阳似火，可阳光照不透街道上空梧桐叶织成的绿荫，如同阳光照不透水草的绿。一队队穿着节日盛装的人们兴奋地在街上走来走去，背景是灰暗的店铺、破败的老楼——如同沉没在历史长河中的一条条破船。那时是三十多年前，我正在江南乡村的一座祠堂里上学。当我少年的灵性被理想与现实的双重负重压得难以喘息时，南京对于我来说只是遥远的梦境里一个模糊而温馨的镜头：一列火车从夜晚的长江大桥上高速驶过，那一方方明亮而温馨的车窗，互相追赶着从江上凌空游过，如一条巨大无比的鱼，直游进这座灰暗破旧的城市——这片有着许多历史沉船的水域。这个现代和古老怪异地组合在一起的镜头，就像一道神谕，呼唤着我从遥远的乡村向南京一步步地走来。

终于来到了南京，颇有几分得意和幸福。倒不是因为南京给了我一个体面的工作和一份不菲的薪水，而是从此可以随意徜徉在心仪已久的南京的街巷里，一如鱼儿找到了冷暖自宜的水域。在南京落脚后的第一个午后，我把行李一放，就性急地骑上一辆从朋友那里借得的自行车，在那些大大小小、长长短短、曲曲折折的大街小巷里悠游起来。我首先来到了中山路，那里的人流和车流永远都是那么络绎不绝、浩浩荡荡，我从上面驶过，遵守着规则，顺应着方向，让我想起先行者的那句名言“世界潮流，浩浩荡荡，顺之者昌，逆之者亡”，并对其第一次获得了一种最切身的感性体验。我又来到了鼓楼市民广场，那里号称是这座城市的名片。果然，那里充满了阳光，更充满了温馨和闲适，一切全没有别的都市中那种快的节奏和强的竞争。人们在花间闲逛，在树下闲聊，尽情享受着阳光，也享受着各自的一份闲适，如同鱼儿在浅水的沙滩上嬉戏。

随着我在南京一天天的住下，我发现我最爱钻的还是那些古老的巷子。每一条寻常巷陌，历史的沉淀竟是那么的丰富：随处可见古旧的雕花窗格、粗朴的石刻辟邪、漆黑的滴水瓦当，以及立着瓦菲的门头、爬满青苔的石桌、探出院墙的红杏。它们让我走在深巷中有一种与生活水乳交融的感觉，于是院子里子落棋盘的声响一起一息，雕窗里婴儿动听的啼哭声高声低，小学生背诵唐诗的语调平平仄仄，听起来是那么的煽情。有一天，我无意间走进了城南的一条寻常小巷。那里的门牌告诉我这条巷子名叫“评事街”。我一时竟怀疑自己闯进了民国时的一张报纸的版面——这三个方块的汉字不正是当年名著一时的那个时事副刊名称吗？哦，那些泛黄的报纸原来都沉到了历史的水下，成了眼前的这一片低矮的民居，你看，它们黑压压、密匝匝，正如报纸上密密麻麻的字。还有一次，我从一条林荫大道上低头前行，一抬头，两个大字惊得我出了一身冷汗：“午门”——让我似乎听到了一声喝令：“推出午门，斩首示众！”然而，眼前午门尚在，深宫已没，没入了历史的长流中，没入了南京这一片保守着太多历史秘密的水域中。

有一年，我每天上下班都要从两座小山脚下经过，并看见山上的两座宝塔。查书后才知道，那两座山，一座叫覆舟山，一座叫鸡笼山。那两座宝塔，一座塔下曾珍藏过玄奘大师顶骨舍利，而另一座下面，竟就是历史上著名的台城。那么，那口胭脂井也在那里了？我想。南京的街里巷尾到处都有历史的暗符，而每一个暗符，似乎都有一个难言的故事。“江雨霏霏江草齐，六朝如梦鸟空啼。无情最是台城柳，依然烟笼十里堤。”最是无情的哪是那台城的柳树呵，分明是那看不见的但永远起起落落的历史的潮水。

我曾多次地在第三十层楼的办公室里向四方眺望自己每日生活的这座城市，不止一次地俯瞰着那些匍匐在摩天大楼脚下的密密匝匝、参参差差的古旧房舍，心想，沉没在水下的历史不就是这个样子吗？我每天清晨和黄昏都要在南京的街巷里走过，上班，下班，我成了这个城市上班族中的普通一员。这是我在许多年前曾梦寐以求的。但随着我对这座城市的熟悉，我更加觉得，我走在南京的街巷里，如同一尾鱼游弋在水流中，游弋在历史中，而且渐渐觉得这是做一个南京人的奢侈和幸福。当然不是每一个南京人都有这种游弋在历史中的感觉的，因为南京这一“池”似乎溢出了时代潮流的水，与邻居上海等相比，显得过于宁静、安详了些。然而，南京毕竟不是一片普通的水域，而是从历史长河中截出的一段，用死水一潭来形容它是一个极大的错误，它的宁静意味着它在蓄势，一旦时机成熟，便会奔腾咆哮，释放出巨大的能量。这样想过之后，我每次走在南京的街巷里，就觉得自己做一尾鱼的幸福，因为，等到有一天，南京的闸门一旦打开，自己将与蓄足了势的水流一起奔向广阔的大海。

月夜笼罩的无锡

那一日，我应邀在无锡的一座小学听一位著名小学语文特级教师上观摩课，课文是《二泉映月》。

那一晚，我独自在宾馆难生睡意，索性走出宾馆，打了一辆出租车直奔惠山“天下第二泉”而去。

外面月色很好。

出租车的音响里播放着刀郎的《2002年的第一场雪》。我问司机：“有《二泉映月》吗？”司机说：“有，但我不大放。”我问为什么，他说：“苦滋滋的，听着会揪心。”我说：“能放一下吗？”司机说：“行！”

于是，随着那一声由二胡模拟出的意味深长的叹息，如泣如述的旋律从音响中流淌而出，只是这样的旋律的确与车窗外因车疾驶而产生的呼呼声实在有点不太协调。

一曲未完，到了。

我下车后想，司机一定会重新换上刀郎的《2002年的第一场雪》或者《情人》吧！确实，那才是属于今天的旋律，而《二泉映月》是属于昨天的了。

阿炳是无锡的骄傲

假如时光倒流一个甲子，我是绝不会坐出租车去二泉的（那时也没出租车可坐），当然我更不会坐人力车。我一定会走着去，因为当年瞎子阿炳每天都是从这条通向惠山二泉的公园路上走着来去的。

那时，无锡人知道阿炳的人还不多，但没有人不知道二泉，没有人不为自己的家乡拥有这么一泓甘泉而感到骄傲。尽管它只列为“天下第二”，但那也不得了呵！更何况那“天下第一”究竟属于哪一眼泉多有争议——“茶圣”陆羽在品了天下泉水二十种后，在《茶经》中将庐山康王谷洞帘水评为第一，无锡惠山新泉评为第二；而张又新《煎茶水记》载，刘伯刍言：“扬子江中泠泉第一，惠泉第二”——唯独惠山泉的“天下第二”一致公认。

那时，人们还知道去二泉品茶是风雅之士的最风雅之事。常见达官贵人们，邀上三五同好，携上煎水的铜壶、泡茗的紫砂，取泉，煎水，取茶，冲泡……那过程充满了诗意，充满了闲情。他们不太关心上海的战事究竟到了什么程度，也不太关心乡下的农民多收了三五斗为什么还衣不蔽体，他们更不关心那个总在一旁拉着二胡的瞎子，一天到晚究竟在拉着什么。只是有时候，他们口中的茶与话题一起味道寡淡了，偶尔也会将瞎子招来跟前，让他“好好拉上一曲”，至于拉什么曲子，那就随便吧。于是瞎子便“随便”地拉着自己的曲子。对于瞎子来说，客人不问也好，因为他拉的曲子本身就没有名字。一曲拉完，有时候客人会说：“苦不拉叽的！拉一个高兴点的吧！”于是欢快的旋律也会从瞎子的手上流淌而出，只是听来似乎总脱不了凄苦的底子。有时候，一曲还没拉完，客人就会说：“别拉了！什么鬼曲子呵，听着心烦！去去去！”于是瞎子摸索着拾起客人扔过来的几个铜板悻悻离去。只见他将一把琵琶背到背上，将二胡挂在左肩，蹒跚地走向回家的路。他一路走，一路咿咿呜呜地拉着那把二胡，也将凄厉欲绝的旋律洒向一路。

那时，许多无锡人便是这样在二泉的附近熟悉了这凄厉的声音和悲情的旋律，但是他们绝不会想到有一天，就是这咿咿呜呜的声音将二泉的名声传得更响、更远，甚至会超过二泉；也不会想到，就是这凄凄惨惨的旋律将会作为全人类的共同语言被发往辽阔的宇宙空间为人类去沟通宇宙；更不会想到，就是这个瞎子将成为他们这座城市的骄傲。

《二泉映月》的背后

当然，无锡这座城市是有许多东西值得无锡人骄傲的。远的暂且不说，仅近代以来，就有荣家（荣宗进、荣德生）的财富、钱家（钱穆、钱钟书）的学问等，然而我以为这些都一点儿不能影响无锡人将一个瞎子引为自己这座城市的骄傲。

1950年深秋，在无锡举行的一次音乐会上，阿炳首次也是最后一次作为一名音乐家而非街头艺人的身份为自己的故乡演奏自己的音乐。随着他琴弦奏出的最后一个乐音渐渐飘散，现场暴发出经久不息的掌声。只是这样的掌声来得似乎太晚了，因为就在当年的12月4日阿炳就走到了他人生的尽头，终年仅57岁。

无锡人真该好好感谢两位音乐教授，一位叫杨荫浏，还有一位叫曹安和。是他们俩，不但将阿炳的演奏留在了人间，而且还为他演奏的这支忧伤而不失美丽的曲子起了一个动人的名字——《二泉映月》。

那年夏天，中央音乐学院师生为了发掘、研究和保存民间音乐，委托杨荫浏和曹安和教授等专程来到无锡，为阿炳录制了三首二胡曲和三首琵琶曲。录完后，大家觉得有一支二胡曲最为感人。杨先生特别问阿炳这支曲子叫什么名字，阿炳说："这支曲子没有名字，信手拉来，久而久之，就成了现在这个样子。"杨先生又问："那你常在什么地方拉？"阿炳回答："我除了经常在街头拉，还常在惠山泉亭上拉。"杨先生脱口而出："那就叫《二泉》吧！"这时现场有人说："光《二泉》不像个完整的曲名，广东音乐中有首《三潭印月》，是不是可以称它为《二泉印月》呢？"杨先生说："'印'字是明显有抄袭嫌疑，不好。无锡有个映山河，就叫它《二泉映月》吧。"阿炳当即点头同意。从此以后，这支美丽的二胡曲就有了这样一个美丽的名字，也从此以后，倒映在无锡二泉中的那一轮明月呵，便不再仅仅属于二泉，属于无锡了，因为它，每一个中国人的心头都有了一轮清晖的月亮。它也属于了每一个中国人。

1951年，天津人民广播电台首次播放《二泉映月》。

1959年国庆十周年时，中国对外文化协会又将此曲作为我国民族音乐的代表作之一送给国际友人。

1977年底，中央民族乐团去世界音乐之都维也纳访问演出，节目单上就有《二泉映月》。为此有人担心这么长一首曲子，只一名演员在一个偌大的舞台上，就一把二胡一拉到底，性急的欧洲人有耐心听下去吗？然而事实证明这种担心是多么的多余：当最后一个音符在演出大厅中渐渐消失后，全场鸦雀无声，所有的听众竟仍然沉浸在乐曲所营造的这种忧伤和沉静之中，这样过了近一分钟后，才是雷鸣般的掌声久久不歇。

1978年，小泽征尔应邀担任中央乐团的首席指挥，其间他指挥演奏了勃拉姆斯的《第二交响曲》和改编过的弦乐合奏《二泉映月》。第二天，小泽征尔来到中央音乐学院专门聆听了该院17岁女生姜建华用二胡演奏的原曲《二泉映月》。听着听着，他热泪盈眶，呢喃地说：“如果我先听了这次演奏，我昨天绝对不敢指挥这个曲目，因为我并没有理解这首音乐，我没有资格指挥这个曲目……这种音乐是应该跪下来听的！”同年9月7日，日本《朝日新闻》刊登专文《小泽先生感动的泪》。从此，《二泉映月》不知让多少日本人流下了感动的泪水。

1985年，《二泉映月》在美国被灌成唱片，并在流行全美的十一首中国乐曲中名列榜首。为此它后又被美国宇航局制成电子信号发往太空，希求宇宙人能听懂它并进而与人类沟通。

……

如果这算是《二泉映月》诞生后的一份“简历”的话，这份简历无疑是光彩照人的。然而与此相比，它的作者——瞎子阿炳，他的简历要黯淡多了。

华彦钧（1893－1950），小名阿炳，因双目失明人称“瞎子阿炳”。其父华清和为无锡城中三清殿道观雷尊殿的当家道士，擅长道教音乐。华彦钧年幼丧母，由同族婶母抚养。八岁随父在雷尊殿当小道士。开始在私塾读了三年书，后从父学习鼓、笛、二胡、琵琶等乐器。十二岁已能演奏多种乐器，并经常参加拜忏、诵经、奏乐等活动。他刻苦钻研，精益求精，并广泛吸取民间音乐的曲调，冲破道教音乐的束缚。十八岁时被无锡道教音乐界誉为演奏能手。二十二岁时继父为雷尊殿的当家道士。三十五岁时双目先后失明。遂为谋生计，他身背琵琶、胡琴，走上街头，自编自唱，沦为街头艺人。二胡曲《二泉映月》是其代表作。说实话，从阿炳的这样一份简历来看，如果不是《二泉映月》，今天的人们是绝不会记着他的，是《二泉映月》让他获得了不朽和永生，这是阿炳的幸运。

然而太多太多的不幸全隐藏在了这份简历的背后。

阿炳的不幸，时代的不幸

白天听课时，我从小学语文课文中知道了，是二泉的流水不仅给了阿炳音乐演奏和创作的灵感，也给了他最早的音乐启蒙。

假如时光再倒流一百年，二泉的泉池边，我们总能在每天清晨看到有一老一少临水练琴。他们是父子俩，也是师徒俩，而那个孩子正是阿炳。他们练的琴是胡琴，也就是二胡，一种中国最常见又是最普通的乐器。

望着眼前的流水，父亲对阿炳说，你听到了什么？阿炳说："我听到了流水声。"父亲说："没有别的了吗？"阿炳说："没了啊！"于是父亲告诉儿子，要学会用心去倾听，也要学会用心去观察，而不只是用耳朵与眼睛去听、去看这个世界，并说："哪一天你在这儿听到的不是流水声了，你的琴就算是练成了。"

父亲的话让阿炳非常不解，他更不解的是父亲为什么并不教他如何用心去听、去看这个世界呢！阿炳二十二岁那年，父亲去世了，他知道从此再也没有机会请父亲解开心中的那些不解了，为此他陷入了更大的迷惑中，也陷入了空前的迷惘中，甚至有一度他不再练琴了，而是终日靠抽鸦片度日，只有鸦片才能让自己暂时忘了悲伤，忘了迷惑。然而只要平静下来，他的内心又无时无刻不在自贱、自责和自悔中受着煎熬。那些年是他人生中最为黑暗的时期，尽管那时他的眼睛并没瞎。

三十五岁那年，阿炳的眼睛再也看不见一丝光明了，他的人生进入了永远的黑暗中，从此，人们在他"阿炳"的名字前加上了"瞎子"二字。一个瞎子，还能干什么呢？他又重新操起自己已久违了的琴弦。这一刻，他得救了——音乐救了他，艺术救了他。他不再需要鸦片了，只需要再回到久违的二泉。此时，他虽看不见二泉水流的清亮了，但是那泉流声还是能听到的，可他这会儿听来已不只是水流声了——还有自然的风声雨声，还有人世的歌哭歌笑，甚至还有日寇铁蹄下人们痛苦的呻吟、悲惨的哀号……这让他想起了父亲当年说过的话。此时正是“一·二八”之后，于是他在自己的音乐中加进了新闻说唱的内容，编唱出了《十九路军在上海英勇抗击敌寇》等段子，并用二胡演奏《义勇军进行曲》等。他的这些新闻说唱，正是因为唱出了广大人民的心声，所以深得人民的喜爱，不但激发了人民的抗战热情，更在抵制日货的运动中直接发挥了作用。那时，二泉的水见证了一个爱国赤子一段激情燃烧的岁月。

日军侵占无锡后，阿炳逃到上海，尽管他的眼睛看不见一丝光明，但他的心如同二泉的水一样比任何时候都澄彻清明，甚至比许多明眼人都对这个世界看得分明。在上海期间，他手上的琴弦从没在强盗汉奸的堂会上拉响过。他先后在昆曲班仙霓社担任琴师，拉过二胡，弹奏三弦，并在电影《七重天》中做群众演员饰演盲人。就是在这样的艰难生活中，他还创作了《听松》。这是一首气魄豪迈、情感充沛的二胡独奏曲，倾吐出的是一个下层的中国人不愿当亡国奴的爱国主义热情。

抗战结束后，阿炳回到了劫后的家乡，回到了阔别多年的惠山。二泉池畔，茶楼门前，阿炳的琴声与他的说唱再度响起——

无锡城里，有个地主强奸了家中的一个十三岁丫头。阿炳知道后，马上把此事编词演唱，揭露地主的罪恶之举，并以此激起民愤，最终吓得那个地主外逃好几个月都不敢回家。

有一次，国民党军阀汤恩伯要阿炳给他的十三姨太唱生日堂会，阿炳断然拒绝，遭到一顿毒打，可阿炳毫不屈服，并编了唱词，拉起二胡痛骂他们。

日寇占领无锡时，当地有一个叫章士钧的人当了汉奸。阿炳知道后，曾编词骂他，为此遭到他的毒打。后来，这个汉奸竟被日本人杀了，阿炳拍手称快，并编了一首《汉奸的下场》沿街演唱，无锡人士无不叫好。

……

就这样，阿炳在无锡城里获得了一个“三不穷”的美名，即：人穷志不穷（不怕权势），人穷嘴不穷（不吃白食），人穷名不穷（正直）。或许正是凭着这种“三不穷”的精神吧，从阿炳琴弦上流出的音乐，除了悲怆、痛苦和挣扎，更有一种不屈、执著和抗争。

据说，那时他每天早上拉着《寒春风曲》出门，晚上拉着《二泉映月》（只是那时这曲子还没有这个曲名）回家。那一路洒下的琴声呵，曾给劫后的无锡这座美丽的江南名城几多凄惨，也给那里的人们增加了几多辛酸！

确实那是一个不幸的时代，这种不幸岂止是阿炳个人的不幸呵，那也是我们这个国家和民族的不幸。然而阿炳不幸之中的万幸是他选择了音乐，或者说音乐选择了他；而我们这个国家和民族不幸之中的万幸是那不幸终于有了尽头。只是阿炳走得太匆忙了，以至于多年后，还有一位音乐教授在自己的文章中不无遗憾地写道：“阿炳之死以及他数百首乐曲的失传，不能不说是中国音乐史上永远无法弥补的一大损失。”

光明的音乐

今天，离阿炳最后一次在泉边拉琴已过去近六十个年头了，六十年一个甲子，纪年恰一个轮回。当我踏着融融的月色，在惠山下漫步，寻找着二泉，更寻找着映照在其中的那一轮永挂在每一个中国人心中的明月，此时，除了天上的那一轮明月与阿炳的那轮没有多大变化外，一切都已与六十年前有了很大的变化。

与二泉有关的胜迹都修得很好。远望“二泉亭”翼然欲飞，一旁赵孟頫手书的“天下第二泉”五个大字，字字清晰；始建于宋代的“漪澜堂”稳架池上，与泉水一静一动，相映成趣。匾额上费新我所书字迹，虽只是在月光下，但也清晰可见；垂虹廊更如长虹卧波……这一切构成了一幅和谐宁静的立体图画。

我来到泉池边，直感觉到满溢池中的不是清泉，而是月光，因为随着泉水的涌动，映在水中的那一轮明月似乎已溶在了池中。我在池边久久站立，一颗心也仿佛溶进了眼前这了无尘纤的一池中了。

这样的二泉才是我心中的二泉！我在没来前就曾想，孕育《二泉映月》的地方本就该是这个样子。

然而再一想，这实在又与《二泉映月》的主题是矛盾的。《二泉映月》的主题是痛苦、悲怆，是不屈、抗争，而我眼前的二泉呢，其主题是宁静、清雅，是清闲、享受。的确，《二泉映月》的主题已不属于今天，而是属于昨天了。但是今天的人们事实上又为什么那样喜欢它呢？

音乐家贺绿汀曾说：“《二泉映月》这个风雅的名字，其实与他的音乐是矛盾的。与其说音乐描写了二泉映月的风景，不如说是深刻地抒发了瞎子阿炳自己的痛苦身世。”的确，《二泉映月》实际上是与二泉主题无关的，有关的只是瞎子阿炳的心灵，因为那悲怆的旋律，原本是他从心中流出来的，所以它才如此动人——《二泉映月》是只属于瞎子阿炳的音乐。

《二泉映月》也是只属于二胡的音乐。我听过小提琴拉出的《二泉映月》，也听过弦乐重奏、合奏的《二泉映月》等等，但是我总觉得那样奏出的旋律，虽然丰富了许多，也华丽了许多，可就是不如二胡拉出的有味——或许是《二泉映月》这样的曲子压根儿就压不住那贵族化的乐器与乐队，《二泉映月》也是只属于平民的音乐吧！

《二泉映月》更是只属于光明的音乐。盲人因为听觉灵敏而多喜欢音乐，这并不奇怪，奇怪的是，只要是中国的盲人，他们只要选择乐器，多数一定都首选二胡；而他们只要学会了二胡，一定会去拉《二泉映月》——或许二胡也是只属于《二泉映月》的乐器吧！

我独自寻寻觅觅，走走看看，见公园里的人影已越来越少，便知道时间已经不早，该回去了。但当我从公园的大门悄然退出走回到大街上时，又似乎一下子回到了白天——今天的无锡实际已是一座不夜城了，然而在我的心目中它永远都笼罩在美丽的月色中，只因为它拥有二泉，并拥有《二泉映月》。

穿越时空的辉煌

永远的楼阁

脚下屋舍俨然，竹树浮烟；天边寒水苍茫，长河落日……这是十多年前的一个傍晚，我第一次独自登上滕王阁放眼所及的景象。这样的景象是画，更是诗。

后来，我又陆续登上过岳阳楼、黄鹤楼，以及南京的阅江楼、镇江的芙蓉楼、金华的八咏楼、九江的浔阳楼等，发现这一景象竟几乎为所有江南名楼所共有。我想，这大概就是江南名楼多名作（诗、文）的原因吧!

是的，名楼必有名作，但究竟是诗（文）因楼而名，还是楼因诗（文）而存，事实上很难说清。因此，当我一次次登临这些名楼时，总禁不住会心中默诵那些名作，以至于常常很难说清自己的登临究竟是为了诵诗（文）还是为了登楼。

“山口多关隘，水口多楼阁。”江南多水，因此江南的楼也多。北方当然也有水，因此北方也有楼，但北方的楼比北方的关隘少多了。在北方，那些一夫当关万夫莫开的地方，大多都被筑上了关隘，自然也就很少再有建筑楼阁的空地儿了。细数下来，北方也就只有一座曾见证着“白日依山尽，黄河入海流”的鹳鹊楼历史上与江南楼宇一比过高低，只是今天，那鹳鹊楼早已与那鹳鹊一样，被历史的烟尘湮没在时间的深处了，而不像江南的那些著名楼阁，其绰约的丰姿至今还屹立在江南的青山绿水间。

在江南，那些本也可用来筑关隘的地方，江南人大多都把它筑上了楼阁，以至于在今天，江南能与北方关隘一比丰姿的建筑，唯有青山绿水间的那些凌空欲飞的古老楼阁。它们是江南的标志，也是江南的骄傲。

楼阁文化

关隘是北方建筑的骄傲！

今天，虽然那一座座被遗落在荒原之上沐浴着黄沙夕阳的大小关隘早已失去了它们往日的雄风，也失去了它们的实用价值，然而当年，它们像一道道分水岭，一边是鼓角铮鸣，一边是羌笛胡笳；一边是黄沙漫漫，一边是炊烟袅袅；一边是金戈铁马，一边是黄盖塞道……一旦没有了它们，甚至只要它们稍有豁缺，一切就会漫溢，就会碰撞，就会厮杀，就会乱套，就会不可收拾。它们的重要性和实用性都是那么的一目了然，那么的惊心动魄，那么的看得见又摸得着。因此，无论何时人们都不敢放松对它们的修建和加固，只要觉得需要，工程就会立即展开，不会等待日子，不会选择时间，不会因为关外和关内的风声紧、雨声大、雷声响而稍有放弃和放松，甚至，越是这样的时候越是要修得紧建得急。一旦工程竣工，无须剪彩，无须庆祝，无须请一位文坛巨擘写出一篇文采飞扬的记或一首激情四射的诗，便立即投入使用，立即闲人莫近，立即森严壁垒……总之，关隘的修筑与诗文无关，有关的只有刀枪，只有攻守，只有城毁关破、血肉横飞……

然而，楼阁——那种用飞檐斗拱搭建起来的独特建筑，一看那气宇轩昂、华而不实的外表，就可知当初建造它们就不是为了实用，至少主要不是为了实用！

滕王阁的初建，那是滕王李元婴为了宴筵歌舞、寻欢作乐；岳阳楼，其初建情形今已实难考明，但它最有名的一次重建，说穿了只是巴陵郡太守滕子京的一个政绩工程而已——这一点范仲淹在《岳阳楼记》中写得清清楚楚；至于黄鹤楼，尽管有历史学家考证出它的原址之上曾有过一座于三国吴黄武二年（公元223年）建成的军事瞭望楼，但是人们似乎更愿意从一个传说去揣摩其中的真真假假：传说很久很久以前，在武昌蛇山之巅，有一辛氏妇人开酒店一间，一道士每日来店喝酒，就是不给酒钱，但辛氏每日一如既往地给他喝。终于有一天，道士要云游天下去了，临行前为感谢辛氏的千杯之恩，在酒店壁上画黄鹤一只，并告之辛氏，只要有客来店喝酒，它就能起舞助兴。道士走后，一切果如他言，酒店因之宾客盈门、生意兴隆。十年已过，一日道士复来，骑上黄鹤，取笛吹奏，黄鹤便载着道士直上云天而去。辛氏至此才知，那位道士原是一位仙人，为了纪念帮她致富的仙翁，辛氏便在酒店原址建楼一座，并取名“黄鹤楼”……

江南最著名的三座楼宇，最初建造它们，原来只是为了吃喝玩乐，为了显示政绩，为了美丽传说。其他名楼建造的原因和目的，想来也会类似于这些吧！这如果照直了说，还真是有点不好听，不过总可以说得冠冕堂皇些，这就是它们都是文化工程。

因此，我们完全可以说，江南名楼的建筑目的不乏轻佻，建筑动机不乏轻率，甚至建筑本身也不乏轻巧。好在它们一旦建成，其时空高度实际上便与这一切无关了。

名楼之最：岳阳楼

在众多的江南名楼中，若问时空高度谁为最，那毫无疑问一定是岳阳楼。然而重修岳阳楼的滕子京实际上是一个为政不廉的十足贪官。

范仲淹在《岳阳楼记》开篇写道：“庆历四年春，滕子京谪守巴陵郡。”那么滕子京究竟是为什么“谪守巴陵郡”的呢？我们见过太多古代名人的被贬，其原因常常不是皇帝昏庸，就是小人陷害，或是自身的刚正不阿，然而滕子京的被贬原因并不是这些。据司马光的《涑水记闻》记载，宋仁宗庆历年初，滕子京任泾州知府，任上竟“用公使钱无度”，正是为此，他“为台谏所言，朝廷遣使者鞫之”，也就是被人举报，朝廷派人来审查。不过，他一听到这个消息，便将所有账单票据全部销毁，使“使者至，不能案，朝廷落职徙知岳州”。在没有证据的情况下，朝廷难以给他定罪处罚，但又不能不有所警告，于是将他从繁华的泾州调到偏僻的巴陵。

滕子京在岳阳到底又怎样呢？如果他能就此思过改正，洁身自好，并且用实际行动为当地老百姓干点实事——或像白居易、苏东坡被贬杭州兴修水利，或像韩愈、柳宗元被贬岭南兴教办学，最起码得常常问问桑麻，多关心些百姓疾苦，那么我们也应该对他表示敬意。然而，事实上他并非如此。相反，他上任伊始，便大搞基本建设，大修形象工程，即重修岳阳楼。他之所以选择这个项目，目的有二，一是给几个达官贵人、土豪乡绅（当然也为自己）建造一个饮酒作乐、玩赏风景的地方，并借此讨好他们；二是借这个工程项目拿回扣捞银子。而且这一次，滕子京吸取了在泾州时的教训，其贪污手段变得更为高明。他“修岳阳楼，不用库钱，不敛于民”，而是出了一张布告，让那些债主们将多年催讨不回的陈年旧账的借债人报给他，由他派人追讨，而讨得的钱“献给”官府重修岳阳楼。那些债，反正老讨不回，债主们卖乖讨好，自然乐意；借债人惧怕官府，无可奈何只好交钱。就这样，滕子京“所得万缗，置库于厅侧，自掌之，不设主典案籍”，也就是说，他不设经理，不设会计，自己掌管着这笔钱，既当经理又当会计，甚至还当修楼的包工头。最后，由于这钱既不是百姓所交，也不是国库所拨，本来关注的人就不多，再加上他毕竟把岳阳楼修得雄伟壮丽、金碧辉煌，自然是“州人不以为非，皆称其能”——这也就是范仲淹笔下巴陵郡的“政通人和，百废俱兴”。

当然，有人指出这都是司马光对滕子京的诬蔑，理由是司马光是范仲淹与滕子京的政敌，并由此推定，他笔下的文字不会是客观事实。此话有一定道理。但是如果说政敌的文字就不符合客观事实，那么作为政友的范仲淹笔下的文字就一定符合客观事实吗？或许二人笔下都有言过其实之处——司马光言重了，范仲淹言美了！不是吗？还是让我们再来读一读《岳阳楼记》的开笔文字吧：“庆历四年春，滕子京谪守巴陵郡，越明年，政通人和，百废俱兴，乃重修岳阳楼。”按范仲淹的说法，仅一年工夫，庄稼只收获了一季，这在以农业经济为基础的时代，滕子京便让一个原本不怎么样的巴陵郡“政通人和”“百废待兴”了，想想这可能吗——也许这也正是文章大家范仲淹的春秋笔法吧！

然而，本文重点要说的是岳阳楼，滕子京与岳阳楼的关系无非是他重修过它，除此以外，他到底是个怎样的人与岳阳楼本身实际上并无多大关系。当然，他的形象若光辉些，或许能让岳阳楼有所增色，但即使他是个小人，又能让岳阳楼失色吗？好像并不能，且事实上也确实如此。

如果说建造岳阳楼的滕子京到底是个怎样的人物还有争议，那么建造滕王阁的李元婴却是个毫无争议的十足混王。无论是《新唐书》还是《旧唐书》，关于他的记载大体相同，都说他“骄纵逸游，狎昵厮养”“时方农要，屡出畋游”“凝寒方甚，以雪埋人”“巡省部内，从民借狗求置”“以丸弹人，观其走避为乐”“贪财好色，逼淫官眷，捽辱下吏，所过为害”。

然而，滕王与滕王阁的关系，除了它是他最初修建、并以他名为阁名外，还有什么呢？事实上他的恶行同样也不会使滕王阁有丝毫的失色。

与岳阳楼最无法分割的是《岳阳楼记》，是其中“先天下之忧而忧，后天下之乐而乐”的人生浩叹。有此，岳阳楼就将永远屹立于洞庭之滨，屹立于天地之间，屹立于人们的心中。因为有《岳阳楼记》，所以我们今天登临的岳阳楼，虽然是明清重新修建的——滕子京建造的岳阳楼早在明崇祯十一年（公元1639年）就被战火烧毁了——但今天的这座岳阳楼不但与滕子京的那座岳阳楼本质上并无区别，甚至与历史上任何一座岳阳楼本质上都无区别。

滕王阁也一样，今天的滕王阁也不是滕王李元婴建造的那一座，但因为有《滕王阁序》，它便与李元婴的那一座与历史上的任何一座并无区别了。

黄鹤楼呢，人们为什么总不相信它曾是一个军事瞭望台，而确信它就是那位骑鹤而去的仙人所留下的胜迹？因为再坚固的军事设施总会被毁灭，而传说中的楼宇是永远也不会塌的，因为那已是一种文化；再则，若不相信那传说，崔颢又怎么能写出“昔人已乘黄鹤去，此地空余黄鹤楼”呢？而如果没有了崔颢的这一首被誉为“唐人七律第一”的诗，黄鹤楼能屹立到如今吗？

一座楼宇，只要有了属于自己的文化，它们的辉煌将穿越时空而成为永恒。

土木结构的江南名楼，最后的时空高度实际上是要用文化来封顶的！

两记呼楼六百年

在江南名楼中，南京的阅江楼是最为奇怪的一座。奇怪在它开工后便停了工，且一停就是六百多年，使它一直只是一座子虚乌有的楼宇。然而它又的确很有名。有名到什么程度呢？一是有人将它与黄鹤楼、岳阳楼和滕王阁一起并称为“江南四大名楼”，二是在从前中国读书人人人必读的《古文观止》中也有一篇《阅江楼记》，作者是元末明初著名的文学家宋濂。

有记无楼，这不是很奇怪吗？

何以如此？

据说朱元璋当年曾在南京城北卢龙山大败陈友谅。为了纪念此战役，他称帝后，于洪武七年（公元1374年）下令在此山上建一楼阁，亲自命名为阅江楼，并令在朝的文臣职事各写一篇《阅江楼记》。虽然此时的阅江楼还系子虚乌有，凭空作记实在是个难题，但大臣们又岂敢怠慢，纷纷为那座还是子虚乌有的阅江楼写起了记文，这样写出的记文质量可想而知，基本上只会有被历史淹没的分儿，但难能可贵的是，著名文学家、时任翰林大学士的宋濂还是写出了一篇很不错的文章。

此时阅江楼工程也开工了，朱元璋动用服刑的囚犯，先在山顶修建了一个建楼用的“平砥”。然后就此便停了工。为了解释，朱元璋亲笔写了一篇《又阅江楼记》。他的这篇大作今天从有关史料中能够查得。这使得我们可以知道他所说的停建原因：原来是上天托梦给他了，叫他不要急于建阅江楼，应该做迫切需做的大事，建阅江楼这事应该缓一缓。

皇帝不准建！上天不准建！谁还敢建？

然而阅江楼终于还是再建了，而且建成了，只是从它开工时间算起已过去了六百多年。2001年，在当年的卢龙山，即今天的狮子山上，一座雄伟的阅江楼终于建成并向世人开放。建设者——南京市下关区人民政府。但是，阅江楼上高悬着的一副对联又告诉我们，真正促使阅江楼建成的力量是文章：

> 一江奔海万千里；
>
> 两记呼楼六百年。

我在阅江楼上读到这副对联时曾想，作者为什么说“两记”而不说一记呢？朱元璋的那篇《又阅江楼记》明明是“不准建”呵，何以也“呼楼”呢？难道仅仅是为了对联声韵的和谐和对仗的工整竟于史实而不顾吗？然而再一想，觉得并非如此，而是“此中有深意”：宋濂的“记”无疑是“呼”，朱元璋的“又记”无疑是“否”，这是两种相反理的声音，两种声音此起彼伏，不但热闹，而且似乎一直在考验着人们的判断能力和抉择能力，而这种考验有时比一个声音的单纯呼吁还要有力和有效。

宋濂终于胜利了，文笔终于战胜了御笔，文化终于战胜了皇权！这是文化的力量！

江南名楼，岂止是用文化来封顶，甚至有时候就是用文化来修建的！

文化体验

江南人在那些也能修建关隘的地方修建了一座座楼阁。

有人说这是江南人的迂腐和天真。的确，那飞檐斗拱美则美矣，然而最经不起的便是兵燹硝烟，还把它们筑在那些本该修筑关隘的位置上——烽火年代定为兵家必争，一旦硝烟燃起，首当其冲被殃及、被焚毁的往往就是它们。不是吗？岳阳楼、滕王阁、黄鹤楼，以及所有江南名楼，哪一座不曾被几次甚至几十次地焚毁！或许在那些地方，筑上一个关隘，甚至筑上几个炮楼、碉堡，至少会比这些楼阁要坚固些吧？

但又有人说这正是江南人的聪明和高明，因为世上再坚固的关隘，也总有被攻破的时候。只有那用诗文垒成的楼阁能够永存，因为人类热爱生活、热爱和平的诗心永存。事实上也的确如此，那一座座至今还屹立在江南青山绿水间的楼阁，虽然它们一次次被战火焚毁，但是每一次，一旦硝烟散去，它们又总会顽强地重新站立起来，显示出一种令人不可思议的顽强生命力。可以说，这种顽强的生命力，是中国任何一种建筑所不曾具有的。不是吗？岳阳楼被毁7次后是第8次的重修，滕王阁被烧毁28次后是第29次的重修，黄鹤楼被毁30次后是第31次的重修……何以如此？说到底只因为有《岳阳楼记》，有《滕王阁序》，有让李白“眼前有景道不得，崔颢题诗在上头”的《黄鹤楼》诗——它们与成就它们的那些楼阁一起，形成了一种独特的“楼阁文化”，早已在中国大地上源远流长，生生不息。

正因为江南的那一座座楼阁都建在那些原可修建关隘的地方，所以它们又常常成了人们送别的好去处。学生时代我很不懂这一点，读《黄鹤楼送孟浩然之广陵》《芙蓉楼送辛渐》《登宣州谢朓北楼饯别校书叔云》等诗篇时，总不能理解，古人送别为什么总喜欢莫名其妙地跑到一座楼上去，甚至因此而曾怀疑，他们的送别或许只是为了写作这些美丽的诗歌而进行的一场作秀吧！直到多年以后，当我站在黄鹤楼上，看着脚下的滚滚大江向东一去不回地流着，想象着诗人孟浩然在喝过了李白为他饯行的最后一杯酒后登船离去，也想象着李白就是站在我站着的地方，目送着孟浩然孤独的船帆渐渐消失在江天相连的远方，体验着他吟诵出“孤帆远影碧空尽，唯见长江天际流”时，从心头升起的那份悲凉，似乎忽然之间便明白了：那些多筑于水口山巅的楼阁，其空间的高度可以为送别的双方将目送对方的最后一眼尽量拉得长些，更长些，而其时间（历史）的高度又可见证着他们的友谊走得远些，更远些。在这样的时空高度上的送别，其产生的诗便自然具有穿越时空的力量。不是吗？只要你稍稍用心留意一下就不难发现，送别诗在唐诗杰作中是占了很大比例的，而这些成为千古杰作的送别诗，大多数都是在那些江南楼阁上写成的——它们也构成了中国“楼阁文化”的一部分，最终自然又增加了楼阁本身的文化高度。

正是因为江南名楼有着这种特殊的时空高度，古往今来的人们都喜爱登临它们。

今天，那些江南名楼大多数都在某座公园里，成了公园的一部分。用这种方法对那些名楼加以保护是现代人的一种创造，也是行之有效的，我个人对此十分赞赏。然而也是在那些地方，我们常常会发现一个十分有趣的现象，这就是：那些公园的管理者正是抓住了人们喜欢登楼的这一心理，便大发其财胞波。明明你已买过公园门票了，但要想登楼，对不起，请再掏钱，再买票！面对这种现象，许多人虽然心里明知不合理，但一般都会掏钱。为此我曾跟一些人说，不就是一座楼吗，为什么一定要费钱费力地爬上去呢？一般看看不就行了吗？然而许多人都回答说：我们就是冲着这楼来的，来都来了，不上去看看总是一种遗憾呵！

那么，他们如果不去登临，遗憾的又是什么呢？

中国城市的摩天大楼越盖越多，也越盖越高，早已高过了那些曾经鹤立鸡群的江南名楼，如果仅仅只是要在空间上站得高看得远，乘上电梯，去那些摩天大楼的旋转餐厅，可以更省力，也可以看得更清楚，实在没有必要劳民伤财地去登临那些名楼？然而那样的登高远眺，能有那种“八百里滇池奔来眼底……五千年往事注到心头”的感觉吗？因为那些摩天大楼虽然有着足够的空间高度，却没有时间（历史）的高度，人们的目光当然需要空间的穿越，但心灵更需要时间的历史的穿越，只有这样才能获得一种完整的文化体验，如果只有一半，那的确是一种遗憾。

正是因为江南名楼有着这种特殊的时空高度，古往今来的诗人们，一旦登上它们，笔下的诗篇往往不同凡响。

李清照，宋词婉约派的代表。清代著名学者王士祯在《花草蒙拾》中说：“词派有二，一曰婉约，一曰豪放。仆谓婉约以易安为宗，豪放以幼安称首……难乎为继矣！”的确，在李清照的笔下，本只有“才下眉头却上心头”的闲愁，只有“到黄昏点点滴滴”的秋雨，只有“应是绿肥红瘦”的春花，且极尽了委婉、曲折、细腻之能事，然而，当她登上八咏楼，笔下境界竟是别样一番：

千古风流八咏楼，
江山留与后人愁。
水通南国三千里，
势压江城十四州。

此诗境界之阔大，气势之雄浑，似乎完全是出自于另一人之手。此中原因常让文学史论家争论不休。但我以为最好的解释是，八咏楼时空的高度给了李清照目光穿越时空的力量。

孔子说“登泰山而小天下”，江南无泰山可登，但是江南诗人只要登上楼阁，目光就一样可以雄视天下，穿越古今，因为江南名楼除了有空间的高度，更有时间的高度和文化的高度。

“闲人”之“闲事”

文化是什么？是诗词歌赋，是锦绣文章，是音乐舞蹈，是珍馐佳酿……那些著名的江南楼阁，或许当初建造它们时最冠冕堂皇的借口便是打造文化，然而文化是可以像某项工程那样来打造的吗？

李元婴、滕子京们的“工程”最终是成了文化，但那是他们的幸运，多少有点歪打正着、阴错阳差，元代学者虞集在《重建滕王阁记》里说：“且一阁之遗，见崇于今昔者如此，彼滕王何其幸欤！”文化事业有时候还真常常歪打正着阴错阳差，甚至种瓜得豆的事情也时有发生。因此，急功者成就不了文化，近利者更成就不了文化，也因此有人说，只有那些吃饱了闲着没事干的人才去摆弄文化哩！此话说得虽让人有点不爱听，但细想一下还真有几分道理隐藏其中。的确，在这个世界上，本来并无事情，只要是事情便都是人忙出来的，但唯独文化有时却是人“闲”出来的。那些危关险隘中为什么没有诗？只因为它们是“军事禁区，闲人莫入”。没有了“闲人”，哪还有诗？

江南名楼，它们的修建本身就是一些吃饱了的“闲人”（如李元婴、滕子京者）所干的“闲事”，再加上一群并没吃饱的“闲人”（如崔颢者）的不断抱饥登临，想要它们不产生文化也难！

那么江南为何多“闲人”“闲事”呢？其原因说来也并不复杂。

江南远离胡地，远离匈奴，自然也远离长年的刀光剑影。生活在这块土地上的人们相对来说不需要一天到晚在头脑中紧崩着一根“对敌斗争的弦”。在江南名楼较为集中修建的唐、宋、明等几个大一统的王朝，中国的政治中心多在北方，这样，江南相对来说远离政治中心，自然也相对远离了勾心斗角，给人有点天高皇帝远的感觉，那里的人们也就不需要一天到晚在头脑中紧崩着一根“阶级斗争的弦”。没有了这两根弦，人就会有时机生出许多“闲心”。再加上江南毕竟“物华天宝”，所以多数时候肚子还是能吃饱的，有时候还会有几个“闲钱”。“闲心”与“闲钱”加在一起，最容易造就的便是“闲人”；“闲人”最容易生出的便是许多“闲事”。建楼造阁是闲事，登临送友也是闲事，吟诗抒怀也是闲事，怀古伤今也是闲事，而这些闲事，本质上又闲而不闲，最终都成就了一种文化。

说这是歪打正着也好，种瓜得豆也罢，都改变不了这一事实成其为事实。

诗心不死

不久前从网上看到一件事情：湖南省洪江市副市长肖利平率该市一文化考察团来到江苏镇江，不但实地考察了镇江名胜芙蓉楼，而且还就芙蓉楼所在地究属何处的问题与镇江有关人士举行了一场讨论会。然而尽管两地人士都不乏文化交流的诚意，但会上还是充满了火药味，双方最终也争执不下。

镇江一方认为芙蓉楼原在镇江，理由是王昌龄的这首《芙蓉楼送辛渐》第一句就写明“寒雨连江夜入吴”，镇江古代曾属吴国，而洪江离吴地很远，历史上从未属过吴国，所以芙蓉楼不可能在洪江；且诗人的另一首也以《芙蓉楼送辛渐》为题的诗写得更为明确：“丹阳城南邱海阴，丹阳城北楚云深。高楼送客不能醉，寂寂寒江明月心。”诗中的“丹阳”即是镇江。

但洪江一方则坚持认为芙蓉楼原在洪江，理由同样是王昌龄的这首《芙蓉楼送辛渐》，其第二句明明写着“平明送客楚山孤”，洪江古属楚地；且他们认为这首诗正是王昌龄被贬龙标时写的，诗最后两句“洛阳亲

一转角，就能窥见往事的烟云，在静处低回不语。在江南，每一条寻常的巷陌，历史的沉淀都是这么丰富。

在这里，再寻常不过的一扇门，一面墙，在外人眼中看来，都是难以抵达又萦绕不去的梦境。

友如相问，一片冰心在玉壶”，正切合了他此时孤寂落寞的心情。

我这里不想对此作任何评判，倒只想提醒双方，首先应该弄清楚两地为什么会出现两座芙蓉楼。

在我看来，两地之所以会出现两座属于诗人与诗歌的芙蓉楼，是因为两地的人民都希望自己的家乡能与诗人和诗歌的关系更密切一些，反映了两地人民对于诗人同样的好感，对于诗歌同样的热爱。他们这样的感情是真挚而纯粹的，至少不会掺杂着“增加本地旅游资源的文化含量，吸引更多旅游者，从而提高旅游收入”的想法。

因此，若真的是出于学术需要弄清楚，那另当别论，否则，我们何必要弄清楚究竟哪一座芙蓉楼是王昌龄的那一座呢？这世界上有两座属于诗人和诗歌的芙蓉楼，有何不好？弄清楚了，反而会少了一座！这又何必？况且这对于此地的人民来说，还是一种情感的伤害。我想如果诗人自己再世，也一定不愿意发生这样的伤害吧？因为拥有一颗诗心的人，往往会同时拥有着一颗爱心，而爱心是我们任何时候都不能失落的。说到底，这就是人们为什么热爱诗歌、敬爱诗人的本质原因，也是江南那一座座属于诗人和诗歌的楼阁千年屹立、其辉煌穿越时空的根本原因吧！

爱心不老，诗心不死！

诗心不死，辉煌永存！

梦游春江

学生时代读《与朱元思书》《钓台的春昼》等，每每读到忘情处，眼前那些优美的文字仿佛就会在纸页上跳荡起来，跳荡成春江上闪亮的浪波，使人恍若梦中。然而回过神来，发现一切原本是南轲一梦，不禁因此而遥望南天，暗暗在心中叹问：何日真能够“乌篷摇梦到春江”呢？

机会终于来了！时在庚辰，序属仲秋，艳阳高照，金风和畅，在新世纪的第一个国庆节，应浙江省富阳市文联“江浙十县市书画联展”之邀，我终于来到了美丽的富春江畔。

住进富阳宾馆，推窗一望，思慕已久的富春江就在眼前，顿时欣喜之情若泉涌。顾不得晚饭在即，迫不及待地来到江边。时已傍晚，春江正笼罩着夕阳的余晖，显出一副慵懒欲睡的样子。近观江中流水，澄于湖海碧于天，浩荡流淌着的，活脱脱是一江的翡翠碧玉。此时此刻我明白了，吴均在《与朱元思书》中所写“水皆漂碧，千丈见底，游鱼细石，直视无碍”，原来并非形容，更非夸张，而是写实。再眺远处，千嶂染彩立夕阳，峰峰岭岭浓浓淡淡于雾岚中，其倒影晃晃荡荡于江水中。还有那如彩絮般的晚霞，一片片，一朵朵，在天上飘荡，在水中流淌。真说不清是天空映红了江水，还是江水浸染了天空。此时此刻，自己竟又有点恍恍惚惚，不知身在现实还是在梦中了。

夜晚，枕着隐隐涛声和悠扬汽笛声入梦，更像是躺在一叶轻舟之上“从流漂荡，任意东西”……

第二天，公务忙完，便去登鹳山。登鹳山，我们除了为一睹春江初醒的美态芳容，还为“访郁”。陪同我们登山的是认识有年的文友郁峻峰，他是郁达夫先生的孙子，此兄不但容貌酷似乃祖，且性格真诚坦率，言谈举止热情潇洒，也有乃祖遗韵。我们先去“双烈亭”。亭子不大，临江而筑，远看像一只欲飞的苍鹰栖息江边，凝望着浩荡的江流。这是富阳人民为了追念郁达夫、郁华弟兄二人而筑。亭内有碑，碑上镌刻着郁华和郁达夫先人的画像，为富阳籍现代著名画家叶浅予的手笔，笔简意赅，形神毕肖，真不愧大家笔墨。郁达夫先生的故居也在鹳山下的江边，是一栋二层的小楼，现被辟作了“郁达夫纪念馆”，用来贮藏英烈业绩资料和有关文物，而馆长便是郁峻峰。峻峰兄为我们娓娓讲述着乃祖的人生历程和殉国经过，他每每动情的讲述让我们禁不住感慨系之。富春江的奇异碧水呵，它不但滋润了两岸肥沃的土地，造就了一方独绝的风物，更哺育了一代又一代聪慧灵秀的富春人！从三国时东吴大帝孙权，到唐代大书法家孙过庭，再到元代大画家黄公望，以至现代的郁达夫、叶浅予……他们不都是因为喝了富春江的水后，才写出了自己的人生风流和笔底华章的吗？富春江，它“天下独绝”的，岂止是它的山水风物、钟灵毓秀！

步下鹳山，峻峰兄又邀我们登船。船是一艘快艇，随着马达的一声长吼，我们就到了江心。应我们的要求，将马达关闭，让船浮水中，随波逐流。我们只觉眼前浓浓一片绿，耳畔湍湍水流声，漂漂荡荡间，更觉得“千峰万岭走相迎”，然而“山不动，是船行，一峰如画晚晴新”……此情此境，唯有一个“醉”字才能形容——我们的身心全醉在了富春江的奇山异水间，醉在了眼前如诗如画如仙的胜境中，也醉在了自己做了多少次的一个酣梦中……

春江游，恍若梦，若真是一梦，倒愿一梦不醒、年年相随！

江南名山诗占尽

江南的山，或许在北方人和西部人的眼里是根本算不得山的，它们多数高者不过数百米，矮者只有百十米，甚至更低，若从地理学上进行地形分类，多数只属于丘陵。的确，在空间高度上，江南的山与北方的山和西部的山相比，实在没有什么值得炫耀的。然而事实上江南却很有几座山不但其毫无愧色地跻身于中国名山之列，而且人们在它们面前常常唯有仰望、崇敬和膜拜。

江南名山的实际标高，并不是那些枯燥的数字所能设定的，而是那些只要是中国人就能脱口而出的诗篇，及其相关的古今人物、动人故事和美丽传说设定的，因此，江南名山多是地地道道的中国“诗山”，套用一句“天下名山僧占尽”的俗话，可谓是“江南名山诗占尽”！

天下第一江山

镇江，世称江南水乡的起点。二十多年前，我在那里的一所大学里读书，学校离北固山不远，再加上当时进北固山公园不必买门票，所以常去。

山门口有字大如斗的“天下第一江山”榜书石刻，山上有多景楼，楼上悬挂着宋代大书法家米芾手书的“天下江山第一楼”的匾额……它们曾让我不止一次地腹诽：古人真能忽悠的，就这么一座小山，竟给戴上“天下第一”的帽子，也不怕后人骂他闭着眼睛说瞎话。然而，有一天，我读到一首《次北固山下》的唐诗，这才似乎隐约意识到，古人说北固山“天下第一”，并非全无道理。

《次北固山下》的作者王湾，生卒年不详，唐代洛阳（今河南洛阳）人，唐玄宗先天年间进士，当过地方官，曾两次应召参加朝廷的古籍整理工作。在当时享有一定的诗名，但流传下来的诗却很少，在唐朝这样一个诗星灿烂的时代，他充其量也就是个二流诗人。然而二流诗人有时候也能写出一流的作品，《次北固山下》便是一首这样的诗：

客路青山外，行舟绿水前。
潮平两岸阔，风正一帆悬。
海日生残夜，江春入旧年。
乡书何处达，归雁洛阳边。

由诗题中的“次”字可知，作者写作本诗时，正途经北固山，泊舟山前。因此，诗属于记游诗，内容为作者途经北固山时的所见所思和所感。

我初读这首诗时，最喜欢的是它的颔联：遣词平实而构思奇巧，画面清新而文辞隽永，为此它在我的头脑中曾留下了深刻的印象。

有一次，我的一位书画家朋友，应遵义会议旧址纪念馆之征欲创作一件书法作品，一时颇为为难。当然他为难的绝不是写字，而是写什么内容：写一首常见的唐诗宋词之类嘛，似乎有点不太切“题”，也不太严肃；写一首自作的诗词嘛，挂在那种地方，唯恐有字眼儿不当招致非难——因为他在“文革”中吃过这方面的苦头。他让我给出出主意，我稍加思索，便想到了“潮平两岸阔，风正一帆悬”这两句诗，我建议他将此写成一副对联。我将这两句诗写给他一看，他禁不住地击节叫好，说它不但切“题”，而且境界阔大，意味丰富。

的确，王湾通过首联对客路、青山、行舟、绿水的描写，交代了自己漂泊的行踪后，紧接着的这一联便是对自己前程的眺望。在诗人的笔下，“江潮”“江岸”和“风”“帆”，通过一个“阔”字和“悬”字而人格化了。因此可以说，诗人眺望到的不仅仅是眼前的一个美好前程，更暗示了人生的一个美好前程就在前面。这样的一副对联挂在遵义会议纪念馆里，用来形容当年的遵义会议在中国革命史上的意义，的确是很确切的。

不过，事实上这首诗中最著名的句子是它的颈联：“海日生残夜，江春入旧年。”据说它在唐代就获得了很多人的称道。据殷（王番）《河岳英灵集》载，当时的名相张说就激赏这两句诗，他曾将这两句诗悬挂在自己的政堂之上，以提醒自己作诗为文要以此为楷范。唐朝诗人郑谷曾在自己诗集的后记上写有“何如海日生残夜，一句能令万古传”的话。今天甚至有人说，就是这两句诗概括了唐诗的整体艺术风格。这样的评价几乎到了至高无上的地步了。

那么，这两句诗何以获得如此高的评价呢？我们不妨先对它作些解释。海日：从江面升起的太阳。这里的“海”，是指江海相连的宽阔江面。唐代时，长江的入海口就在镇江与扬州之间，也就是说北固山向东面一点儿就是海了。残夜：天快亮的时候。旧年：去年。整句意思是：残夜未尽，一轮红日已从宽阔如海的江面上涌现；江南春早，早得春天好像就来自于旧年的年尾。仔细吟咏后不难发现，它不但用对仗工整的诗句准确写出了江南初春的特点，而且时空交织，意象壮观绚丽，境界阔大高远，更为难能可贵的是，它在景物描绘中蕴藏着丰富的哲理。这正切合了盛唐时期人们普遍的审美要求，换一句话说，这不正是唐诗的整体艺术风格吗？也因此，它在浩如烟海的唐诗中显得不同凡响也就在情理之中了；而由这样的名句支撑着的一首诗，自然成了唐诗中的杰作；而北固山，也自然不再是一座小山了，因为它不但有大江作背景，而且它又把这样一首唐诗作了自己的背景。以这一点比之天下名山，真还难找出一座能与之相比的。再加上早在王湾写出这首诗之前，这座小山还上演过一出刘备招亲的活剧；而在它之后，辛弃疾又两次登上山顶的北固亭，写下了《永遇乐·京口北固亭怀古》（千古江山）和《南乡子·登京口北固亭有怀》（风烟望神州）……

北固山拥有了这一切，其空间的高度虽然不足百米，但它却获得了极高的文化高度，说它是“天下第一”，虽有些夸张，但也不算太离谱。

望庐山瀑布

庐山，尽管有蒋介石和宋美龄的“夏宫”美庐，尽管有毛泽东召开“庐山会议”的会堂，还有他会议期间住过的庐林1号别墅……但若问一个小学生：你知道庐山吗？恐怕他（她）还是会用稚嫩的童音为你背出李白的那首《望庐山瀑布》：

日照香炉生紫烟，
遥看瀑布挂前川。
飞流直下三千尺，
疑是银河落九天。

这是没办法的事情，尽管近代以来庐山曾一次又一次被拖进政治的旋涡，最终被弄得千疮百孔甚至面目全非，但它作为一座名山终究是属于诗的。

就文化高度来说，在中国名山中，能与之比肩，甚至超越它的并不是没有，例如泰山。但是泰山似乎又过于神圣，过于庄严，过于沉重，终究不如庐山那样让人们易于亲近。因此，泰山除了杜甫的一首《望岳》外，属于它的好诗真还不多；庐山就不同了，属于庐山的好诗太多了，因为登上庐山的诗人太多。诗人不像政治家，他们登上山来没有政治目的，更没有阴谋，他们登上庐山似乎就是为了诗——读诗、论诗、写诗、赛诗，在这过程中，虽然不乏争论——甚至不同时代的诗人还会发生跨越时空的争论，但这种争论终究也只是属于诗，绝不会像政治家们的争论——到底是先“攘外”还是先“安内”？到底是要“纠左”还是要“反右”……在今天看来，他们的争论是政治的不幸，也是我们民族的不幸，同时也是庐山的不幸；而诗人们的争论，则没有什么不幸，相反倒是诗的有幸，文化的有幸，当然也是庐山的有幸，因为在这样的争论中，庐山不但获得了极高的文化高度，而且其高度显得更为明确。

引起庐山诗争的第一首诗是中唐诗人徐凝写成的，题为《庐山瀑布》：

虚空落泉千仞直，
雷奔入江不暂息。
千古长如白练飞，
一条界破青山色。

就在徐凝诗成后不久，大诗人白居易登上了庐山，他看到了庐山瀑布，也读到了徐凝的诗，很是欣赏，当有人请他也题诗一首时，他明确表示：“赛不得！”大有点儿“眼前有景道不得，徐凝题诗在上头”的味道。但是白居易终究还是给庐山留下了一首诗，只不过他另辟蹊径了，这便是那首著名的《题大林寺桃花》：

人间四月芳菲尽，
山寺桃花始盛开。
长恨春归无觅处，
不知转入此中来。

白居易的诗是公认的好诗，但白居易的观点有人并不同意，相反，他认为徐凝的诗实在是一首“恶诗”。此人并非是一般的芸芸众生，而是中国历史上另一位伟大诗人苏东坡。

据《唐宋诗醇》记载，苏轼“初入庐山，有陈令举《庐山记》见示者，且行且读，见其中有徐凝和李白诗，不觉失笑。开元寺主求诗，乃作一绝，云：‘帝遣银河一派垂，古来唯有谪仙词。飞流溅沫知多少，不为徐凝洗恶诗。’”苏东坡认为，徐凝的诗与李白的诗相比只能是“恶诗”，庐山瀑布已为李白写绝了。

苏东坡虽然不同意白居易的观点，但是行为却也与白居易一样，也没有为庐山瀑布再写诗，而是又在李白和白居易之后再另劈辟蹊径，留下了一首著名的《题西岭壁》：

横看成岭侧成峰，
远近高低各不同。

不识庐山真面目，

只缘身在此山中。

苏东坡之所以不再（或不敢）把自己的诗献给庐山瀑布，而是献给庐山的石壁，显而易见是因为他不愿意自己的诗也成为“恶诗”。当然，他的“不敢”显然不是因为徐凝，而是李白。

的确，李白的这首《望庐山瀑布》可以说就是庐山的文化标高。

说句良心话，徐凝的诗不见得真如苏东坡说的那样如此之“恶”，白居易的鉴赏水平也不见得就如此之低，而是因为李白的诗所达到的水平太高了。南宋诗论家、词人葛立方在他的《韵语阳秋》中大体上也是如此认为。他说，白居易之所以表现出如此低的鉴赏水平，这都是因为他“或许未见李白诗耳”，言下之意，苏东坡之所以认为徐凝的诗是“恶诗”，全是因为他读到了李白的诗，有了比较才有鉴别。此话虽有出于为尊者讳的目的而为白居易开脱之嫌，但或许也是事实。

李白的这首诗实在太好了！好在哪里，已无须我这儿证明了，最好的证明是几乎每一个中国人都能脱口背诵它的事实，还有每一个到庐山来的人都想也去望一望那座李白曾“望”过的瀑布。

十多年前，我第一次上庐山时，一路上似乎满耳都是庐山瀑布的轰响。一上山，也顾不得参观180号美庐、庐林1号毛泽东别墅，以及176号彭德怀别墅等，便急着打听庐山瀑布的所在，至于那满山的别墅更似乎是视而不见。有人指点我们说：“离这儿远着哩！”我们哪里顾得了远呵，因为我们几百里路都赶来了。用了整整一个下午的时间，我们可谓是吃了千辛万苦，终于走到了那个叫“三滴泉”的瀑布前，当我们惊叹着眼前的瀑布，赞叹着诗仙“飞流直下三千尺，疑是银河落九天”的诗句真是绝响时，有人告诉我们，李白的“庐山瀑布”并不是眼前这座“三滴泉”，因为这座瀑布在明代时才被发现，李白“望”过的那座庐山瀑布在香炉峰下。

这真是太煞风景了！我们失望之余立即决定：明天一定再去看李白当年“望”过的那座“庐山瀑布”！

第二天，我们终于又来到了那座属于李白的瀑布。然而说实话，这座瀑布并没有三滴泉壮观：水量既没有三滴泉大，高度也没有三滴泉高。如果仅仅为了观瀑，我们三滴泉既已看过，就实在没有再来看它的道理了。但我们终于还是来了，且一点也不后悔，就因为它是李白“望”过的庐山瀑布，我们只有也“望”到了它，才算是到达了庐山的文化顶峰。

天门山

忽然想去湘西的张家界看看，于是拨通了几家旅行社的电话。旅行社很快将一大堆景点宣传材料送了过来。那些材料一律印得图文并茂、精美异常。我翻看了一通，其中一则介绍天门山的材料让我觉得很有意味，因为它竟然将李白的那首著名的《望天门山》的诗也当成了它的卖点。然而众所周知，李白诗中所“望”的天门山非彼天门山，它在安徽，与张家界之天门山相距千里之遥哩！

李白所“望”的天门山并非是一座山，而是东梁山（在安徽省的当涂县）和西梁山（在安徽省的和县）的合称，由于它们夹江对峙，形势险要，看上去像一座天设的门户，所以又被叫做“天门山”。东梁山原名博望山，今天的博望镇（属安徽省当涂县）是我故乡的一座邻镇，可想而知我的故乡离天门山并不远。

此天门山因为李白的诗而著名：

天门中断楚江开，
碧水东流至此回。
两岸青山相对出，
孤帆一片日边来。

我上初中时才第一次读到这首诗，那四句明白如话的诗，为我们展开的画面是那样的瑰丽而壮观：汹涌的长江一路奔腾，到此被一座大山阻挡住了去路，但江流怒涛不断冲击，终于把这座大山从中撞断，断成了东西两座梁山，断成了一座“天门”——长江仿佛成了一个凝聚着巨大力量的生命，显示着冲决一切阻碍的神力，而天门山似乎只能默默地为它让出一条通道。然而山并非因此而完全放弃了努力。你看它，在为江流让道的同时，又将江流夹成一个巨大的回旋，让东去的江流不得不在它的怀里多流连一番——真是青山有意，江流有情！然而更为有情的画面还在后面：那从太阳升起的天边缓缓驶来的一叶孤舟，正举着白帆，载着诗人，向天门山驶来，而天门山呢，正向他伸出欢迎的两臂……

呵，天门山！若能去亲眼看一看它就好了，或许会因此而知道一点儿写诗的门道哩！于是我向父亲提出了这样的要求，希望他能带我去看一看那座并不算遥远的天门山。

我之所以敢提出这个要求，是因为我当时以为自己的这一要求并不算过分。那时，我们生产队里有一条载重五十吨的机动运输船，队里的男劳力轮流上船，从石臼湖里的郎溪口运一些沙石到长江沿岸的马鞍山、芜湖、南京和镇江等城市，以此赚点儿运输费，而那运输船来来往往听说都是要经过天门山的——说不定轮到父亲上船时，他一高兴就带上我了哩！

“真是异想天开，那儿是你看的吗？”没想到，对于我的要求父亲是一口回绝，没有半点商量的余地。见我有些不高兴，或许是为了哄我吧，他又跟我解释说，天门山下江水异常湍急，他们的运输船，如果是逆流而上，只要载货载得稍多一点儿，常常在江流中以最大的马力开了半天，船还在原处未动；如果顺江东下，船又异常地快，不小心就会撞上山去，总之去那儿很危险。最后他似乎又安慰我说，不就是两座山吗，没什么好看的。

就这样，天门山虽然离我故乡不远，但我一直没有一睹它风姿的机会。

许多年后，我为了看三峡而从重庆乘船回家，当故乡在望，整个航程快要结束时，我终于第一次看到了原本离我故乡不足百里的天门山。然而说实话，我当时只看了一眼便大失所望，因为眼前的天门山，比之三峡中的任何一座山，都只能是小巫见大巫；还有山间的江水，在父亲当年的讲述中，它是那样的湍急，但与三峡中的急流相比，那也实在是不值一说。不过我很快便自我安慰道：这或许都是因为自己刚经过三峡的航行，应了“曾经沧海难为水，除却巫山不是云”的话吧！我相信天门山决不会是如此“平庸”。

于是，回家后不久，我又专程去了一次天门山。

这一次，我与几个同伴是从南京乘车走陆路去的。我们先来到芜湖，一番打听后知道，东梁山在芜湖城北5千米大桥镇的长江岸边，海拔高度为82.12米。又驱车几分钟，我们便从芜湖市区来到了东梁山脚下。眼前的东梁山果然不算高，但山体似倾斜着突兀江中，临江一面因而如刀削斧劈，巍巍然又似砥柱中流；而连岸一面，坡度平缓。我们从缓坡登山，尽管沿途还看了两处古迹，一处是始建于公元1246年的天门书院，一处是别具特色的铜佛寺，但上到山顶还是并没多大一会儿时间。老实说，这样的旅程实在很难让人有太高的兴致。果然，当我们从山上下来后，尽管时间尚早，但同伴都不愿再过江去游西梁了。就这样，我这次专程的“天门之旅”，事实上在只游了它的半边“门”后便结束了。

至此，对于真实的天门山，凭着自己的一次远望和一次近观，我可以说已基本了解，它实际上就是长江边的两座小山。相比之下，倒是张家界天门山其空间高度确是高多了——其主峰高达海拔1518.6米；而且说实话，它也一定比安徽的天门山好玩得多——有旅行社罗列的卖点为证：

1999年12月，世界特技飞行大师驾机穿越天门洞，实现人类首次驾飞机穿越自然溶洞的壮举，震惊世界。

2005年5月，天门山盘山公路竣工通车。盘山公路共计99弯，被称为“通天大道”“天下第一公路奇观”。

2005年9月，天门山观光索道竣工运行。它是世界最长的高山索道，全长7455米，高差1279米，堪称“冠世奇景”。

2005年9月，天门山被亚太旅游联合会、世界华侨华人旅游合作组织评选为“中国最佳森林公园”。

2006年3月，俄罗斯空军特技飞行表演在天门山上演，重型战斗机苏-27、苏-30曾激情穿越天门洞。

然而，好玩不等于有文化，空间的高度也不等于文化的高度。大概正因为这一点吧，只有82.12米高的安徽天门山，却让高达1518.6米的张家界天门山没有一点文化的自信，可怜它只得硬将别人的诗拉将过来贴到自己身上——殊不知这本身恰又成了缺乏文化的一个笑话。

“诗山”敬亭山

宣城（今宣州），李白曾先后七次来过；敬亭山，李白在宣城累计居此十年之久。在同一个地方居住这么长的时间，这对于一生都在漫游的李白来说是绝无仅有的。仅凭这一点，敬亭山实在是一座属于李白的山，更何况他还为敬亭山写下了这么一首有名的诗：

众鸟高飞尽，
孤云独去闲。
相看两不厌，
只有敬亭山。

如果把山比作女人的话，庐山可谓是李白的情人，而天门山则是李白走在路上看到的一个让他浮想联翩的优美背影，而只有敬亭山才是与他相知相守、知冷知热的妻子。

庐山曾让李白激情澎湃——不仅因她而写下了激情澎湃的诗篇，而且还激情澎湃地下山，跟着成王去建功立业，只是他的这一腔激情随着成王的兵败而如庐山瀑布一样很快便“飞流直下”了。而且，“飞流直下”的还有他的人生：在庐山脚下，李白被捕，因大逆不道的罪名，而“人人皆曰杀”，最终被判充军夜郎。如果说庐山真是李白的红颜知己，那么对于李白来说，那也真是应了“红颜祸水”之说。

李白与天门山相遇时只有26岁。那是一个人壮怀激烈的年龄，也是一个人想象力最为丰富的年龄，更何况此时李白第一次沿江出川，心中的激情正如这澎湃的江水一样不能遏制，此时一座并不太出众的天门山出现在眼前，如同走在路上突然映入眼帘的一个朦胧背影一样，有时竟也能激发出他无穷的想象和澎湃的请情——那首《望天门山》便是这样写成的吧！只是这样的背影只能看一眼，终究很难留住并与之相守。

能够留住并日日相守的还是那家里相濡以沫的妻子。李白每次投向敬亭山的怀抱都是在失意之后。他回敬亭山，如同回自己的故乡，自己的家。只有在那里，他受伤的心才能得到安慰，日子才能过得比较踏实，甚至还有几分悠闲和安逸。

我学生时代读李白的诗篇，常常羡慕他游过的名川大山真多，羡慕之余总禁不住想：他成年累月天南地北地漫游，这差旅费哪里来啊？要知道那时候并没稿费与版税可拿，也没听说过他做过什么生意有什么产业，难道真的因为人们称他“诗仙”便不食人间烟火吗？

野史上说，当初唐玄宗将李白“赐金放还”时不仅曾给过他许多钱，还给过他一道圣旨，因此，他每到一地，军民人等都会热情接待，也因此他的漫游并不需要自己准备差旅费。但我对此总不太相信：野史中唐玄宗的那道“赐金放还”的圣旨，大体上也就如宋徽宗赐给柳永的那道“且去填词”的圣旨一样，或许只是人们根据皇帝当初只一句随口说出的玩笑话而附会出的吧！柳永虽然每到一处都打着“奉旨填词”旗号，但是事实上并没多少达官贵人买他的账，他多数时候是靠填一些新词卖与歌楼的歌伎过日子，而那样的日子他事实上是过得贫困交加、漂泊无定。再退一步来说，即使玄宗真的在当初给过李白一道圣旨，李白手中也一直真握有那么一道圣旨，但也很难所到之处总有人箪食壶浆而使他总衣食无忧，原因不难想象：你说你手上的是圣旨，但在那些天高皇帝远的地方，有多少人见过圣旨的样子呵，谁能证明你手上的那圣旨不是假的呢？谁能证明你不是个骗吃骗喝的流浪汉呢？因此，我们猜想，李白漫游的日子，事实上过得也不会比柳永好到哪里去，因为柳永至少还可以将随手填出的新词与歌楼的歌伎换几个小钱，而李白的时代没有那样的歌楼也没有那样的歌伎，即使有，他的诗也不是那种拿到手就能唱的流行歌曲呵！

李白第一次来到宣城时已53岁，那是天宝十二年（753年），此时他从长安出走已经整十年了，当初仗剑出川时的那颗雄心早已是千疮百孔，正好他的从弟李昭在宣城做长史，写信邀请他来宣城："宣州自古为名邑上郡，星拱斗牛，地控荆吴，为天下之心腹，实江南之奥壤。既有山川之胜，又兼海陆之丰……北望敬亭崛起于川原之中……高人逸士所必仰止而快登也。"正是因为这封信，一代诗仙李白与宣城结缘了。据史料记载，李白一来到宣城，便不顾旅途劳累，立马与从弟及宣城太守宇文一起登上了敬亭山，并于此结庐居住了下来。由此我们推想，李白此时在宣城，住的地方有了，吃喝又有太守、长史的帮助，最基本的生活保障便有了。更何况宣州还有像汪沦这样好诗更好客的百姓，他们会三天两头请李白去乡村走走，去看看那的"十里桃花"，顺便去"万家酒楼"上喝上几盅。这样的日子，对于李白来说，可比过去的十年漂泊滋润多了。

当然，对于一个诗人来说，光解决其物质需求的问题而精神需求不能满足显然也是不行的，而宣城恰恰又为李白提供了丰富的精神食粮。李白一生最崇敬的诗人是谢朓，而谢朓曾任宣城太守，他不但留下了一座谢朓楼，还有一首著名的《游敬亭山》诗，正因为"宣城谢守一首诗，遂使声名齐五岳"（刘禹锡诗）。至此，除有吃、喝、住之外，还有一楼、一山、一诗，李白能不过上如神仙般的日子吗？据统计，李白在宣城期间，共写诗82首，光为敬亭山就写了21首，其中最著名的当然还是那首《独坐敬亭山》。

那真是一首孤独的诗：

你看，敬亭山下除了独坐的诗人，连山间平时那么多的鸟儿也全飞"尽"了，连天空的浮云也是孤独的——人的孤独可想而知！

那也是一首闲适的诗：

你看那远去的浮云，虽然独自飘去，但它的飘去是那么的从容悠闲——在孤独中，最容易产生焦虑、烦躁和不安，但是这儿只有悠闲！

诗人为什么孤独？因为没有可以交流的对象——有生命的鸟、没生命的云都飞走了；诗人为什么闲适？因为有一座敬亭山正用自己的美目与诗人对视着——此时的敬亭山，哪里只是一座无生命的山呵，分明就是一个善解人意的人！

难怪四百多年后，宋代词人辛弃疾，要从中化出“我望青山多妩媚，料青山见我应如是”的词句！

难怪又四百多年后，秦淮河边的一位绝色女子，又要从辛词中为自己化出一个美丽的名字“柳如是”！

有这样的一座敬亭山整日厮守着，李白能不与她相濡以沫度余生吗？能与中国最伟大的诗人相濡以沫的敬亭山，能不成为中国的“诗山”吗？

文房四宝

签字笔时代寻购湖笔的历程

来到湖州，当然要买几支“湖笔”带回去。

在中国传统的“文房四宝”笔、墨、纸、砚中，笔是占第一位的，而湖笔代表着中国毛笔的最好品质。

但人们哪里知道真正的湖笔并不出自湖州，而是出自它下面一个叫善琏的镇子上。那个镇子太小了，那两个字放在一块儿读起来又有点拗口，外地的人们难以记住；容易记住的是它隶属于湖州，所以那儿生产的笔便世称为“湖笔”了。

来到善琏镇，沿街总能看到许多笔庄和笔店，且都是那种传统风格的：店招是红木匾额式的，上面是石绿色的字，多出自于书法名家的手笔；当街摆放着曲尺形的柜台，柜内放满了各种各样的湖笔，柜上有红木的笔架，架上也挂满了大大小小的湖笔；店内的墙壁上，你一不小心就可以看到林散之、沙孟海的字，或者是林风眠、陆俨少的画。

这样的小街，这样的小店，让我们有一种时光倒流的感觉，因为这样的小镇今天只在影视剧上经常看到，而在现实的中国除了这儿，可能很难找到第二处了。虽然如今的确是一个市场发达，商品丰富的时代，但是即使是在大都市，要买得一支可心的毛笔也并不是一件十分容易的事情。不过这也并不奇怪，如今用毛笔写字的人越来越少，用钢笔的人越来越多，不，用钢笔的也越来越少了，用那种一次性的签字笔，或者干脆不用笔而只用电脑打字的人越来越多了。毛笔在现如今几乎成了书画家们的一种专用品了。既然销量有限，经营它赚不得更多的钱，谁愿意卖它呢？

而这儿依然是一个毛笔的世界。只几家小店走过来，握在我手上的笔已一大把。我知道，有些笔我是不会用它们的。有几支我是纯粹因为它的名字太好了才买的。如“金不换”，它是那种用来写小字的狼毫。我很少写小字，但买上一支带回去，作个纪念，说不定还可以送给朋友——送人，你想想，这笔的名字正合适！还有“幽兰”，是一种兼毫，顾名思义一般都是用来画兰草的。我虽不画兰，但就冲这名字，带一支回家，悬于我案头的笔架上，一定会让我时常记起那关于幽兰的诗：“幽兰在山谷，本自无人识；只为馨香重，求者遍山隅。”也让我更能埋头写自己的字，读自己的书。

在一家叫“戴月轩”的店里，我在柜上的红木的笔架上，竟然看到了一种名叫“中山兔毫”的毛笔。这让我十分惊诧，因为我知道，那是一种早已失传了的毛笔，且它的产地本也不是湖州，而是我的故乡。

我的故乡在苏南的溧水，那儿古称中山，是一个小地方，不太有名，但是它竟是传说中中国毛笔的发源地。

传说秦朝时，秦始皇命大将蒙恬远征楚国，并要他定期写出战报及时汇报。那时，人们“写”字，除了用刀子（刻），就是用竹笔，即将一根竹棍头部削薄，削尖，沾上墨汁，将字写在竹片或木片（简）上。蒙恬所写的战报，由于要作千里传送，为了方便，他就写在一种白帛（白色丝织品）上。而竹笔在白帛上写字，一不小心就会划上帛丝，写起来很慢，很吃力。有一天，他率领大军来到了一处叫“中山”的地方，见“中山多狡兔”，兔子尾巴拖在沙地上留下的痕迹让他产生了灵感，于是，他猎了几只野兔，剪下尾毫，并将其束于竹端，就这样，蒙恬发明了毛笔，而他本人也被后世尊为中国制笔业的始祖。

毛笔当然不会真是由蒙恬发明的，因为有太多的证据证明，早在秦以前中国人就开始使用毛笔了。但是我常常想，究竟是谁最先发明了毛笔呢？以后中国人为什么会选择毛笔作最普遍的书写工具呢？毛笔属于软笔，写起来绝无硬笔方便，且中国人最早使用的笔也是硬笔——甲骨文、金文等一定是用硬笔“写”出的，但是后来为什么就取软弃硬选择毛笔了呢？其中或许有偶然，但一定也有着必然吧？

与西方人相比，中国人的性格是含蓄的，即使有再多的不满，也常常只会是绵里藏针式地表现。毛笔及其由他写出的线条，或许正符合中国人的这种性格。因此，与其说中国人选择毛笔，还不如说毛笔选择了中国人。正因为这种选择，世界才有了以写意、含蓄、抽象、表现为特征的东方艺术，并以此区别于西方艺术的以写实、明朗、具象、再现为特征。中国人出于自己的生活需要造就了毛笔，也赋予了它生命的特征，同时毛笔又强化了中国人的这种生活需要和性格特征，简而言之，是中国人造就了毛笔，同时毛笔也造就了中国人。我坚信，如果没有毛笔，中国人和中国文化一定会是别的样子。

大概正是因为江南人与北方人相比性格更含蓄、更会绵里带刚吧，所以毛笔的发明者虽是北方人，但最终还是让他来江南完成了他的发明，且中国最好的毛笔终究是由江南人制造的。

我的故乡虽是传说中毛笔的发源地，但由于南宋时文化中心辐聚杭州，再加上后来的元人南侵，制笔工匠的南逃，故乡制笔中心的地位渐被湖州取代，时至今日已不出产毛笔了。然而，有太多的史料证明，“中山兔毫”的确曾是中国历史上毛笔中的名品，而我的故乡也的确曾经是中国制笔业的中心，只是现在已很少有人知道了。这实在有点令人遗憾。大概是为了弥补这种遗憾吧，我故乡的书友许君，近年来正埋头试制“中山兔毫”，想用一己的智慧恢复失传的“中山兔毫”，虽然现还没取得令人满意的结果，但精神可嘉。如今湖笔中竟有了“中山兔毫”一款，我自然买上两支：一支带回去自己留着作纪念，一支送给故乡的许君，想必多少能给他的试制有一点参考作用吧。不过虽然我也祝愿他的“中山兔毫”能早日试制成功，但更希望作为一位书法家的他，能用手上的笔写出更好的作品，无论是用什么笔，只要是毛笔。

满载而归，到了我们下榻的湖州宾馆，我打开电视看每天必看的“新闻联播”——是中外领导人的一个签字仪式。

这样的签字仪式，从前我是很愿意看的——主要是为了欣赏毛笔给我带来的那民族的荣耀与自豪：在那种签字仪式上，中方领导轻轻拿起一支准备好的毛笔，在一旁的砚池中轻濡一两下，然后悬腕甚至悬肘写下自己的名字，那一气呵成、从容不迫的过程，可用来形容的词语自然是从容、潇洒、大气等；而相比之下，外方领导似乎显得总有点急促、拘谨，甚至有点鬼头鬼脑。

为什么同样只是签一下字，但给人的感觉却很不同？我想其中除了我的民族自信心的作用外，全在于签字双方一方使用的是毛笔，一方使用的是钢笔（签字笔）吧！毛笔是笔中的贵族，它的笔杆那么的长，书写时书者必须将笔杆竖握，最好还要悬腕甚至悬肘，同时要端坐平视——如此书写，本身就堪称一种行为艺术了；而与毛笔相比，那钢笔的笔杆短多了，书写时一般又是随意地斜握在手。平时这样倒也没什么，而在签字仪式那种场合上，它实在显得有点寒酸了。再加上钢笔的书写，不需任何辅助动作（最多也就只需将笔帽除下就可），这本身就显得有点急促，再加上书者都得埋头伏案，这就更显得有点鬼头鬼脑了。

只是不知道从何时起，也不知何种原因，我国领导们也在中外签字仪式用签字笔签字了，时到如今几乎已放弃了毛笔——难道这也是一种“与国际接轨”吗?

真希望我国领导在中外签字仪式上还是多用毛笔，因为用毛笔写字本身就可代表中国。

打印机时代关于徽墨的联想

我们是冲着胡适而去上庄的，但没想到竟看到了胡开文。

上庄，皖南绩溪县的一个美丽村子。村里一处普通的两进徽派砖瓦房是胡开文的故居，现如今被胡开文的后人们打理成了“胡开文故居”——有点像一座纪念馆。来到这座纪念馆的游客大多与我们一样，本是去看“胡适故居”的。这“胡开文故居”既已路过，也进去看一看吧！这让我不由得想，胡开文真是沾了胡适的光，好在他们百年前原本就是本家，谁沾谁一点儿光都无所谓。

胡开文是商人，做墨的生意的商人；胡适是文人，文人自然是用墨的，那么产自他故乡的“徽墨”，既是中国最好的墨，他一生一定没少用吧！尽管胡适是留过洋的博士，是喝足了洋墨水的，但是胡适也喜欢写毛笔字，且很以自己的书法而自得。我看见过胡适的字，那种带有北碑风格的行楷，刚柔相济，亦秀亦拙，秀中带拙，拙中藏秀，一派风流。以编辑为务为生的我第一次看见时，曾不由得想，胡适的那些大块文章竟是用这样的漂亮的字迹写成——看这样的文章，不要说内容了，光是这字，也是一种享受呵！只是今天这样的稿子再也不可能看到了。

是的，今天的人们写稿已不再用墨，甚至连笔也不用了，而是用电脑“敲”或“打”，“写文章”已变成了真正意义上的“敲文章”或“打文章”了。说起墨，可能许多人连它的形态都已经弄不清了。他们能够迅速联想到的或许首先是打印机上的墨盒。因为现如今，打印机似乎并不算贵，几百元钱就能买上一台，倒是那墨盒实在是太不经用了，一年得换好几个，而几个的价钱就远远超过一台打印机的价钱了——这让人不由得怀疑：这打印机的“便宜”原本就是商家事先早就设好了的一个阴谋和陷阱。其次，他们或许还能联想起上小学时用过的那种在坊间用块儿八毛就能买上一瓶的化学墨汁，因为它的那种既怪又臭的味道一定曾给过他们深刻的记忆。

我虽然也用打印机，也曾遭遇过墨盒的阴谋和陷阱，我上小学时也曾用过那种奇臭的墨汁写过“大字”，但是我一般不会因为墨而产生这样的联想，我有关墨的联想比这些要美好许多。

小时候的我是个调皮的孩子，我的调皮所付出的代价是常常将自己弄得皮破血流。每当此时，母亲常常会拿出一块墨来，再将一只碗翻个底朝天，在朝天的碗底里滴几滴水，在里面磨出少许的墨汁，涂到我的伤口上。说实在的，对此我最初有点怕，怕这漆黑的墨汁会把我已破了的皮肉弄烂掉弄黑掉，但母亲告诉我说，这是爷爷留下的墨，涂一些伤口会好得快。果然，涂过墨汁的伤口，一般会愈合得很快，等到黑黑的壳脱去后，长出皮肉总完好如初。因此，我对墨的最早记忆是：它无异是一种良药。

不过，墨原本不是药，尽管它有着如此的药效。古时墨是“文房四宝”之一。那时的文人们首先是用它写“最新最美的文字”，又用它画“最新最美的画图”。但是它之所以成为文人雅士至爱至赖的信物，并不单单只是用它能磨成墨汁以作书绘画；他们求墨、搜墨、藏墨更不单单是为了弄一块墨来磨墨汁。他们是以这一过程本身为一种雅事，并以此追寻一种雅趣。他们更注重赏墨，古人云，文人“有佳墨者，犹如名将之有良马也”。因此，佳墨既是一种实用的对象，更是一种审美的对象。

据史籍记载，徽州并不是墨的原产地，但是中国最好的墨的确产自这儿。中国历史上最早的制墨中心在河北省易水之畔的易州。是唐朝的安史之乱让那里的制墨工南逃，其中奚超、奚廷父子俩，为黄山白岳之奇和练溪、新安之妙所吸引，遂定居歙州，重操旧业。此时又得皖南的古松，燃之为烟，以烟为墨，后又改进了捣松和胶等技术，终于创制出“丰肌腻理，光泽如漆”，经久不退，香味浓郁的佳墨。南唐后主李煜，雅爱书法绘事，将奚廷召入宫中担任墨务官，并以赐“国姓”李为奖励。于是，奚氏全家一变而为李氏，李廷也因此成为古今墨家的宗师。时至宋宣和年间，已出现“黄金易得，李墨难求”的局面。从此以后，历代制墨名家辈出。垂至明、清，“徽墨”早已一统天下，其中尤以“胡开文”品最佳名最著。

胡开文原名胡天柱，原本是上庄村的一个牧童。

慢慢走进胡开文故居这座两进的瓦房，胡天柱放牧时用过的鞭子自然已经不在，因为如果他仅仅只是在家乡放牧，是断不能走进中国文化史的。但是他学徒时雕的墨模、开店时用过的算盘，还有他店号里制作的墨碇等应有尽有。看着眼前一切物件，我们似乎看到两百多年前，一个少年，身背褡裢，独自离开上庄去为自己讨生活的情景。

胡开文少年去了休宁县汪启茂墨店当学徒，因诚实勤劳，精于店务，深得老板器重。后来又娶汪启茂独生女为妻，于乾隆三十年（1765年）承顶汪启茂墨店。为创出高质量产品，他不惜斥巨资购买上等原料，挑选旧墨模中之精品，聘良工制墨，并取徽州府孔庙的“天开文苑”金匾中间两字，冠以姓氏，打出“胡开文墨庄”招牌，在墨家如林中的徽州，通过竞争，终获成功。

据说胡开文墨配方绝妙，其中因加有冰片、麝香等名贵中药，所以它不但墨色鲜亮，而且遇水不跑不退，不霉不蛀。这当然是胡开文墨业成功的原因之一，但更重要的原因恐怕还不在此。

传说胡开文第二代（即胡天柱次子胡余德）时，店里研制出一种新墨，任在水中浸泡多长时间也不溶散，因此此墨销路一时很畅。一日，有位先生竟一次性购买此墨一布袋之多，声称是慕名而购。然而他走过不久便回到店内，声称他在路上过河时连人带墨都掉到了河中，上岸后，墨水染黑了他的背。胡氏最初并不信他的话，但购墨先生当场以盆盛水，将墨浸入其中，不久，便见墨裂色散——原来是店里伙计在生产这批墨时偷工减料了。胡余德连声道歉，并以一袋“苍瑰宝”作赔，并令所属各店各坊，立即停售这批墨，已售出的，高价买回。不久，胡开文便将这批劣墨全部倒入休宁城外的一个废弃的池塘中，这池塘竟因此而变成了一方真正的“墨池”。

如今，那“墨池”是不是还在，我不知道，但我知道那当初使胡开文墨业兴旺的秘密一定全在这个“墨池”中。

一刀宣纸的分量

如果没有了宣纸，中国的书法史便会少了一半的精彩，因为那些刻在甲骨上的图案、摩崖上的造像、碑石上的汉隶与唐楷，以及铸在青铜上的金文，终究加起来只能勉强算作是中国书法的一半形式，而且是其最早期的形式；唯有那纸上的——宣纸上的——龙飞凤舞、铁画银钩、水墨淋漓、云蒸霞蔚才代表了中国书法的最高境界；而中国书法最美丽最潇洒的姿态——落墨如烟，笔走龙蛇、计白当黑、笔断意连，也只有在宣纸上才能表达和实现。

如果没有了宣纸，或许就没有了“中国画”，即使有，那也可能只是“中国的画”，它可能很难区别于日本的浮世绘，印度的细密画，甚至也可能很难区别于西方的水粉与水彩画。当然，鲁迅先生也无法用一张白纸就能换得外国版画大师的一张画作。

如果没有了宣纸，中国文化可能就会是另一种形态。

我们去宣城，就是冲着宣纸而去的。

然而，就如同湖笔的故乡并非湖州而是它下面的一个镇子一样，宣纸的故乡并不在今天的宣城，而是在它下辖的一个县——泾县。

许多人知道泾县这个地名，是因为六十多年前发生在那儿的一次事变曾让周恩来挥笔写下了一首诗：“千古奇冤，江南一叶；同室操戈，相煎何急？”但并不知道他写诗的这一张纸便是产于泾县的宣纸。

因为泾县古属宣州。虽然最好的宣纸产于泾县，但它销得太远了，名声也传得太远了，人们于是只知道它来自宣州。于是泾县似乎有意无意间一直潜伏在中国文化的后台。

顶着夏日的骄阳，我们走在泾县的山间，走在古宣州的大地上。

漫山遍野都是纸，白花花的宣纸，它们晾晒在村头的山坡上，一大片一大片，让人很容易就会想到天上的白云。如果那就是白云，那么那簇拥在白云间的一个个山村呢，就像是飘在天上的仙境了，更何况还有青山绿水在远处作了它们的背景。

这里是一个青山绿水的世界。制造宣纸最重要的原料便是檀树与竹子，这里山上正多檀树与毛竹，取之不尽，用之不竭；制成的宣纸要云一样的洁白，丝一样的柔韧，要纯净的矿泉漂洗，这儿的水多山泉，不但养人，也养纸，更养中国几千年的文化。

这里也是一个纸的世界。这里家家造纸，造了千年了。

相传，蔡伦的徒弟孔丹以造纸为业。为了感谢师傅传艺之恩，他一直想制造一种理想的白纸来为师傅画肖像、修年谱，但经过许多次的试验都未能如愿。东汉末年，因战乱孔丹流落到皖南泾县一带，有一次，他在山里看到有些檀树倒在山涧，因年深日久，被水浸蚀得腐烂发白。凭着一种职业的敏感，他就用这种腐烂发白的树皮来试着造纸，果然造出了一种不同寻常的白纸，特别适宜于写字画画——人称宣纸。如果真是这样的话，那么——

王羲之的《兰亭序》或许就是用桃花坳所造的仿古宣一气呵成的；

王献之的《中秋帖》或许就是用竹西寨所造的虎皮宣一挥而就的；

颜真卿的《祭侄稿》或许就是用张家所造的毛边草就的；

苏东坡的《寒食贴》或许就是李家所造的玉版宣书成的；

还有，赵孟頫的手扎，张瑞图的长卷，王铎、傅山的条幅……当然还有顾宏中的《韩熙载夜宴图》、范宽的《秋山行旅图》、黄公望的《富春山居图》以及八怪和八大的花鸟、黄宾虹的山水……或许都是用这里出产的净皮或绵料挥就的吧?

……

望着这如白云一般铺展在天地间的宣纸，一抹最温馨的关于文化、关于艺术、关于历史的情感从我们心头掠过。

发明造纸术的蔡伦是河南人，他发明纸的首要目的当然是为了实用。但是江南的山水让纸在保证实用的前提下将其艺术品性发挥到了极致——它的洁白与细腻能将落在它身上的墨色自分出浓、淡、枯、涩，它的坚韧与柔软能让走过它身上的笔锋凸现出提、按、顿、挫，它的内敛与含蓄能将龙飞凤舞的激情渲染成一种力的张扬，它的中庸与平和能将云行水流的韵致氤氲成一种美的永恒。

因为有了宣纸，中国的书画艺术事实上成了纸上的艺术——最简单同时又最高难，最实用同时又最写意，最古典同时又最现代，总之成了世界上最接近艺术本质的一种艺术。它与西方美术是布上的石上的艺术相比，似乎脆弱许多。但唯其脆弱，才更让人珍视。我记得我小时候，家里的墙上贴着爷爷工笔手书的“敬惜字纸”的纸条；村里宗祠的天井中，设有专门的“化纸炉”。我在祠堂里念书时，还常可见到村里的老人，将有字的纸片特地送到那儿去焚化，其神圣的表情至今只要一想起便历历在目。正因为中国人对于纸，尤其是字纸的如此珍视，才有了“秀才人情半张纸”的传统。猛然想起徐志摩与陆小曼结婚时，诗人邵洵美送给他们的礼物就是四尺三开的一小张宣纸，上面简笔画了一把茶壶、一个茶杯，还有诗人的几行字：“一个茶壶，一个茶杯，一个志摩，一个小曼……”

这就是宣纸——因为薄所以厚，因为轻所以重，因为脆弱所以坚韧，因为单纯所以丰富，因为古老所以亲近，因为文化所以敬惜。

离开泾县时，县文化馆的书法家、也是与我神交已久但见面还是第一次的书友关德虎兄，竟送给我一刀（一百张）宣纸，并亲自给我扛上了车——半张纸的人情也是重情呵，这一刀宣纸的情分让我如何还呢？

一方歙砚的约定

砚，如今在现实生活中已踪影难觅了。不要说在寻常百姓人家，就是在一些知识家庭里，甚至在一些书画爱好者的家里，也很少看到它了。就说我吧，虽也顶着个书法家协会会员的名头，但家里案头就没有一方像样的砚台，每每操翰，多以碟盛墨——现在都用墨汁，已无须以砚磨墨了。

曾从照片上看到林散之老人的书房里挂着一副对联："有书真世界，磨墨静精神。"可见在古人那里，在真正的书画家那里，磨墨是作书绘画的一个必不可少的程序，哪有不磨墨就走上来展纸挥毫的啊？那样无疑是一种乱弹琴，是对笔墨的一种糟蹋，也是对自己的一种作贱。

既要磨墨，砚便必不可少。

既然以砚磨墨也是一种境界，那么砚与墨一样，也便可赏了，进而可藏、可搜、可寻了，此过程本身也便是一种雅事了，当然，其中的雅趣非入得其中者不可道也。

我曾在拙作《寻梦午梦堂》中写过一个关于眉子砚的故事。那是一个可以拍成一部几十集电视连续剧的故事，这里限于篇幅，恕我难以赘述。我在这里提起它来只是想说，像这样的故事，其实是不缺乏的，它们也是中国"砚文化"的重要组成部分。

在代表传统"文房四宝"最高品质的湖笔、徽墨、宣纸、端砚中，前三者都出自江南一隅，唯有端砚出自古端州，也就是今天广东省的肇庆市。我常常想，这或许都是因为人们觉得，总不能四样都让江南占了吧！至少分掉它一样也好呵！

其实江南也出产好砚，那就是"歙砚"——因产于古歙州（也就是今天安徽的歙县和江西的婺源一带）而得名。

真要论起砚本身的品质来，歙砚也并非一定比端砚逊色多少。古人论砚之“坚、润、柔、健、细、腻、洁、美”，即所谓“八德”，歙砚一德不缺。

而要论起历史，歙砚也有着很长的历史，与端砚也不相上下。北宋唐积《歙州砚谱》中就曾有这样的记载：婺源人“唐开元中，猎人叶氏逐兽至长城里，见叠石如城垒状，莹洁可爱，因携之归，刊出成砚，温润大过端”。可见，歙砚的历史至少也在千年以上了。

湖笔、徽墨、宣纸，再加上歙砚，江南的文房四宝就算是全了。我常想，古代的文人为什么多对江南充满了向往之情，除了那里有如画的风景、富饶的财富和美丽的佳人外，一定也与这儿有着中国最好的文房四宝有关吧！想想看，那时的文人，若到江南走上不必太大的一圈，就可湖笔、徽墨、宣纸、歙砚样样不缺，那将是一种怎样的惬意和风流啊？

就差一方歙砚，我此次的江南之行就算是圆满了，所以来到歙县，就下决心一定得带一方歙砚回去。然而走过了一家又一家砚店，竟然发现这并不容易。当然，这并不是因为走了这么多的店看了这么多的砚，真得没有一方看中的好砚，而只是因为看中的太贵，买不起；而买得起的又看不中。

然而我又不死心，吃过晚饭后我又独自去寻。

来到一家叫“歙砚斋”的砚店里，见店内端坐着一位中年妇女，一身朴素的衣着，短发，浓眉，圆脸，看上去像是刚从麦田或者茶园劳动归来的农妇。这样的店家，实诚，我心里想。于是在店里看了圈，也问了问价，但结果还是如此，看中的太贵，不贵的又看不中。正准备离开时，她又客气地问：“一方也没有看中吗？”并告诉我，如果有什么特殊要求，可以定做。见她说话和气，我如实相告：其实我并不一定要多么好的料，

推开一扇门，就释放了一段虚掩的往事。

一座又一座的石板桥，千百年来沉默不语，任凭文人墨客将它们吟诵。

我对雕工也不一定要多么繁复，唯求造型要奇些，构思要巧点，还有价钱也不能太贵。

我将这些话一说出口就有点后悔了，因为我自己也觉得那似乎有点儿“既要马儿好，又要马儿不吃草”的味道了。根据我以往购物的经验和教训，对于这样的话店家一般是不爱听的。可是没有想到，听了我的话，她却说：“看来你是个懂砚之人！你是哪儿人呵？”听我说过是南京人后，她几乎有些兴奋地跟我说：“你看这样好不好？你说你最高愿意花多少钱？我根据你出的价给你选一块料，刻好寄给你，你如果觉得满意，你就寄给我钱，如果不满意，你就把它还到我弟弟在南京开的店里去，我给你重刻，直到你满意为止。”

还有这样的事情？我说：“你就不怕我收到你的砚不寄给你钱吗？”

“不会的，爱砚之人决不会做这种事情的！”她坚决地说，“再说你得让我看一下你身份证呵，你真不给钱，我会找上门的。”

既是这样，我还有什么推辞的呵！于是我与她说好价钱，写给她寄货的地址。她也将她弟弟开在南京的店的地址写给我。我一看她写的地址，也有些吃惊，真是太巧了——那儿离我的住处很近！但我也有些疑惑，因为我好像并没发现那儿有一家歙砚店。

回到南京的当天，我就找到了她弟弟的店。然而那并不是一家砚店，而是一家茶叶店，兼营歙砚——怪不得我多次晚饭后散步从这儿走过，并未发现这儿有歙砚出售。

店主是一位三四十岁的中年男子，我想这就是那位砚店主人的弟弟了。只要确有这样一家店，我想一切就不会是骗局了。再说我又没付钱，能骗我什么呢？

近一个月过去了，我真的收到了一个寄自安徽歙县的邮包，一掂分量就知道除了是砚不会是别的。迫不及待地打开，果是一方砚。然而说真的，并不是我心目中的样子。我有点失望，心想，好在根据约定我可以将它退给不远处的那家店里。但是真的可以吗？我忐忑不安地来到了那家店里说明来意，没想到店家非常爽快地就收下了。这弄得我倒有点不好意思了，于是没话找话地想与他搭讪几句，希望他能对我带给他麻烦有所谅解。正是通过与他的攀谈，我知道了他姐姐并非是一位家庭妇女，也并不是看店的，她那天是偶尔在店里，她是一位歙砚的传人，有着“中国工艺美术大师”的称号……

知道了这一切后，既为自己当初的有眼无珠深深内疚，又为自己看不出大师作品的妙处而深深自惭，我于是说：“要不就算了吧，就这件吧？”“不，看不中买回去不舒服的。这是说好了的嘛！再说你看不中，那是你与它无缘，但总有有缘人呵！说不定放在这儿还能卖个比你贵的价钱哩！你不必有什么歉意。”话虽这样说，但我心里还是有些不安。

又过了近一个月，我又收到了一方歙砚，或许也有心理的作用吧，这一方砚我只一眼就喜欢上了它。于是我赶紧将钱按地址如数寄去——我想加一点，但又怕亵渎了这一份美丽的砚缘。

扇子文化

“扇子在手，天热不愁；有人要借，等到秋后。”这是从前流行在江南人嘴里的一句俗话。由此可见，在以往，每到夏天，扇子并非可有可无，而是属于“生活必需品”。

可如今在一些家庭，特别是一些城市家庭，即使在夏天，扇子也已不大看见了，因为许多家庭都用上了空调或电风扇（电风扇实际上已不是传统意义上的扇子了）。正是因为少见，反倒让我常常想起。

从前在乡下，姑娘出嫁的第二年端午节前，娘家照例要“送夏”，而这“送夏”的礼品中，扇子就必不可少，而且一般是鹅毛扇。为什么要送鹅毛扇？因为此时的新娘子一般都将要做母亲了，这鹅毛扇是外婆为未出世的外孙准备的——鹅毛扇扇出的风柔和，而且扇风时即使不小心扇子划到了孩子的小脸蛋，鹅毛也不会划伤孩子。因此鹅毛扇是扇中的骄子。

乡下人最喜欢用的是芭蕉扇。芭蕉扇白天可用来扇风，夜晚可用来扑蚊，且坚固耐用。因此，芭蕉扇是扇中的平民。

要说扇中的贵族，自然是折扇了，因为折扇从前乡下并不多见。我最早看见折扇是在电影《红色娘子军》中。洪常青身穿白色西服，手摇白色折扇的形象，给我留下了十分深刻的印象。时至今日，电影内容我早已记不大清了，但洪常青手上那把折扇还常在我的记忆中忽折忽开。为此，我曾一度把拥有一把折扇当做自己的生活目标之一，以致高中毕业后我第一次进城考大学，从城里眼花缭乱的商品中，一眼就看中了一把折扇，毫不犹豫地把它买了下来作为我第一次进城的纪念。

不过，今天我已经知道，洪常青手上的那把扇子，其实并不是为了扇风，它和许多戏剧中的扇子一样，要说清它的意义，得从中国的“扇子文化”（原谅我杜撰这样一个名词）说起。

的确，在中国，扇子除了生活的意义外，更具有“文化”的意义，甚至可以说，在中国，扇子扇出的清风，清凉了中国的传统文化。不是吗？连最具血腥味的战争，其血腥味也被扇子扇去了不少。你看舞台上，诸葛亮“运筹帷幄之中，决胜千里之外”，手上一刻不离的就是他那把鹅毛扇子。在中国人的心目中，没有鹅毛扇子的诸葛亮就不是诸葛亮，只有“羽扇纶巾”的诸葛亮，才有“谈笑间，樯橹灰飞烟灭”的从容和睿智。诸葛亮手中的那把扇子，实在抵得上“甲兵百万”，威力好生了得。不过要说威力最大的扇子，还得算《西游记》中铁扇公主的那把芭蕉扇。孙悟空可谓厉害了，但却被那把扇子一下子扇出去二万五千里，而孙悟空要想灭掉火焰山的烈火，又不得不去借那把扇子。可见那把扇子不但威力无比，而且神奇无比。许多武侠小说中的侠客也都有一把威力无比和神奇无比的扇子，但与之相比，实在是小巫见大巫了。

不过扇子终究只是扇子，毕竟它的主要功用不是打仗。二八之夜，花前月下，红粉佳人“轻罗小扇扑流萤”，风流才子“且将团扇写清词”，于是，扇值千金，人定终身，花好月圆，佳话永续，扇子自然成了才子佳人的爱情道具；“奉帚平明金殿开，且将团扇共徘徊”“却恨含情掩秋扇，空悬明月待君王”，扇子则成了爱情、青春和生命的祭品；“农夫心内如汤煮，公子王孙把扇摇”，扇子又成了阶级社会中不讨巧的媒娘……

这一切还不足以证明扇子在中国是一种文化吗？因此在曹雪芹的笔下，“撕扇子换千金一笑”，无异于暴殄天物。也因此，中国人别的可以没有，但不能没有扇子。从王公贵人到黎民黔首，从才子佳人到山樵渔父，人人都有一把扇子。君不见王后出游，身后的宫女总举着两把巨大的扇子；穷得“鞋儿破，帽儿破”的济公，手上竟也一天到晚摇着把破扇子。中国人这种对扇子的喜爱，实在具有“文化”的意味。

当然，中国人也有讨厌扇子的时候，比如有人专扇“小扇子”。不过仔细想想，那也只是讨厌扇“小扇子”的人，并非真的是讨厌扇子。

江南的传说与传说的江南

梁祝故里

我大学时代的同窗许君，是一个有着浓郁人文情怀的人，但毕业后一直在官场沉浮，现在江南名邑宜兴市任文教长官。忽一日，许君电邀我去他的“领地”，说是“有要事相求”。

真还难得被官“相求”，且这官又是一位同窗好友，岂能推辞！只是在遵命前往的路上不禁想，有职有权的许君真有什么事情要“求”我这无职无权的一介书生呢？猜来猜去总猜不着。

到了那里才知道，原来他是想请我参与一场正在打着的笔墨官司。

此时，国家邮政总局正为将发行的一套“梁祝”题材的邮票选择首发式举办地，许君认为他任职的宜兴市是“梁祝故里”，这首发式举办地自然该在宜兴。然而浙江省的杭州市、宁波市和绍兴市，也出来相争，竟然也都言之凿凿地说本地是“梁祝故里”，而且他们还各尽所能、各显神通，一时纷纷扰扰。

杭州市根据《梁山伯与祝英台》戏文中“走了一山又一山，前面来到凤凰山”的唱词和“十八相送”的动人故事，便将凤凰山下的一条景观路赋予了“梁祝之路”或“爱情之路”的主题，并斥资数千万元之巨，全面修复了山下的万松书院及万松岭景区，显得真诚而实在。

与杭州相比，宁波市也不示弱，不仅也斥资数千万元在市内建造了一座梁祝文化主题公园，还成功举办了第一届“中国梁祝婚俗节”，人气一时显得很旺。

在杭州、宁波争打“梁祝”牌的同时，居于杭州、宁波之间的绍兴也不甘落后：先是《绍兴晚报》刊出系列文章，探讨“梁祝文化”和绍兴市非物质文化遗产的保护与开发问题；接着，绍兴市副市长李露儿表示，“梁祝文化”是绍兴市的非物质文化遗产，因为“祝英台故里”在绍兴的上虞，因此，真正的“梁祝文化”在绍兴。绍兴市还与到绍兴考察访问的联合国教科文组织秘书长爱丽丝女士一行就“梁祝文化”申报世界非物质文化遗产问题交换了意见，希望联合国教科文组织在这一问题上尊重这一文化的地域特色、历史渊源和文化脉络……这一系列举措，无疑使绍兴显得志在必得。

浙江三地的争执正如火如荼，其间江苏宜兴显得有些闷声不响，但是谁知它只一出手便让浙江三地都着实吃了一惊：宜兴市人民政府突然间向联合国教科文组织驻京办事处正式递交申请，申报宜兴有关“梁祝文化”为世界非物质文化遗产。

宜兴的这一举动似乎让杭州和绍兴很快败下阵来，唯有宁波不甘示弱，几乎是前脚跟后脚，宁波市也正式向有关部门申报梁祝为“世遗”，而且与宜兴市展开了激烈竞争。这样，四地之中，便以宁波和宜兴间的争夺战打得最为激烈了。

许君为我介绍了这一场官司的来龙去脉，希望我能拔“笔”相助，为宜兴市能在这一场竞争中取得胜利助上一“笔”之力。

在宜兴期间，许君带着我去考察了境内几处与“梁祝”有关的遗迹，还给了我几本写“梁祝”与宜兴有关的书籍，让我回去后好好帮他们写一写。

作为一名文史爱好者，这样的事情说实在的还是愿意掺和一番的，如果真能为一方经济建设起到一定的积极作用，那真还是能获得一种欣慰的。于是回家后，我真的对“梁祝”等民间传说进行了一番自以为是的研究。

但是，我越研究越觉得四地的这种相争本质上是很荒唐的，因为梁（山伯）、祝（英台）本身只是传说中的人物，既是传说中的人物，硬要定下他们的“故里”是某地，不但很难，也很无聊，至此，我又不想掺和这场无果又无聊的笔墨官司了。

然而，这场笔墨官司并没有因为我的不参加而受到影响，报上照常不断登出有关文字，各地照常组织有关活动，对于这一切，我也一直自觉不自觉地关注着。关注之余，我又渐渐地觉得，这四地如此的相争，毋庸讳言其中虽然都有着经济利益的驱使，但是，也从另一角度反映了四地的人们对于梁、祝和梁祝文化的喜爱，都希望梁、祝是自己的同乡，可以说也不是一件太坏的事情，甚至还算得上是一件好事，因此，我终究还是忍不住要来掺和一番，不过我并不想就此来直接帮谁的忙，如果硬要说帮忙的话，我倒真愿意我的这篇小文能给四地多少有所帮助，至少是有所启发。

四大民间传说

中国有四大民间传说，即《梁山伯与祝英台》《牛郎织女》《白蛇传》和《孟姜女》。从今天的四个传说所呈现的故事情节来看，其背景无一不是江南，似乎它们都是属于江南的传说。因此，我们说江南人喜爱传说，是其文化上表现出的一种集体无意识，似乎并不为过。然而，事实上，四大民间传说的源头都不在江南。

据专家考证：

《梁山伯与祝英台》的故事，最早起源于战国时期韩凭妻裙带化蝶的故事，成形于六朝时期《乐府·华山畿》“神女冢”的故事，完备于唐代梁载言的《十道四蕃志》等文献中。故事的发生地点最初是在今天的河南开封一带，后为南徐，即今天的江苏镇江，最后移到了江南的宜兴、绍兴和上虞等地。

《牛郎织女》的故事最早起源于《诗经·小雅·大东》中关于牵牛织女星的描写；成形于东汉末年的《古诗十九首·迢迢牵牛星》；丰富完备于唐宋时代的很多诗人文人的诗歌吟唱和笔记传奇中。男主人公牛郎的故乡，最初是在河南的南阳一带，后为山东周村，最后终变成了江南——在几乎家喻户晓的黄梅戏《天仙配》中，董永在交代自己的身世时明确唱道：“家住丹阳，姓董名永。”这丹阳，无论是江苏之丹阳市（县）还是安徽之丹阳镇，都是江南名镇（市）。

《孟姜女》的故事起源于《左传》所载春秋时“杞梁之妻”哭夫崩城的故事，成形于唐代的《同贤记》，到明代得到了空前的丰富。故事的发生地最初是在山东、山西和陕西等地，后又有湖北、河南和湖南等地，最后几乎被“公认”为是在苏南。

《白蛇传》的故事雏形最早见于唐人谷神子的《博物志》中，后在宋元话本《西湖三塔记》里得到了发展，最后定形于明天启年间冯梦龙编的《警世通言·白娘子永镇雷峰塔》中。故事的发生地，最初是在陇西，后变成了杭州、苏州和镇江一带。

由此不难看出，“中国四大民间传说”当然属于中国，但更属于江南！因为千百年来，江南人硬是用自己的喜欢将产生于北方的一个个民间传说“江南化”了，且在这“江南化”的过程中给它们不断以丰富和发展，使它们越来越美丽，越来越动人。当然，在这同时，江南这块土地本身也因之在世人的眼中越来越显得神奇而美丽，越来越呈现出一种强大的文化魅力。

今天，江南各地纷纷要为那些美丽的传说向联合国有关部门申报各名目的“世界文化遗产”之类，这是应该的，是好事，因为说到底，它们归根到底也是属于世界的。但是随着这些属于江南、属于中国的传说越来越多地走向世界，世人或许会问：江南究竟是一块怎样的土地，它为什么就那样的“盛产”传说呢？

一方水，一方人

“江南水乡”，这四个汉字在汉语中似乎是一个固定名词。是的，江南多水乡，因为江南多水。没有水便不是江南，那纵横交错的河流港汊，那星罗棋布的大小湖泊，既是江南的经脉，也是江南的骨骼，更是江南的品质。生活在这块土地上的江南人无时无刻离得开水。“江南路，云水铺，进门出门一把橹。”这是江南人生活的最真实写照。这种生活有时虽也有不便，过得时间长了也会略显单调，但就是在这种不便和单调中却不乏诗意——不妨设想一下：三五人等，一叶扁舟，或出入风波去追逐渔汛，或扬帆云间去贸易货物，或随波逐流去放浪人生……或许其中有无奈——上船前，或许因缺柴少米你家里正锅盖难揭，或许官场沉浮因小人构恶你正遭遇失意，或许科场拼搏因锋芒太露你名落孙山——而此时此刻，听桨声欸乃，任风悬帆去，那想象中白花花的鱼群、集市上白花花的银子还有那美丽山水，连同着你所有的希望一起都在远方等着你！呵，所有的不幸与不快，都会随着船下的流水流去的吧！

你此时此刻甚至连摇橹划桨也不需要，因为风儿会为你鼓着风帆送你向前，你只需用一只手把住舵，让船的头对准你心中的方向前进。或许你从没有这样轻闲过，轻闲得此时似乎有点儿无聊了，那正好，在私塾里学过吟诗作对的，这会儿可以练习练习也比试比试了：

桅杆钓出天边月；
船头犁破水中天。

但更多的人并不会这一套，好在大家都会讲故事，而且在水上漂泊多年，每个人都有着许许多多风采萍踪的故事可讲：那就先说亲身经历的吧，说光了便说道听途说的；道听途说的也说完了，但船还没靠码头，于是便添油加醋重说；添油加醋不过瘾了，便胡编乱造着说，胡编乱造得破绽百出，便你一言我一语地修订起来……就这样，故事越来越曲折动人，越来越精彩美丽，最终是真是假，谁也说不清，于是便成了一个个真真假假、亦真亦假的“美丽传说”。

作为江南人，我是听着这样的美丽传说长大的。故乡门前有一条连接石臼湖与太湖的大河，河道深而多折，就是在这条河上的一次航行中，我从目不识丁的乡亲们口中知道了其深而多折的原因：

从前有一个童养媳，为人十分善良，她每天去河边淘米洗菜时，总有一条小白蛇从水中游出来向她讨奶水喝，为此总要耽误些干活的时间，她恶毒的婆婆看在眼里恨在心里。有一天，她尾随着媳妇来到河边，当她看到那条小白蛇时，便恼羞成怒地挥刀砍去，小白蛇赶紧转身逃跑，但还是被砍去了一段尾巴，然而就在一瞬间，那小白蛇竟一个翻身变成了一条白龙，并迅速地向远方游去。游过的身后立即现出了一条大河，难能可贵的是，它每游过一段路总要回过头来看一看呆立在码头上的喂过它奶的童养媳，共回头12次，于是故乡的那条大河便有了12个“望娘弯”。

多么美丽的故事呵！

当我后来从书上读到《白蛇传》的传说时，我首先想到的就是这个故事，因为它们有相像之处，而这相像之处，到底是《白蛇传》受了它的影响和启发呢，还是它受了《白蛇传》的影响和启发？我说不清，我那些给我讲故事的乡亲更说不清，专门研究的专家学者恐怕也说不清！然而，有一点我想是可以说清的吧，这就是，类似的这些美丽的传说——包括《白蛇传》的传说——一定就是这样被创作出来的吧！

因此，我们不能不感谢江南的水，如同我们不能不为美丽的希腊神话而应该感谢阿里得亚海和爱琴海中的水一样。

江南的水给了江南人远行的从容。北方没有江南那么多的水，那儿多黄泥古道，多大漠孤烟，北方人的远行因此多车辚辚马萧萧。当然，这样也能造就诗意，但这样造就出的诗意，是绝没有船行水上来的从容的，至少没有安静——那马蹄的嗒嗒声和车轮的咯咯声中，至少是没有了讲故事和听故事的可能的。因此，江南的传说和故事中或许缺少些北方诗篇中的慷慨悲凉的现实冲动，但却有更多的曲折缠绵，更多的天上人间般的美丽想象。

江南的水给了江南人丰富的想象。

孔子说：“仁者乐山，智者乐水”，但我常想，与其说一个人是因为他是“智者”才“乐水”，还不如说是因为他“乐水”才成为了“智者”！因为水的变幻莫测，水的载舟覆舟，真是太能给人以丰富想象了！具有丰富想象力的江南，怎能不创作出同样具有丰富想象力的美丽传说呢？

夏夜的浪漫

“江南春早！”是画家十分喜爱描绘的题材。是的，江南的春天来得是早，但是江南的春天来得早去得也快，短暂的春天过后，江南迎来的是一个长长的夏。

江南的夏天是实质的“苦夏”。白天，那如火球般的太阳似乎是老悬在江南的头顶，似乎要将江南的河流湖泊中的水烤干似的。而人如同身在一巨大的蒸笼中，还没动弹，就要喘气；刚要吃饭，就想喝水；水还没喝，汗就先流。但是尽管如此，那熟了的麦子不能不收，那青了的秧苗不能不插，那黄了的稻子不能不割……于是，江南的夏天是现实的：不得不挥汗如雨地劳作，不得不汗流浃背地苦熬，不得不面朝黄土背朝天地坚守……

江南的夏天又是美丽的。傍晚，当人们以面朝黄土背朝天的姿势送走了最后一缕阳光之后，当第一缕晚风将各家各户土场上的热气呼吸完之后，当一条条小船儿驮着一天的辛劳与收获在一个个小码头停泊之后，江南便进入了一天中最惬意最浪漫的时候。凉凉的井水被洒到了各家门前的院场上，场上放上春凳，春凳上放上劳动的收获，于是霉干菜和着酒香便熏醉了江南的黄昏。人们在说完了张家长李家短的故事后，他们在黑暗中的闪亮的眼光，被夏夜里难得的一阵阵凉风牵得老高老高，于是他们开始与天空中眨巴眨巴的星星对视，从它们身上寻找了一个个浪漫的话题：那么多闪亮星星中，哪一颗是属于自己的呢？那两颗很亮的星星，为什么各在天河的两岸呢？它们会彼此相思吗？于是就有了《牛郎与织女》的爱情，就有了一个个天上人间的故事。

北方人不乘凉，因为北方虽然有时候白天也会热，但晚上比江南凉快多了，有时不需乘凉也能从容入睡，即使有时候也会乘凉，但至少不会像江南人那样需要那么长的时间，于是便没了江南人乘凉的那么一份从容，那么一份心境，那么一份浪漫，也就不会有与夜空中的星星集体的对话；北方人爱“猫冬”，猫冬时的北方人也爱讲故事，只是讲这些故事时头顶没有星星（“猫冬”应是在白天，晚上多数时候睡着了，即使醒着，很少的几颗寒星也被屋顶遮在外面），所以也少有天上人间的故事。

岭南人也不乘凉，因为他们那里夜晚与白天一样的热，因此，即使是夜晚，也无凉可乘，无凉可乘的岭南自然也就没有了天上人间的故事。

是江南的夏夜成就了江南的浪漫！

关于爱情

人世间最大的浪漫莫过于爱情。

谁也不会否认，江南历来就是一块多情的土地。但是，没有现实中的衣食无忧，哪能浪漫地谈情说爱；没有现实中的温馨碰撞，哪有浪漫的情感火花。

江南是富庶的，生活在这块土地上的人们，当然也不乏苦难，但许多时候他们的生活还算温馨和安定，尤其是在唐宋以后，这种温馨和安定较之于北方是越来越明显，因此，他们对于浪漫不但具有主观上的愿望，而且也具有客观上的条件；再加之江南相对远离封建文化中心而形成了一种相对独立的文化传统，无论是“吴越文化”，还是“湘楚文化”，都在最初从本质上为江南这方土地注入了多情而浪漫的气质。

如果说现实属于北方，那么毫无疑问，浪漫属于江南。

不是吗？《诗经》属于北方，它是中国现实主义文学的源头；而中国浪漫主义文学的源头是《楚辞》，它属于屈原，而屈原属于江南；如果说杜甫属于北方，那么李白则属于江南，因为李白的那些充满了浪漫的瑰丽诗篇，大多数不是写江南的便就是在江南写成的。

中国的封建社会，历来是以压抑和扼杀爱情为能事的，自从孔子说过了“唯女子与小人难养也”以后，中国的女子一直就难逃一种尴尬的命运，她们既被玩弄，又被污辱；既被争夺，又被摧残。即使是那尊贵如“四大美女”亦一样，最初时她们是如此地被赞美，被尊重，但最终的命运呢？杨玉环是香消玉陨马嵬坡，王昭君是终老他乡伴冷月，貂婵更是在吕布被杀后下落不明，相比之下，属于江南的西施，其最终的命运要好多了：在越王灭吴后，她与心上人范蠡一起隐居到了江南的烟水深处，如许多童话里的结局一样：“过上了幸福的生活。”看起来这样的结局有些偶然，但是这种偶然中有着必然，因为大度而又多情的只有江南这块浸泡在烟水之中的柔软土地，也只有这样的土地，才能接纳一个“失节”的女人连同她的爱情。

中国“四大民间传说”最初的故事原型所表达的主题也许并不是爱情，至少并不全是爱情，但是它们在被“江南化”以后最终无一不成了爱情的赞歌：

世人都说神仙好，得道成仙是多少人梦寐以求的，尤其是封建统治者，从来就没有停止过对于长生不老仙药的寻求，然而，作为神仙的织女，只是为了追寻自己的爱情，竟然甘愿触犯天条，放下人人想做而做不得的神仙不做，偏要做个凡人。在爱情面前，神仙生活算个什么呵！

世人都说“万里长城永不倒”，在世人的眼中，万里长城岂只是一道城墙，更是一种象征——国家的象征，皇权的象征，是神圣不可侵犯的。但是，只是因为它破坏了孟姜女的爱情，她竟然只用爱的哭声便让它倒塌了三百里。在爱情的面前，万里长城又算个什么呵！

白素贞修炼千年，眼看着就要修成正果了，但是仅仅为了一段前世的情缘，便毅然放弃了这一切；不仅如此，为了坚守自己的爱情，她还不惜将天上人间全部得罪了。

至于梁山伯与祝英台，为了爱情他们可以死；一旦有了爱情，死了的他们可以生（化蝶），生生死死，死死生生，只为一个字：情！

这是何等的浪漫！

是的，在所有属于江南的这些民间传说中，女人因为这个“情”字，不再是生活中男人案头一只水性杨花的花瓶，也不再是只会倾人国倾人城的“祸水”，更不再是孔子定义的与小人同等“难养”的尤物，她们天真、美丽、善良，尤其在爱情面前表现得又是那么的机智勇敢、忠贞不渝。相比之下，倒是男人们一个个都显得那么的懦弱、被动和无能——这在绝对男权的封建社会中，这可绝对是颠倒了乾坤，是对整个中国封建礼教所规定的秩序的一次十足的反动。

这样的反动岂止是浪漫，更是一种勇敢！

所谓执著

在世人的印象中，江南的确是一块很柔软的土地，这块土地被太多的杏花春雨浸润，又被太多的烟柳荷风熏染，这块土地上的确走出过太多的才子佳人，演绎过太多风花雪月的故事——这常常使人们因此而产生一种误会，以为这块土地上只生长这些，其实，江南的土地上，除了生长红花、绿柳，也生长劲竹、剑兰；除了盛产丝竹刺绣，也铸造干将莫邪；江南人既有天眼慧根，更有琴心剑胆，他们从来就不缺乏两肋插刀的侠肝义胆、不怕牺牲的反抗精神和敢为天下先的冒险品质。

当我们在津津乐道燕赵勇士荆轲义刺秦王的同时，请别忘了在他之前，江南人“专诸之刺王僚也，彗星袭月”——他才是中国有史记载的第一位勇敢的刺客。

当我们在啧啧称奇蒙古铁蹄所向披靡的厉害的同时，请别忘了正是被蒙古人列为“末等”的“南人”最终灭亡了元朝，建立了明朝——中国历史上唯一一个从江南起事，最终修成正果的大一统王朝。

当我们不屑于江南士子的儿女情长时，请别忘了在清人南下时，如果不是他们在“留头不留发，留发不留头”的布告前高昂着的一颗颗头颅，那么悲哀的就不只是一个灭亡的王朝，而是一个跪下的民族——是江南的士子，终究为这个苦难的民族多少挽回了一点尊严和面子。

当我们不齿于与江浙商贩讨价还价时，请别忘了正是他们的先辈的这种讨价还价，才让国人不仅慢慢学会了近代贸易，更一时激起了国人“实业救国”的豪情——千百年来，“稻花香里说丰年，听取蛙声一片”的江南，也因此地地道道地成了中国近现代工业的策源地。

……

我不是要在这儿为江南开列一份英雄谱，而是仅仅想以此说明，江南事实上从来不缺乏勇敢，且正是这份勇敢，成就了她的一份执著——江南人对于经济与文化从来都是“两手抓，两手都硬”，从来没有因为经济的富足而忽视了文化，也从来没有因为文化的发展而荒废了经济——就这一点来说，在中国的版图上实难找到一块土地（包括曾经富甲天下的三晋之地）能与之比肩；也正是这份勇敢，成就了江南文化上的一种大度与大胆、开放与多元——“四大民间传说”的“江南化”本身便是对此最好的证明：

中原的祝英台最终来到西湖的万松书院与梁山伯成了同窗，山东的孟姜女最终嫁给了松江的万杞梁为妻，天上的织女竟然看上了丹阳郡的老实人董永，连妖界的白素贞也为江南才子许仙的善良与多情所迷倒……如果没有一个大度而开放的胸襟，江南能容得下她们吗？或者说，她们会选择江南落脚吗？

“四大民间传说”都是表现爱情的吗？是！但似乎也不全是！孟姜女让长城轰然倒塌的哭声，既是忠贞爱情的颂歌，也是对封建王权的控诉；祝英台与梁山伯的双双化蝶，既是千万人对美好爱情的期望，也是对封建礼教扼杀爱情的揭露；还有织女和白素贞，她们为了得到爱情，不愿做神成仙，只愿做一个与丈夫男耕女织的普普通通的女人，这除了是对爱情的歌颂，不也是一幕人性的颂歌吗？即使我们将“四大民间传说”就当做只是一曲爱情剧吧，那么它们是悲剧吗？是！但似乎也不是！是喜剧吗？是！但似乎也不是！至此，我们已经很难说清，究竟是它们体现了江南文化的多元，还是江南文化的多元造就了它们，但有一点可以很清楚地说：这就是江南，这就是属于江南的文化！

经济搭台，文化唱戏

有人说，民间传说是农业文明时代的产物。此话有一定道理。的确，在工业文明的社会里，科学技术空前发达，人们便更多地用“科学”的眼光去看待世界、审视文化。然而这种“科学”的目光实在是一把双刃剑：

它会让人们在获得许多科学知识的同时，而丧失了许多对于生活和人生的文化观照。就民间传说来说，其中许多在当时的人们看来是十分“合情合理”的情节，在今天的人们眼中会变得不再那么“合情”，更不再那么“合理”。今天的年轻人，谁还会相信孟姜女仅凭着哭声就能让长城倒塌？这世上真的会有蛇变成的美女吗？人真的可以变作蝴蝶、星星？殊不知道，他们的这种“不相信”，其结果便是使得那些原本美丽动人的传说，不再那么美丽，也不再那么动人。

那么，是不是说现代人就不需要传说了呢？

当然不是。现代人也需要传说来寄托他们的渴望，安抚他们的心灵，但这种传说要是确能够真的承载他们的这种寄托。古人有古人的渴望，今人有今人的渴望。即使是似乎亘古不变的爱情的渴望吧，古今人们也是有所不同的：在古代，人们的爱情渴望大多数时候实际上主要是因为封建礼教的压迫而产生的；而今天，在爱情和婚姻已空前自由的前提下，人们的爱情渴望实际上更多地表现为人与人之间普遍存在的对于沟通、交流和理解的渴望。因此，牛郎织女的传说曾经在人们的眼中是那么的美丽动人，由它衍生出来的“七夕”节，也因此而让多少有情的男女为之渴望和欣喜，但今天的年轻人却似乎都把它给忘了，他们更热衷于从西方传过来的“情人节”。对此，有人疑虑，有人失望，甚至有人愤怒，斥之为“崇洋媚外”。其实冷静下来想一想，并非如此简单。西方的“情人节”风俗产生于西方婚姻相对比较自由的文化背景之下，在“情人节”里，有情男女可以互送鲜花、巧克力等，这样的“节日载体”不仅简单而浪漫，而且的确可以增进人与人之间的交流、沟通与理解，而“七夕”节的“节日载体”中，不仅其文化内涵没有这样的内容与功能，而且其共同特点是，相关的活动大多适合在乡下进行，而今天，随着中国现代化和城市化建设的进程，江南的乡村早已不全是那“小桥流水人家”的风格了，生活在越来越像都市的江南乡村里的年轻人，在高楼大厦间抬头已很难看见牛郎织女相会的鹊桥，而要偷听牛郎织女相会时的脉脉情话的瓜棚果架也很难再找到，因此他们冷落了“七夕”，也忘了牛郎织女的传说，也就实在是不足为怪的事情了。

因此——

“四大民间传说”的确都属于江南的过去或过去的江南！

今天作为中国工业化和城市化程度最高地区之一的江南，需要创作新的“传说”！

江南在取得了经济建设的巨大成就的今天，需要用更大的力量来建设文化事业！

然而，在这方面，我们似乎一直做得都不够好。最不好的就是我们弄出了一个“文化搭台，经济唱戏”的口号，似乎文化只是经济的奴隶。就以文章开头所写的江南四地对“梁祝故里”的那场争夺战为例吧，明眼人一眼就可以看出，各地事实上都“醉翁之意不在酒”，而在于要进入“世遗”名录，要招徕更多的游客，要获得更多的经济效益。这当然也无可厚非，但是切不可忘了，江南的文化传统千百年来事实上一直是——“经济搭台，文化唱戏”。正因为有着这一传统，江南才成其为江南；反之，这块地理上永远处于江之南岸的土地，总有一天会不再被人们亲切地唤作——“江南”。

写到这儿，我想有着浓郁人文情怀的许君一定会同意我的观点吧？因此我也相信，我答应他“好好写一写”而写出了这样一篇文字，一定也不会让他太过失望。

最后的桃花源

古风浩荡，吹皱了皖南大地，留下这么多的褶折和这么美的山水。

我们的汽车在这些褶折和山水间穿行，也在“山重水复疑无路，柳暗花明又一村”的诗意里萦回，过宁国、歙县，经屯溪、休宁，沿新安江最上游的一条支流溯水而上。在一小镇停车问路，得知小镇名叫渔亭，乃《桃花源记》中渔人问道之所。我们知道这只是传说而已，但乐而信之。此后的旅行采风，便成了桃花源中的寻访了。

但我们并非来刻意印证古书上的文字的，我们一群平日里以读写文字谋生的人，倒是更愿意暂时忘掉所有的文字，让疲倦的身心像山间的野花一样烂漫几日。

继续前行，一条溪与路平行的山沟竟如同时空隧道，当我们的汽车穿过它再次停下，周围似乎是另一世界。举目纵览，四围青山，遍野茂林修篁，碧绿纷呈，又有清流激湍，依山偎岭，明泉飞瀑，扬珠漱玉，山因水而灵秀，水因山而妩媚。山水之间，一片粉墙黛瓦的老房子，怡然净洁。几位村姑正在村外的溪边浣洗，几只鸽子正扑棱棱地从天上飞过，几条家犬正慵懒地蜷伏门前，还有炊烟袅袅，还有白云悠悠。一切都古典得让人惊诧，十足一个鸡犬之声相闻的桃花源，一个充满人情味的仙境。如果村口没有大大小小的各式汽车，没有照相机不停的闪光，也没有一块刻着

“西递——中国古民居博物馆”的大石碑，我们真怀疑自己也成了武陵渔人，闯进了桃花源中的某个村子。

造访西递，我们呼吸着清新而甜润的空气，怀拥着四围的山色，沐浴着犹存的古风，然而我们多少也有些意外：本以为这儿叠翠的崇山峻岭，会挡住市场经济的潮声，风俗民情中会尽见纯朴，而事实上这只是我们天真的一厢情愿。西递市场经济发育的程度一点也不亚于山外。随行就市、有奖促销、讨价还价，都市里的那一套经商的规则，在这里被运用得同样娴熟。你想去见识一下古代二品大员的官邸陈设吗？很容易办到。出两块钱，就会有人热情地带你前去。那些老房子上的木雕、砖刻，艺术精湛，你很想得到一两件作个纪念。你心里正想着，就会有人悄悄地跟你说：“你相中了哪件，我可以为你撬下来！不过你得先开个价。”还有抛绣球的游戏，更绝！同行的振华兄有幸接得一只绣球，被邀上绣楼与抛绣球的小姐合影，那只绣球他也可以带回去作纪念，让我们很是羡慕，只是他要留下20元。小姐有抛不完的绣球，争抢绣球的游客络绎不绝。我们估算一下，每日抛出百十只绣球不成问题。如此将风俗表演与商业活动相结合，实在高明！所有这一切，似乎都不该是桃花源里人家的所作所为，让人感到，这儿的人心多少也有点儿不“古”了。

不过，西递毕竟不是桃花源。西递的先民曾是名满中华的徽商巨贾，西递人灵魂深处有着祖先遗传的商业天分，在今天市场经济大潮中，近海弄潮，小试锋芒，也在情理之中。再则，谁不想先富起来呢？我们又有什么理由要求同样充满热情和欲望的生命都变成美丽的蝴蝶标本，夹在社会的书页中，只偶尔取悦一下我们的眼睛呢？

我们登上了村边一座小巧别致的阁楼，楼上陈列着一位版画家的作品。这位版画家是因一个偶然的机会来到西递的，谁知他竟在此寻得了自己的艺术家园。他在“家”一住数年，用手中的木刻刀刻出了《西递村系列》，也刻出了自己艺术生命历程中的一座闪光的里程碑。说实话，我在来此以前并不知道这位版画家的名字，画家的简历告诉我们，他竟是我的同乡，我很为自己的孤陋寡闻而惭愧。楼阁窗很小，里边很暗，上来的人又不多，显得很幽很静。这正适合这些画的风格和情调。我在小楼上流连，更在同乡的大作前一次次凝住。对于版画我是外行，平时并不多看，但此时，我似乎真的被它吸引住了，而且这种吸引就如同蜜蜂被鲜花吸引一样纯粹。我在这些画中似乎读出了一个属于我的世界：古朴、温馨、宁静、净洁。

我感到奇怪，禁不住问自己，同乡寻得的这个属于他的艺术家园，难道竟也是我的精神家园？我在小楼的窗前小坐了片刻，透过小窗，我又看见了鳞次栉比的粉墙黛瓦，又看见了袅袅炊烟，竟然真有一种回到家的感觉。

我的故乡也曾有抹着白粉的封火墙，也曾有垫着青石板的小巷。记得小时候，我最怕晚上一个人去走这些小巷，自己的脚步声在巷内回荡，让我感到恐怖。我曾不止一次地想，有朝一日我一定要走出这些小巷。今天，故乡早已没有了粉墙黛瓦夹着的小巷，我也离开故乡多年，但百里千里地寻来寻去，竟在这些粉墙黛瓦间的小巷里寻得了属于自己的世界，属于自己的“家”。余秋雨先生曾在他的《乡关何处》中感叹：“离别家乡恰恰是为了回家，我的人生旅行，怎么会变得如此怪诞？”此时此刻，我竟有了深切的同感。

“喂，该走了！”同伴在楼下高声地唤我。

是的，来一趟不容易，该去的人家很多。我们去村巷溜达，走东家串西家。这情形让我们完全忘掉了自己原本是在旅行。我们辞掉了导游，因为她絮絮叨叨的解说破坏了我们这种回“家”的感觉。有人倒掉了从山外带来的矿泉水，在空掉的塑料瓶中灌满了从村里流过的山泉：“这不会假了吧！”是的，自家家里的东西哪会假呢！我们——岂止我们——每一个来西递的游客，百里千里颠簸而来，追寻的不就是一种真实、自然、纯净的东西吗？西递难能可贵地多少保存了一些。这大概也就是西递被世人称作“桃花源”的真正原因吧！

桃花源是陶渊明的精神家园，事实上又何尝不是人类共同的精神家园呢？

今天的世界，连空气都越来越匮乏了，因此，在人口大量迁徙城市的同时，多少人又开始向往起山野、森林；在现代市场经济大潮汹涌澎湃的时候，多少人又怀念起那种古风犹存的田园生活。有人开始逃离城市，走向山林田园，皈依自然，他们为发现一个个桃花源而欣喜。如果说他们正走了一个“离开家乡而恰恰是为了回家”的人生怪圈，那么桃花源里的情形又怎样呢？造访西递，我们感到，西递的人们似乎正“为了回家而开始离开家乡”。

今天，西递的山水是美的，西递的风情也还算是美的，美是境界，也是财富，西递人有权支配他们的财富。只是我担心，当世人纷纷涌向这最后的桃花源，“桃花源”本身也就名存实亡了。

离开西递的时候，山外突然飘来一片乌云，想是一场暴风雨即将来临。我们听见有母亲在呼唤：“山娃子，回家喽！”

我们也能回家吗？风已从四面八方吹来。

苦涩才子佳人梦

那一方土地，除了盛产鱼米，盛产丝绸，盛产富裕外，还盛产诗词、文章，盛产书法名画，盛产才子佳人。才子们与佳人们一起，便将这方土地当做了舞台，将一出才子佳人的戏直唱到而今。你看，周星驰扮演的唐伯虎还在今天的荧屏上没完没了地点着秋香，白先勇导演的《牡丹亭》又在拙政园里的古戏台上开锣上演了，还有秦淮河边的媚香楼至今还在与夫子庙隔河对峙……

解读沈园

怯怯地来到既熟悉又陌生的绍兴，除了拜谒鲁迅故居，便是去寻访沈园。

走过汽车的轰鸣与“卡拉OK”的喧嚣此起彼伏的马路，也走过乌篷船从身下悠悠荡过的石拱桥，便走进了晃动着历史背影的深深小巷。脚下的青石板被细雨濡得亮亮的，给我们在粉墙黛瓦的灰暗里逡巡的视线以些许耀眼的亮色。我们就追寻着这片亮色去解读沈园——一块深藏在中国人心头的伤疤。

据流传下来的《沈园图》可知，这座宋代园林曾经历过亭台楼阁参差、小桥流水潺潺、花丛树影重重的峥嵘岁月。而今，倩影冰消，风华不再，只残存一葫芦形的水塘，或许这便是“鲁殿灵光”了。三十多年前，郭沫若初游沈园，写下了这样的词句：“宫墙柳，今乌有。沈园蜕变怀诗叟，秋风袅，晨光好，满畦蔬菜，一池萍藻。草，草，草。”今天我们走进沈园，见情形仍大致如此。在园中盘桓许久，见半堵土墙，尽管我知道那不可能是陆游当年题写“钗头凤”的残墙，但我还是在它面前站了许久许久，因为我知道，只有读懂它，才能读懂沈园。

也是这样一个细雨霏霏的春日吧，已自己称“翁”的诗人陆游向沈园走来了，但他绝没想到，有一个人已先他而来。这便注定了沈园这座绍兴城里的普通私家花园，将成为诗人豪放的生命诗篇中最为婉约的一阕。那是一场不期的尴尬重逢，也是一段意外的再次心痛，更是一种宿命。因为那位先陆游而来的不是别人，是唐琬，一位人与名字一样美好的女子，是诗人青梅竹马的表妹和曾经情投意合的爱妻。她曾用自己的纯真和贤淑激发过诗人“上马击狂胡，下马草军书”的豪情。但如今名花易主，任凭“山盟虽在”，但诗人终究“锦书难托”。

然而，造成这伤痛的不是别人，而是另一位也爱着诗人的女性——陆游的母亲、唐琬的婆婆。她由于不喜欢儿媳，便一道“慈命”，为儿子出了一个天大的两难的选择：一边是“孝道”，一边是“爱情”，让做诗人的儿子鱼和熊掌难以兼得。

其实，陆游一辈子都生活在两难的境地里，早年他凭着一腔爱国热情和出众的才华“喜论恢复”，但他面临的现实是统治者似乎并不需要“恢复”。是忠于“理想”，还是顺应“现实”，同样是一个两难的抉择，也注定要折磨诗人的一生。“心在天山，身老沧州”“僵卧孤村不自哀，尚思为国戍轮台”，是他人生的最好写照。这样的折磨难道还不够吗？做母亲的为何还要再为难儿子？难道这也算是母爱？

陆游是伟大的，他的伟大在于他作为一个崇尚感情的诗人，一辈子都在作着理性的选择，伤痛默默忍受，孤独默默饮下，而且丝毫不影响他诗篇的情感真挚；陆游又是悲哀的，他明知自己的选择“错！错！错！”但终究只能将错就错。这不能不说是诗人陆游人格分裂的悲剧。

我曾一相情愿地想，假如陆游作了另一种选择，结果又会怎样？我想，要么再上演一幕《孔雀东南飞》的悲剧，要么取得司马相如与卓文君式的胜利。前者不必说了，即使是后者，最终情形又会怎样？或许唐琬终究有一天也能当上婆婆，但当了婆婆的唐琬，谁又能保证她不会成为第二个陆母、焦母？这是中国多少年的宿命。有句俗话：“多年的媳妇熬成婆”，中国的婆婆哪一个不是从小媳妇熬过来的？但小媳妇一旦熬成婆，又有几个会去体谅苦熬着的小媳妇？中国妇女身上何尝不也存在着集体的人格分裂？

我漫步在沈园，一对对红男绿女伞下依偎的身影不断在眼前闪现。我已不用担心他们家里是否有一位让他们两难的母亲（婆婆）。这是社会的进步。我担心的，倒是他们回到家里，是否会让自己的双亲两难。这是否已构成另一种更大的宿命。假如陆游和唐琬的灵魂再回沈园，他们在今天又会有何感想呢？

步出沈园时，有几个孩子在唱：“世上只有妈妈好……”清纯的童音像自然流淌的清泉，洗濯着沈园外粉墙黛瓦的世界。

秦淮八艳

柳如是、陈圆圆、董小宛、李香君、顾横波、卞玉京、寇白门、马湘兰。

八位曾牵动过时代与历史走向的女子，八个终走不出生活与人性双重复杂的生命，八支早凋零在历史暗角却幽香至今的花朵……

她们的青春苍白而又艳丽，媚俗而又雅洁，短暂而又长久；她们的命运偶然而又必然，无助而又无奈，可悲而又可叹；她们的人生软弱而又坚强，可耻而又可敬，复杂而又简单……

她们——

世称“秦淮八艳”！

峻峭崚嶒柳如是

“我见青山多妩媚，料青山见我应如是。”

她将稼轩的这一词句化作了自己的名字，也模糊了自己的性别，更使自己本如弱柳般的生命变得山一般峻峭崚嶒。

其实她的故乡是没有山的。有人说她是浙江嘉兴人，又有人说她是江苏吴江人，她自己也说不清自己到底是哪里人，因为她从小就被人卖来卖去，先是被卖为婢，再是被卖为妓。而这一切，只是因为她家境贫寒。好在那时她小得并不能记事，也还不能体味这世态的炎凉。

无论是嘉兴还是吴江，都是没有山的水乡。她对于山的最初记忆，是晴日里向天边眺望所得到的那一抹影子，还有就是她从诗词文章中读到的那些名言警句。但她竟因此而知道了，妩媚的青山上有高洁挺拔的青松，松林间有草，有花，有潺潺的流水，有阵阵的鸟鸣，有峻峭悬崖，有嶙峋山石……山是一个别样的世界，丰富、稳重、可靠，于是她也希望自己是一座山，一抹美丽的远山，既立身于这世间一隅，又超然于这红尘之外。

但她终究不是山。

稍稍长大一点，就有人不停地对她说：你充其量只是一棵小树，甚至只是一棵小草，你一定要找一个可靠的靠山。

于是为了那一座梦中的靠山，她刻苦地读书练字，吟诗填词，刺绣绘画，抚琴度曲，同时日日描眉涂腮，调笑嗔语，总之，努力地将自己弄得风情万种，仪态万方。但有时她也会恨自己为什么要这样。

不就是因为家境贫穷吗！

但贫穷也是罪过吗？她曾多次这样问天，问地，问自己。

天无语，地无言，而自己更只能是越问越陷入迷惘——

如果贫穷不是罪过，至少不是自己的罪过，那为什么命运要这样惩罚自己！不但小时候被卖，长大后还要被卖，而且出卖的除了自己这个人，甚至连同自己的灵魂！

如果贫穷也是罪过，那是不是只要走出了贫穷，这罪也便受到头了呢？想到这儿，她只能又日日描眉涂腮、调笑嗔语……将希望寄托在那座梦中的靠山。

她终于找到了一座靠山。

那一日，吴江盛泽的归家院内来了一位书生，着白衣一袭，身姿挺拔，面容英俊，神情忧郁，但那一双忧郁的眼睛中又透出坚毅的目光。

四目相对，两人几乎同时都看到了对方眼中有火花闪烁；与此同时，她似乎看到了一座青山，它遥在天边，又近在眼前……

白衣书生一去不返，但他那双忧郁的眼睛总在她的脑海中挥之不去。几经打听，终于知道白衣书生姓陈，名介，字卧子、懋中、人中，号大樽、海士、轶符等，南直隶松江华亭人。

她让人主动给他送去名刺。一次，两次，三次……这让当时许多人觉得不解，连跑腿的女佣也觉得跑得累了，但她却说："世间本该藤缠树，世间哪有树缠藤"！

白衣书生终于又来了，而且还领来了姑苏名士张溥等复社中人。那张学士的《五人墓碑记》她早就读过，且曾读得她热血沸腾，眼含热泪。

从此后，她的香闺似乎成了复社又一处雅集之所。他们与她，不，应该是她与他们，一起吟诗作对，抚琴挥毫，甚至歌哭歌笑；她从他们身上获得了剑胆，他们从她身上得到了琴心。那一个阶段，她经常着男装，扮男相。连吟出的诗句也多了几分男儿气象；而他也在不知不觉间再也离不开她了……

但他注定是要离开她的，而且是一去永不再回，因为他踏上了一条人生的不归路。

1645年5月10日，陈子龙以一介书生而起兵抗清，从此，她的梦中又常有一抹隐约的远山。但是，1647年6月15日，陈子龙兵败投水而死，她梦中那一抹隐约的远山呵，又从此而消失。

虽然这一抹远山消失了，但她又投入了一座更大的山，而且这一次是实实在在地投入了。

钱谦益，字受之，号牧斋、蒙叟、东涧老人，世称虞山先生，万历探花，东林领袖，诗坛盟主，曾官至礼部侍郎。

“我恋你发如墨，肌如雪。”钱谦益对她说。

“我恋你发如雪，肌如墨。”她对钱谦益说。

钱谦益这座山的林子果然很大。于是她在这座林子里有了壮观华丽的“绛云楼”，而这楼后来竟被一个叫曹雪芹的人写进了自己的著作中，成了“绛云轩”，也算是永世留名了。

绛云楼内的日子自然是天地一家，四时皆春，过得舒心而倏忽，倏忽得似乎不是真实的日子。于是她总不能忘记那一抹曾经出现在梦中的远山。

她追寻着那一抹远山，于是她来到了南京，来到了秦淮河边，成了河边的一支最鲜艳的花。

她力劝钱谦益效力南明弘光王朝，于是他当了南明的礼部尚书。然而该来的终将要来！大厦将倾之时，她力劝钱谦益与自己一起投水殉国，然而钱沉思一番后说：“水太冷！”呵，此时，她心中与梦中的山一齐塌了，于是她“奋身欲沉池水中”，却被钱谦益硬拖住了。

她终成了一座峻峭崚嶒的山，又一次崛起于秦淮河边，而钱谦益反倒成了一棵树，甚至一棵草。

钱谦益上北京当官去了。她不去，宁可留在南京的秦淮河边，任花自飘零水自流。

钱谦益所投降的清兵兵临城下。她去了长江边，那时郑成功、张煌言、瞿式耜、魏耕等抗清义军正在那儿——红颜劳军，一时传为佳话。

钱谦益又被罢官入狱，她抱病奔走救他一命。

钱谦益财散人亡，她三尺白帛了此一生，只留下《戊寅草》《柳如是

1
2

1. 明末美女陈圆圆在历史上演出了一场倾国倾城的故事，亦是我国家喻户晓的人物，她死后，就葬在贵州的岑巩龙鳌河南岸，直到现在尚鲜为人知。

2. 陆游在沈园的园壁上题写了这首千古绝唱《钗头凤》：“红酥手，黄滕酒，满城春色宫墙柳。东风恶，欢情薄，一怀愁绪，几年离索，错、错、错。春如旧，人空瘦，泪痕红邑鲛绡透。桃花落，闲池阁，山盟虽在，绵书难托，莫、莫、莫。”

所有的前尘往事都已经在历史的尘埃中湮灭，每一个人来到这里，只会觉得，一切都是那样安静。

诗》《尺续》三部诗稿。

这些诗稿，三百年后竟让一位生性狷狂而又方正的学者“瞠目结舌”，于是他竟用写惯了那些雄文深论的笔写了一部厚厚的《柳如是别传》，终将自己另一面怜香惜玉的浪漫情怀暴露于世。

“我见青山多妩媚，料青山见我应如是。”陈寅恪一定是想借此走近她那一抹远山吧！

但在陈寅恪的眼里，她一定不只妩媚，还丰富、大度、沉稳……尤其还有那山石悬崖般的峻峭崚嶒——正合我心意！

倾城倾国陈圆圆

有人说她是祸水。若没有她，就不会有倾城倾国、江山易主的悲哀，历史就不会写成现在这般模样。

有人说她是女杰。她能让吴三桂这样的乱世枭雄“冲冠一怒”，从而改写历史——与其说这是吴三桂改写了历史，不如说真正改写历史的是她，因为“女人是通过征服男人来征服世界”的嘛！

然而，当我们将吴梅村的《圆圆曲》真正读懂之后，当我们将那段纷繁历史再一次重温梳理一番之后，当我们设身处地地将一个女人当做一个女人来看之后，静下心来，实实在在地打量一番这个名叫陈圆圆的女子，一个美丽单纯，聪明伶俐，天真烂漫而又命运多舛的少女形象就会在秦淮河边“复活”起来。

她本姓邢，名沅，字圆圆，又字畹芳，幼从养母陈氏，故改姓陈，世称陈圆圆。她原为昆山歌伎，后来才随命运安排流落到秦淮河边。尽管她“殊色秀容，花明雪艳，能歌善舞，色艺冠时”，但是在她前面的人生道路似乎早有人为他安排好，那就是，在秦淮河边的灯红酒绿中，在心照不宣的欲望交易中，在虚情假意的迎来送往中，等待着花谢月残的那一天。如果真是这样，历史是不会记住这样一个女子的，因为这样的女子秦淮河边太多太多了！

谁知道，命运终将为陈圆圆安排了别样的人生，让她离开了秦淮河。

吴梅村在《圆圆曲》里说她“此际岂知非薄命，此时只有泪沾衣”。但我觉得吴梅村的这两句诗，只有前一句说对了。因为离开秦淮河时，陈圆圆应该是没有眼泪也没有欢笑，没有留恋也没有向往，有的只是一种复杂的别样滋味在心头；尽管为她送行的姐妹们都说她被人“赎身”很幸运，因为从此可以结束卖笑生涯，可以从良做一个真正的良家妇女了，可以去享受真正有人疼有人爱的生活，当然也可以去生儿育女、相夫教子、安享天伦了，但是她自己心里明白，这一去究竟是幸运还是不幸，又哪里知道呢！

好在为她赎身的那位田大人，出手阔绰，至少应该是一个有钱的主吧，随着他至少会衣食无忧的吧！

然而她哪里知道，这位田大人可不只是个一般有钱的主，而是当朝国舅，此时他是一位肩负着朝廷特殊使命的神秘人物！他将陈圆圆从勾栏青楼中赎出，本也是有着特殊的用途。

当时，李自成的农民起义军威震朝廷，崇祯帝日夜不安。外戚嘉定伯周奎欲给帝寻求绝色美女，以舒解皇帝的忧虑之心，遂派崇祯宠妃田氏的哥哥田畹下江南觅艳。当然，这一切田畹是绝不会与陈圆圆说，也不会与她的鸨母说的。

陈圆圆离开了秦淮河，“横塘双桨去如飞”，载着陈圆圆的船沿运河北上，但是谁也想不到，清军的铁骑正因为这条船而终将南下。陈圆圆此去便注定了她乘坐的这条小船将摇进中国历史。

去北京的路上，田畹就越来越被陈圆圆的色艺所迷倒。到了北京后，他便彻底地改变了主意——或许也是他眼看到大明的气数将尽，觉得已没有必要再将这样的美女孝敬给一个行将就木的王朝了吧！

田畹没有将陈圆圆送给崇祯，而是占为己有。但他也因此而有了双重的担心，一是担心李自成的农民军随时会打进城来，二是担心皇帝知道他私占了陈圆圆——正惶惶不可终日之际，吴三桂进京来了。吴三桂是奉崇祯之命而来，此时他成了崇祯的最后一根救命稻草，自然也成了达官贵人们巴结的对象，田大人自然也不能在这群巴结吴三桂的人中落后。田大人为吴三桂而设的一场盛宴便在城外农民军的隆隆炮声中开张了。

酒过三巡后，田大人命圆圆歌舞助兴。没想到吴三桂一见圆圆后，眼珠便盯在圆圆身上不再转动。田大人见时机已到，上前对吴三桂轻声说："寇至，将若何？"吴三桂说："能以圆圆见赠，吾首先保护君家无恙。"

还未等田畹回答可否，吴三桂已一把抓住圆圆。可怜的圆圆呵，哪里还有什么自己的选择！她只是一件示客的礼物，既然客人喜欢并索要，主人也没表示异议，那就只能被客人带走了。

吴三桂自然是很想将陈圆圆带到山海关去的，他的人马在那儿，那既是他当下还被崇祯看重的原因，也是将来与李自成讨价还价的资本。但是他老谋深算的父亲说："你别忘了这女人的来头！如今皇上毕竟还是皇上呵！"于是吴三桂将陈圆圆留在了北京的府中。

当然，此时吴三桂的父亲怎么也没有想到，儿子将这个女人留下的同时，也便就此留下了一条祸根，就是这个女人将不但最终要了他的老命，也要了府里上下三十多口人的性命，也改变了一段历史的命运——而这一切，都是因为李自成的大将刘宗敏也看上了这个女人。

果然不出所有人预料，不久李自成率领农民军攻入北京，崇祯皇帝将自己至尊之躯用二尺绳索交给了煤山上的一棵歪脖子老树。吴三桂的老父倒也参透了世事的变化，在他看来改朝换代实属正常，他才不会在一棵树上吊死哩。很快，他便不但投降了农民军，还写信给儿子。

据有关史料上记载，当吴三桂向送信的仆人寻问父亲及家小的情况时，仆人说："已被农民军抓起来了！"吴三桂不在乎地说："没事的，我回去后他们就会放了他们！"

吴三桂又问家里的财产有没有损失，仆人问答："都被农民军没收了。"吴三桂仍满不在乎地说："也没事，我回去后他们就都会归还的！"

最后吴三桂特别问起他新纳的小妾怎么样了，仆人支支吾吾，半天才吞吞吐吐地说："已被刘宗敏抢去宰相府了。"

吴三桂岂能再"不在乎"！他后来的确成了汉奸，但他首先是个男人呵！

其结果当然众所周知，用不着我在这里细说，吴梅村在《圆圆曲》中对此写得概括而形象："恸哭三军具缟素，冲冠一怒为红颜。"

的确，吴三桂的"冲冠一怒"看起来只是"为红颜"。这"红颜"当然是指陈圆圆了，但说到底，他又是因为陈圆圆的什么呢？情，还是爱？

可以设想，当刘宗敏看上陈圆圆后，陈圆圆当然只能一如既往了，一切都不会有人给她选择的权利，她自然也不会有自己的选择，对于被男人争来送去的类似情况她早已习惯，因此在她眼里，田畹也好，崇祯皇帝也好，吴三桂也好，甚至她爱过的冒辟疆也好，都一样。刘宗敏当然也一样，他们都一样如秦淮河边的那些嫖客。对于他们，她的心中，早已既没有爱，也没有恨，所以跟谁去不是一样跟呵！

吴三桂当然不会不想到这一点，当然不能不为此而愤怒，因为被一个喜欢的女人看轻，那是令人难以接受的，也是令人尴尬而难堪的，甚至是令人愤怒的。但是吴三桂的愤怒的原因绝不全在此，如果全在此，那说明吴三桂倒真的爱上陈圆圆了。

吴三桂愤怒的更大原因，是陈圆圆被刘宗敏抢去丢了他男子汉大丈夫的面子——你真喜欢可以与我说呵，不得到我同意，不要说是一个我喜欢的人，就是再不值钱的东西，你也不能抢呵？这岂不是对我太藐视了吗？是可忍，孰不可忍！于是一场悲剧就此展开。

“恸哭三军具缟素”然而，应该“恸哭”的岂止是“三军具缟素”呵，更应该是刘宗敏和李自成们，还有他们的那个“大顺”政权，当然还有一段啼笑皆非的历史和一个多灾多难的民族！

尽管吴三桂的“冲冠一怒”不会是因为他真的爱上了陈圆圆，但一个事实是，陈圆圆却从此似乎爱上了吴三桂。

我这样说，或许至今还会惹得一些正人君子们也“冲冠一怒”，但是在我看来，这实在比《色戒》中的王佳芝能爱上易先生要合情合理多了。我虽然不是女人，但是只要我们设身处地地将陈圆圆当做一个女人，即使是站在今天的立场来看，陈圆圆也不能不爱上吴三桂。因为有一个事实陈圆圆不会不看到，那就是，除了吴三桂，还从来没有一个男人如此地“在乎”过和“珍惜”过她。就凭这一点还不值得一个女人爱上这个男人吗？尽管他的确是一个大汉奸，但一个弱女子，她管得了吗？

吴三桂攻下北京后找到了陈圆圆。陈圆圆从此一直跟着吴三桂，先由京入秦，再入蜀，然后独占云南。吴三桂进爵云南王后，欲将圆圆立为正妃，圆圆托故辞退。吴三桂喜新厌旧别娶后，一度因正妃悍妒而想杀了圆圆，圆圆得悉后削发为尼。吴三桂叛清，于1681年冬被康熙大军攻破昆明城后自杀，陈圆圆得知吴三桂死后亦自沉于寺外莲花池。

这一切事实足可证明陈圆圆对吴三桂可谓是死心塌地，何以如此？除了因为爱，我们还能找出其他能令人信服的原因吗？

红尘青莲董小宛

在“秦淮八艳”中，董小宛无疑是最为矛盾的一位——最简单又最复杂，最世俗又最浪漫，最幸运又最不幸。

董小宛的生命历程中，既没有柳如是那样的殉节而终、大义凛然，也没有李香君那样的血溅桃花、惊心动魄，更没有陈圆圆那样的倾城倾国、天崩地坼，她的人生轨迹似乎很清楚。据有关史料记载，董小宛1624生于苏州的一个小康之家，因父亲早逝家道中落而不幸沦落风尘，来到了秦淮河边，成了“八艳”之一，因姐妹陈圆圆的关系与“明末四公子”之一的冒辟疆相识，后因陈圆圆的北去，冒辟疆移情于她，她随之与之相爱，并嫁他做妾，直至于1651年病逝于如皋的冒家水绘园中。

董小宛这样的人生历程，看起来实在算不得复杂，甚至应该说很简单。

然而偏偏有人说，1651年董小宛根本就没有死，而是被迫入宫成了顺治皇帝的妃子，对此冒家不好明说，只好向外宣称她死了。进而还言之凿凿，说清宫中那个饮鸩而亡弄得顺治出家为僧的董鄂妃，实际上就是董小宛。

又有人说，曹雪芹《红楼梦》中的那个林黛玉原型就是董小宛，而那个最终也出家做和尚的贾宝玉，原型就是顺治皇帝，那个门深似海的贾府实际上是清宫的暗喻。

还有人说，1651年，洪承畴逼董小宛入宫，她为了保全冒家，先是答应，后于入宫途中，用随身携带的剪刀自尽，血溅姑苏五云轩。

甚至还有人说，董小宛根本就没有走进过如皋冒家的水绘园，早在1645年，她因受冒辟疆之托去扬州史可法部劳军，正遇扬州城破，她便自刎拒辱，血溅扬州城了。

……

类似的说法不一而足，扑朔迷离，且不仅仅只是一般于民间传传，而是写进了许多人的著作中，成了一个难解的历史之谜，至今还让许多人作出一篇又一篇的“论文”。作为一个人，董小宛如此盖棺而不得定论，实为简单的人生又不可谓不复杂矣!

有太多的史料证明，董小宛不但的确走进了水绘园，而且还在其中过了一段既世俗又浪漫的日子。

说那些日子是世俗的，因为那是一种居家的日子，柴米油盐、锅碗瓢盆，肯定是一样也不会少，也不能少的。

众所周知，董小宛被后世尊为“中国古代十大名厨”之一。很难想象，一个从风尘中走出的女子的一双调朱弄粉的手，竟然也不但能奏响锅碗瓢盆的交响曲，而且还得心应手，创造出一道又一道名菜和甜点，至今还为世人所享用。维扬菜中有一道“虎皮肉”，即走油肉，被称为“董肉”，堪与“东坡肉”齐名和媲美，据说其制作方法就是她的发明。还有一种糖点，用芝麻、炒面、饴糖、松子、桃仁和麻油作为原料制成，再切成长五分、宽三分、厚一分的方块，外黄内酥，入口甜而不腻，据说也是她发明的，所以人们称为“董糖”。不难想象，研制出这一切，一定是不但需要吃油烟熏烤的世俗之苦，更需要有一份对于世俗生活的专注和用心。然而又正是在这种最世俗不过的生活情节里，董小宛又总能将那些庸常而琐碎的日子过得浪漫美丽，饶有情致。对此我们也不难想象。每当夏夜春宵，如水的月光下，水绘园中，明白楼前，搭小几一张，竹椅两把，董小宛与冒辟疆，就着可口的甜点，或品着美味的菜肴，或谈诗，或论画，或赏月，或饮酒，或什么也不干，只看空中的萤火、天上的流星，同时感悟着时光的流逝和生命的节律……任水绘园外改朝换代，涛走云飞、天崩地坼。其中几多浪漫，定“不得向外人道也”！ 董小宛就是这样在最为平实的日常生活中同时领略着最为精微雅致的文化趣味，在最为卑微的生命中同时又总企慕和创造着清澄浪漫的诗意人生。所以，尽管过去了几十年，早已白发苍苍的冒辟疆说，自己一生的清福都在和小宛共同生活的九年中享尽了。

大概正是冒辟疆真的已经享尽了人间的清福，也算是“曾经沧海”了，所以他才会不再羡慕这世上的任何福利，才能够在明亡清兴后终守节操。毛泽东对冒辟疆曾有评价：“所谓的明末四公子中，真正具有民族气节的要算冒辟疆。清兵入关后,他就隐逸山林，不事清朝,全节而终。”想来冒辟疆能获得如此高的评价，也应该有董小宛的一份功劳吧。

如此说来，董小宛似乎是幸运的。

然而，为什么人们为董小宛附会出的所有人生可能，都一律是悲剧的暗示与指向呢？这让我们又不能不看到她似乎幸运的背后，有着太多的不幸。

且不说沦落风尘本身就是一种人生的大不幸，因为这种不幸是秦淮八艳一律都具有的。单说董小宛与冒辟疆的相识、相恋与相守吧。

据史料记载，冒辟疆本来属意的并不是董小宛而是陈圆圆，由于命运的安排他无法与陈圆圆走到一起后，又在董小宛一次次的主动出击之下，这才与董小宛走到一起的。对于董小宛来说，终于心想事随了，当然是一种幸运。更幸运的是，她走进冒家后，冒家人竟顺利地接受了这位青楼出身的媳妇。董小宛当然对于这一切万分珍惜。此时，冒辟疆的大房妻子秦氏体弱多病，董小宛便主动地毫无怨言地承担起照顾她的责任，并且还将几乎所有理家主事的担子担了过来。她恭敬孝顺地侍奉公婆，悉心照料冒辟疆与秦氏所生二男一女，连冒家的全部家务收支账目也全由她经手。因此，不难想象，董小宛在精心制作那些名菜与甜点的同时，实际上一位才女、诗人、艺术家便就此异化成了冒家的一名高级保姆与义务管家了。而冒家之所以能顺利接纳她，或许接纳的正是这样一个高级保姆和义务管家吧。

然而，董小宛毕竟本质上是一个女诗人，她最仰慕的诗人是李白。她名“白”，字“青莲”，号“青莲女史”，都是因此而起；早在秦淮河边，她就以诗词书画名动一时，她的书法能达到替冒辟疆为朋友书写扇面而让人看不出破绽的水平，她15岁时画出的《彩蝶图》现还收藏在无锡市博物馆，上面许多的名家题跋无一不给予很高评价。董小宛放弃这一切难道真的内心就没有一点痛苦吗？

当然，对于一个女人来说，她只要有爱，不要说艺术了，一切都可以放弃，只是这种爱应该是相互的，双向的。

董小宛无疑是爱冒辟疆的，爱得全心全意；但是冒辟疆呢，似乎就有点复杂了。

董小宛死了许多年后，冒辟疆写了一本叫《影梅庵忆旧》的小册子，说是为纪念董小宛而写的，但是令人难以置信的是，飘荡在这位才子笔下的，却不时可见陈圆圆的倩影，这里且录两小段为证：

妇人以姿致为主，色次之，碌碌双鬟，难其选也。蕙心纨质，淡秀天然，平生所觏，则独有圆圆耳。

其人淡而韵，盈盈冉冉，衣椒茧，时背顾湘裙，真如孤鸾之

在烟雾，令人欲仙欲死。

这无论如何也既不合乎“文章作法”，也更不合人之常情、世之常理，但是竟是事实。这就不能不让人想，或许冒辟疆从来就没有真正地爱过董小宛，至少是没有全心全意地爱过。这不能不又是董小宛的一大悲剧。

对于这一切，聪明如董小宛者不可能全然无知，她知道的最好的证明，便是她年仅28岁生命就悄然凋零，成了“秦淮八艳”中花期最短的那一朵。

血溅桃花李香君

今天，秦淮河边的媚香楼还在。只是里面理所当然已没有李香君。

没有李香君的媚香楼还是媚香楼吗？是也不是，不是也是！

媚香楼的对面，仅一河之隔，便是夫子庙。媚香楼与夫子庙如此对峙几百年了，直到今天。这是夫子庙的失败呢，还是媚香楼的胜利，谁能说得清啊？！

明崇祯十二年（公元1639年）的秋天，年仅21岁，但已名闻四方的复社四公子之一侯方域，从河南商丘一来到南京，便匆匆来到了秦淮河边。因为秦淮河边除了夫子庙，还有一座江南贡院，他是来赶考的，那儿对于他来说当然很重要，是他梦想摘冠折桂的地方。

每当大考之年，秦淮河边总是好不热闹！那些为求取功名而云集金陵的士子们，千里迢迢、风尘仆仆地从各地赶来，在贡院的附近找一间客栈将行李放下，连身上的征尘也来不及洗去，便直奔贡院而来：或打探消息，或察看地形，或体验气氛……

然而他们中总有些人，一旦闻到了秦淮河的烟水气，便在桨声欸乃灯影摇晃的秦淮河边迷失了。或在来贡院的途中，或在看完贡院回客栈的路上，有人扑扑身上的征尘，便一抬腿跨上了秦淮河中灯影摇晃的画舫，有人只将头上的帽子向下拉一拉，便一转身蹩进了河边大红灯笼高高挂的青楼。虽然显得有点儿迫不及待，但他们举手投足间又显得那么的自然而然。当然，更多的考生是在考试完毕后等待放榜的日子里才走进青楼、登上画舫的——此时，他们内心的焦虑、忐忑、复杂是不难想象的。他们日日在秦淮河边徘徊，如热锅上的蚂蚁，等待着自己人生判决的下达。此时，秦淮河的烟水成了滋润他们心田的甘霖。于是，考试“感觉不错”者登上了河中的画舫，开始透支自己的人生，因为他们清楚地看见，河中画舫上那些正挥金如土与粉头们高声调笑的“大人”“老爷”，正是昨天在贡院中与自己一样挥汗拼搏的考生；感觉考得“不怎么样”者也走进了河边挂着红灯笼的青楼，他们破罐子破摔，“过把瘾就死”，因为他们也清楚地知道，自己十有八九名在孙山之后，此一离去，便是“暮霭沉沉楚天阔”，便是“杨柳岸晓风残月”。

也许这正是将贡院设在秦淮河边所追求的一种社会效果吧。

在考试前让考生们孤寂落寞的灵魂尽情享受一下秦淮河的温柔，在考试后让他们早已疲惫不堪的身心适当地放松一下，这无论是对于来日的考场拼搏还是官场搏杀，其好处想来是不言而喻的；即使不能金榜题名者，从此以后，落魄江湖、诗酒人生，就此积累一点经验也没什么坏处。只是不知道坐在夫子庙中的孔夫子，见了这一切会有何感想。不过，以他老人家曾说过“食色人之性也”的话，想来是既不会太过尴尬，也不会太过责备弟子们的吧！更何况，有些赶考士子与那些青楼女子注定是要走到一起来的。

侯方域在贡院街上来回走了几趟之后，也将贡院里的号舍几乎一一看过之后，更将考试的气氛体验得自觉足够之后，终于走进了对岸的媚香楼，走上了它暗红色的楼梯……

那一年，李香君正当16岁花季妙龄，“温柔纤小，才陪玳瑁之筵，宛转娇羞，未入芙蓉之帐”。侯公子走进去时，她正坐在绣帘挂落的花格窗前，遥望着秦淮河，等待着她的白马王子、梦中爱情。当侯方域蓦然出现在她的面前时，她感觉这正走上楼梯的那个人就是自己所期待的……

而对于侯方域来说，此时他来南京，对岸的夫子庙、江南贡院，似乎已不再重要，甚至将来的那场让他在寒窗下准备了十年的考试也不重要了，重要的便是接下来的这一场风花雪月的故事。

谁知道，几乎与此同时，清军铁蹄正将大明朝的万重关山踏得粉碎，朱氏亲王仓皇南渡，在一片乌烟瘴气中于“南都”重建政权，史称南明。风花雪月的故事与天崩地坼的灾难相比实在是微不足道。微不足道的还有失火城门下的池鱼。

既然南京一时成了政治的台风眼，秦淮河边自然也成了一块是非地，灯红酒绿之下多了几多阴谋、几多无耻和几多罪恶。

复社的死对头阮大铖，抓住了这个机会，从金陵的深巷中走了出来，并投靠南明佞臣马士英，出现在政治舞台的前台。他早就要想将复社会众们都置于死地了，侯方域既然送上门来，岂能轻易放过！于是一个罪恶的阴谋在他心中酝酿成功。

阮大铖先通过侯方域的朋友杨龙友，送一笔钱给侯方域为李香君“赎身”。此实际上是阮大铖收买侯方域的一个阴谋——这很快让李香君看破，于是李香君不但毅然拿出全部积蓄，而且不惜举债，让侯方域将钱还给了杨龙友。

李香君的侠肝义胆让侯方域大为感动，但是却让阮大铖更加仇恨。当杨龙友将钱交还阮大铖时，他恨得咬牙切齿地说："老夫有意与他们攀交，这些小子们竟如此气傲，看老夫将来有朝一日，一定要给他们点颜色瞧瞧！"此时，阮大铖仇恨的"他们"中，已不只是侯方域，更有李香君。

果然，阮大铖软的不行就来硬的。他以结党之罪欲令爪牙将侯方域收捕入狱。好在侯方域事先得到消息，逃往扬州史可法部，只可怜他与李香君这一对有情人，也就此劳燕分飞。

李香君从此洗尽铅华，闭门谢客，一心只等着侯公子的归来。

然而阮大铖哪能就此甘心！他一计不成又生一计。为了讨好佥都御史田仰，他竟然想强将李香君送之为妾。可在花轿临门之时，李香君纵身媚香楼，血溅桃花扇，用自己的生命写就了一曲忠于爱情、忠于民族的悲歌……

然而，与李香君的忠贞不渝相比，侯方域在气节上并没有坚守多久，他于顺治八年（公元1651年）又参加了由清朝组织的科举考试，只是因为一次又一次的名落孙山才终没登上清朝的政治舞台。这成了李香君最大的尴尬。好在那时，她的生命早已与春天的最后一瓣桃花一起凋零在苏州城外的荒郊野岭了。留在身后的，除了那把她溅血为花的扇子，还有一曲《桃花扇》的传奇。只是那传奇的作者孔尚任，竟是孔子的第64代孙。这让许多人感到奇怪。

当孔尚任最终落得个"可怜一曲桃花扇，断送功名到白头"的下场时，更有人幸灾乐祸，说他这都是因为忘了自己那位圣人先祖的遗训。然而我觉得，说这话的人是不是先忘了李香君的媚香楼本来就在夫子庙的对面呵！

芳心侠骨顾横波

水似眼波横，山似眉峰聚。

借问行人去哪边，眉眼盈盈处。

才始送春归，又送君归去。

若到江南赶上春，千万同春住！

想来秦淮河边那个叫顾眉的青楼女子，一定是读熟了这首宋人小令才为自己取了“横波”的别号吧？也因此，“秦淮八艳”中唯一曾被封“一品诰命夫人”的她，便被时人亲切地唤作“横波夫人”；还有这首小令本身，也似乎成了她整个人生的谶语。

“水似眼波横，山似眉峰聚。”

顾横波，生于天启五年（1619年），原名顾媚（顾眉），字眉生，号横波等，婚后改名徐善持，江南上元（今江苏江宁）人。

据顾横波的好友余怀的《板桥杂记》记载，顾横波生得“庄妍靓雅，风度超群。鬓发如云，桃花满面；弓弯纤小，腰支轻亚”；且通晓文史，工于诗画，尤长南曲，曾反串小生与董小宛合演《西楼记》《教子》等，被誉为“南曲第一”。其所绘山水天然秀绝，尤其擅画兰花，17岁时所绘《兰花图》扇面，至今还藏于故宫博物院中。

然而，尽管顾横波再有过人的姿色和出众的才华，但毕竟为一青楼女子，如何又能成为“一品诰命夫人”？这便注定她必是一个备受争议的人物：

有人说她重情重义，品性高洁……

有人说她轻浮势利，水性杨花……

“借问行人去哪边，眉眼盈盈处。”

迎来送往，自然是青楼女子们最日常的功课与工作，顾横波也一样。然而，仅仅是一次看似平常的迎来送往，却彻底地改变了顾横波的人生。

崇祯十五年（1627年）春的一天，一位27岁的风流才士造访了顾横波的“眉楼”。只不过他不是从京城去江南，相反，他是从江南去京城，因为他人生真正的春天不在江南，而在北方的京城。

此人就是与钱谦益、吴伟业并称“江左三大家”的龚鼎孳。

龚鼎孳是安徽合肥人，此人才华出众，为人豪放，尤其视金钱如粪土，19岁时便中得进士，官授湖北蕲水知县，声名远播，他此番上得眉楼，正是因政绩杰出被诏入京，途经金陵。

本也只不过是一次再寻常不过的逢场作戏，谁知道，二人临分手时，竟有点依依不舍。对于龚鼎孳来说，他此番要去的京城，或许正有一个人生的春天在等着他，但是绝非全是盈盈的眉眼流波，因为此时，大明江山正风雨飘摇，关外的清军正虎视眈眈，中原的“流冠”正纵横无忌。此去是祸是福，是凶是吉，龚鼎孳自己难以预料，而顾横波从此心生牵挂。

“才始送春归，又送君归去。”

顾横波依依不舍地送走了龚鼎孳，没想到也从此送走了自己生活的春天。从此她每天都在一种牵肠挂肚的折磨中生活着。

春去秋来在中秋这个万家团圆的节日里，顾横波再也忍受不了相思的折磨了。也毅然不顾中原遍地烽火，起程北上，去京城去找龚鼎孳，去追赶自己人生的春天、心中的春天。行至河北沧州，兵乱道绝，顾横波流寓淮河沿岸的清江浦，一待就是一年，直到第二年入秋，她才得以重新北上，终于在中秋节前夕抵达京都，为龚鼎孳在这个北国的秋季，带去了江南的满眼春光。

“若到江南赶上春，千万同春住！”

顾横波来到了北京，龚鼎孳不但多了一个生活的伴侣，还似乎多了一个政治知音，仕途虽也平生变故，但终逢凶化吉，以至变得左右逢源起来，人生似乎真的进入一个春天；而对于顾横波来说，似乎也真的从此赶上人生的春天，并从此同春天同住了，虽然她并不在江南，而是在北国的京城。

顾横波成为龚鼎孳明媒正娶的爱妾之后，龚鼎孳以挽回国事为己任，曾于一个月内上疏17次，弹劾权臣，意气激昂。而在他写这些疏奏时，顾横波总在身边“焚膏相助”，以示支持。不料龚鼎孳最终因此而触怒崇祯。龚鼎孳入狱，其时距顾横波入京才不过月余，但她多方奔走，使龚鼎孳仅一年后便得获释。

李自成进京之后，龚鼎孳作为大明臣子，为全节而准备自杀，但顾横波以为这并不值得。于是龚鼎孳降于李自成，封直指使（类似于御史）。每有人攻击其不忠，龚鼎孳便公开以“吾愿欲死，奈小妾不肯何”之言为自己“开脱”。

李自成兵败，清人入关，龚鼎孳与顾横波又再度降清，直至龚鼎孳最终被封为一品大员，顾横波也就此以“亚妻”身份被封为“一品诰命夫人”，就此完成了从一个风尘女子到一品诰命夫人的传奇历程，人生似乎绽放出了最烂漫的光华。

对于顾横波人生中“三朝两易帜”的事实，有人说其为“秦淮八艳”平添了几分侠骨芳心；但也有人很不以为然，甚至认为其之于“秦淮八艳”实在是“极煞风景”，如大史家孟森、国学大师钱钟书等。孟先生在《横波夫人考》中批曰：“以身许人，青楼惯技。”钱先生则在孟先生这八字考语上又加批了一句：“极煞风景而极入情理。”不过我以为这一切都十分正常，顾横波的人生，就如同这首宋人小令本身一样，有人可以读出美，认为它是

“绝妙好词”，也有人能读出丑，认为它是“艳词淫语”。

是非自有公论，对错各在人心。

有缘无分卞玉京

卞玉京出现在“秦淮八艳”中，似乎就是为了形象地演绎封建社会中才子佳人间一种非常微妙的关系。

卞玉京，名赛，又名赛赛，自号“玉京道人”，习称玉京。她出身于秦淮官宦之家，姐妹二人，因父早亡，皆沦落为妓。据说卞赛诗琴书画无所不能，尤擅小楷，还通文史。她的绘画艺技娴熟，“一落笔尽十余纸”，如行云流水；喜画风枝袅娜，尤善画兰。然而，我们今天纵观卞玉京的一生，值得一说的故事其实可用一句话来概括：她爱上了诗人吴梅村，并且想嫁给他，但是吴梅村或不愿、或不能、或不敢娶她，表现得“有贼心无贼胆”。

崇祯十四年（1625年）春，吴梅村在南京水西门外的胜棋楼上饯送胞兄吴志衍赴任成都知府。在这里他遇见了前来为吴志衍送行的卞玉京姐妹。看到那气质高贵脱俗而又含有几分忧郁的卞玉京，吴梅村不由想到江南盛传的“酒垆寻卞赛，花底出陈圆”两句诗，便在席间对卞玉京的文才进行了一番探试，结果发现卞玉京果然名不虚传，这令吴不由深为倾倒，从此二人便交往频繁起来，感情也渐深。如果说卞玉京与吴梅村的相遇、相识，只是一种偶然，那么他们最终相交、相爱，其实又是一种必然。

本文写到这儿，或许读者要问，那个时代的诗人才子们，为什么一个个无一例外都会与“秦淮八艳”弄出点花边新闻和风流韵事啊？难道这就是他们的全部人生？

当然不是。但是江南才子与青楼女子走到一起，其实在那个时代是几乎注定了的。

时至今日，我们在看那些古装戏时会发现一个很有趣的现象，这就是“进京赶考”常常是江南才子们不约而同的一个出场情节。的确，中国封建时代的文人，他们人生所有的努力，似乎就是为了能通过那场考试，所谓“学得富五车，售与帝王家”。因此，那些朝圣一般千里迢迢赶来秦淮河边的应考士子们，当他们置身于这个世俗之气汹涌澎湃的红尘世界时，其实与那些秦淮商女本质上并无多少不同，至少是来此的目的并无本质的不同，都是为了卖掉自己，不同的只不过为了卖一个好价钱：商女们要倚楼而坐，要表现得千般风情万般妩媚，而士子们则要去贡院的号舍中受一番煎熬，要把自己手中的生花妙笔舞将起来，写出锦绣文章；商女们的买卖是以自己的媚笑和肉体为媒介，而士子们则以自己的文章才华为媒介。

曾几何时，人们常常将“才子”与“佳人”并提，何以若此？只要我们扯去那件罩在“才子”与“佳人”身上的神秘外衣，就会发现二者在命运上其实有着太多的相似。佳人有貌，士子怀才，但在封建时代，“才”和“貌”往往必须得到别人的赏识才能实现其价值，正所谓“士为知己者死，女为悦己者容”：“佳人”要得到男人的赏识，而“才子”要得到政治的赏识，具体地说就是要得到统治者的赏识，只有这样，他们的人生价值才能得到最大化。这便从本质上注定了“才子”们与“佳人”们殊途同归的人生命运。

士子们参加科考，命运不外乎两种：或名落孙山，或金榜题名。名落孙山者从此沦落江湖、漂流瀚海，他们在以后的人生旅途中很易与沦落风尘的佳人走到一起，其中原因自不必说；金榜题名者，从此登上仕途，其中也不乏幸运之徒，平步轻云一番后，竟官封辅宰、出将入相，但即使如此，他们在宦海浮沉，有时也很易与那些沦落风尘的佳人走到一起，其中原因说破了也不复杂。

在中国，“自古刘项不读书”。“不读书”的统治者与“读书”出身的文人之间永远只是一种利用和被利用的关系。因此，对于文人来说，出将入相固然是人生最大的成功，但此种成功又以事实上落入“伴君如伴虎”的境地为代价。“一封朝奏九重天，夕贬潮州路八千”的事情更是随时都会发生。因此，去寻花问柳，去青楼听听“小语偷声贺玉郎”，不仅是一种风光，更是一种“今朝有酒今朝醉”式的对生活的透支。至于被贬边城、落魄江湖时，更是人生如梦，往事如烟，趁着良辰美景，去寻一佳人红粉，“忍把浮名，换了浅斟低唱”，诗酒华章，依红偎翠，纵醉生梦死，但能赢得青楼薄幸，未尚不也是一种活法，对自己的生命未尝不也是一种补尝。

而对于佳人来说，在中国古代，纵然你诗书满腹，文能治国，武能安邦，甚至有经天纬地之才，但只因你生而为女儿身，便注定了只能遵循“三从四德”，去相夫教子；纵然你有一笑倾人城，二笑倾人国的容貌，但终究青春易逝，红颜难驻。“看尽千帆皆不是，肠断白苹洲”，是佳人们最常见的人生造型，而这一造型的背后，当青春不再，红颜已逝，留给所有佳人的，其一可能是无尽的等待，其二可能是“新人笑来旧人哭”的闹剧，其中的变数如鸳鸯蝴蝶，一切全赖天意。总之，人生无常，世事难料。堕入风尘，游戏人生，挥霍青春，对于佳人（尤其是一些饱读诗书，曾经有思想、有追求的佳人）来说未必不是一种解脱。更何况这样的生活中还“幸有意中人”呢，至少有大把大把的银子。如此一来，才子佳人间，一个愿打一个愿挨，便两相扯平了。如此的平等说它畸形也好，虚假也罢，但至少可以让人暂时忘却人间的种种等级，也让人暂时抛却人间的种种虚伪，所以才子与佳人更多时候是“流泪眼看泪流人，断肠人对肠断人”，是“一根藤上的两个苦瓜”。正是因此，侯方域走进李香君的媚香楼，冒辟疆走进董小宛的半塘街，龚鼎孳走进了顾横波的眉楼，柳如是与钱谦益走到了一起，吴梅村与卞玉京相识、相知，也都有其必然性。

不仅如此，封建社会实际上又只是一个男人的社会，女人即使要征服世界也只需要通过征服男人就可以实现了。但是男人不同呵，有一个世界在等着他们去征服呢！那才是他们最大最重要的任务。那么如何去实现？对于“才子”们来说，自然是将自己的“才”“售与帝王家”，但对方并不是无条件地购买，其要开出种种条件的，例如道德礼义种种；“才子”们对“佳人”的“贼心”一旦与之冲突，他们为了不影响自己卖个好价钱，自然是“两利相较取其重，两害相较取其轻”，这时，他们的“贼胆”就会立马小下去直至完全消失为无。因此，“才子”在与“佳人”的交往中，常常会表现得“有贼心无贼胆”，以至总弄得双方“有缘无分”，这便也是一种必然了。

也因此，当吴梅村在长干里的寓所得到卞表示要嫁给他的书简时，心里矛盾是真实而自然的事情。至于他最终并没有娶卞玉京，并说这是因为田畹在先已看中卞玉京想将她选送京城，其实这只是他的一个借口。但是，当十多年后，卞玉京已出家为尼，吴梅村又会写出《听女道士卞玉京弹琴歌》，其中所表达的复杂情感和无限感怀，也不能不说同样是真实而诚挚的。

红泪自溺寇白门

寇家姊妹总芳菲，十八年来花信迷；
今日秦淮恐相值，防他红泪一沾衣。
丛残红粉念君恩，女侠谁知寇白门？
黄土盖棺心未死，香丸一缕是芳魂。

这是钱谦益为追悼寇白门而作的一首诗。

在“秦淮八艳”中冠白门可能是知名度最低的一位了，为此，钱谦益诗中“丛残红粉念君恩，女侠谁知寇白门？”两句，很是有点为她鸣不平的意思。

但是一个人的知名度有时并不与他人生的分量成正比。的确，寇白门的人生虽然不如柳如是之执著、李香君之壮烈、顾横波之无畏，但她身上同样表现出的侠义之气，似乎也可与她们有一比，至少是也相映成趣。再较之于“秦淮八艳”中的其他几位，我以为其人生的分量，至少不会在卞玉京、马湘兰之下。

寇白门的侠义之气首先表现在她对待爱情的态度上，正所谓“丛残红粉念君恩”。这里的“君”是指谁呢？一个男人，一个寇白门生命中非常重要的男人。

崇祯十五年（1626年）暮春，当时金陵城里声势显赫一时的功臣保国公朱国弼，在差役的护拥下来到了钞库街寇家，求以婚约；几番交往后，朱国弼在寇白门的脑海中留下了良好印象，觉得此人虽功高权重，但斯文有礼，温柔亲切，可以托付终身。是年秋夜，17岁的寇白门浓妆重彩地登上了花轿。明代金陵的乐籍女子，脱籍从良或婚娶都必须在夜间进行，这是当时的风俗。然而哪个女人不想着在这人生中最美丽的一天里绽放出最耀眼的光辉呵！而朱国弼似乎也很善解人意。是夜，他特派5000名士兵，手执红纱灯，一路肃立在迎亲的道旁，从寇家所在的武定桥一直到朱府所在的内桥。那每一盏红纱灯，将每一寸街巷都照耀得晃如白昼，也将寇白门的心照得如花儿一般怒放。迎亲场面盛况之大，在明代金陵堪称空前。

然而，仅过了数月，朱国弼那薄情本性便渐次暴露，整日以走马于章台柳巷为乐，至于那被他用千百只红纱灯迎娶府上的寇白门则被他丢弃一边。

1645年清军南下。朱国弼降清，不久入京，却被清廷软禁。正当寇白门多方为朱国弼奔走之时，朱国弼竟欲将连寇白门在内的家姬婢女一起卖掉。得知消息，寇白门伤痛欲绝之余对朱国弼说："若卖妾所得不过数百金……若使妾南归，一月之间当得万金以报公。"朱思忖后同意寇白门南归。

回到金陵后，善良的人们多为寇白门遭遇之不幸而愤愤，都说朱国弼自作自受，是生是死寇白门不必再管。但寇白门不食己言，很快便在旧院姊妹帮助下筹集了20000两银子将朱国弼赎释。当获释后的朱国弼表示想重圆旧梦时，寇白门又毅然拒绝说："当年你用银子赎我脱籍，如今我也用银子将你赎回，当可了结。"

如果说在那个时代，吴梅村们有时的"有心无胆"，多少还有可以原谅的地方，那么朱国弼如此的"始乱终弃"终归是一种无耻，而寇白门终将以德报怨，表现了一种凛然的侠义之气，不能不令人感佩。或许正是因此，钱谦益才诗赞其为"女侠"。

据有关史料记载，回到金陵后的寇白门，"筑园亭，结宾客，日与文人骚客相往还，酒酣耳热，或歌或哭，亦自叹美人之迟暮，嗟红豆之飘零……最后流落乐籍病死"——这便是钱谦益诗最后所述："黄土盖棺心未死，香丸一缕是芳魂。"

然而，围绕钱氏的这两句诗，后人有两种说法：

一是余怀在《板桥杂记》中说："（寇白门）既从扬州某孝廉，不得志，复还金陵。老矣，犹日与诸少年伍。卧病时，召所欢韩生来，绸缪悲泣，欲留之同寝。韩生以他故辞，执手不忍别。至夜，闻韩生在婢房笑语，奋身起唤婢，自棰数十，咄咄骂韩生负心禽兽，行欲啮其肉。病甚剧，医药罔效，遂死。牧斋'黄土盖棺心未死，香丸一缕是芳魂'，盖有微词存焉。"

一是有人根据与钱氏几乎同时代的另一位著名诗人吴梅村的《赠寇白门》一诗中"一舸西施计自深，今日只因勾践死，难将烘房结同心"的诗句，推断：吴梅村既将寇白门比作西施，又说她今日"难将烘房结同心"，仅仅是"只因勾践死"，其中必隐藏着寇白门曾有如柳如是一样同情和支持抗清的事迹，进而推断，钱诗中"黄土盖棺心未死"一句，钱氏真正要表达的意思是，寇白门至死所念念不忘的是反清复明的大业。

但在我看来，这两种推断都有不能自圆之处：如果第一种推断是事实，那么钱谦益在诗中无疑是在悼念亡友的诗中揭亡友的短，这于情于理似乎都说不通；如果第二种说法是事实，那么寇白门怎么会一点没有具体事迹流传后世，最终还落得个"女侠谁知"的结果呢？也许有人会说，因为当时已经是清朝统治了，这便决定了她即使有一些具体的抗清事迹，但人们也不敢传诵，所以终不为人所知；但我又不禁要问，那么与她同时代的柳如是，其抗清义举怎么就能流传下来呢？

所以我以为，第一种说法贬低了寇白门，第二种又拔高了她，真正的寇白门只是一个自愿在自己的红泪中自溺一生的真正女子——她的这种自溺除了表示她的悲愤和控诉外，不也表现了她一种对人格独立和心灵自由的追求吗？

慧纨兰质马湘兰

兰，即兰花，也称兰草；也就是说，它既是花，也是草。它喜欢生长在幽谷、石间、林下，不慕阳光，不争雨露，只顾默默地散发芬芳；连芬芳也是幽幽的，不浓郁，不艳俗，不张扬。

她的名字中有个“兰”字，她也喜欢画兰，擅长画兰。

或许正是因此，马湘兰在“秦淮八艳”中通常都是排在最末一位。

然而，这“末一位”有时本身便正是其“特殊地位”。

虽然排在末一位，但她却实实在在的是另外七人的前辈。

马湘兰是“秦淮八艳”中唯一一位没有经历明亡清兴天崩地坼的，因此她的一生没有什么“英雄事迹”。直到生命的最后，她才演绎了一件有点传奇色彩的事件，那竟是她的死：年轻时，她与江南才子王稚登交谊甚笃，但王终弃她而去，直到王稚登七十大寿时，马湘兰竟集资买船载歌伎数十人，从金陵前往苏州为他祝寿，“宴饮累月，歌舞达旦”，让王稚登惭愧不已，但她自己竟因此而累得归后一病不起，最终“强撑沐浴以礼佛端坐而逝”。然而这与她几位后辈相比似乎也算不得什么——她们有机会将自己的命运通过几个大人物与历史的命运相联系，所以她们留下的故事或惊心动魄，或感天动地，或发人深思——她们很大程度上便是以此而既名重于时，亦名重于史的。

几乎在所有史料与笔记中，就其外貌百言，“秦淮八艳”中有七位似乎都一律被描写得一位比一位漂亮，大可与“闭月羞花沉鱼落雁”有一比，总之都是绝色美人。而唯独马湘兰除外。《秦淮广记》中说马湘兰“姿首如常人”，可见她无论是在当时名重，还是后世能入“秦淮八艳”之列，靠的并不是姿色。

当然，其他七人为时、为史所重，也并非全靠姿色，除了所谓侠骨与气节之外，她们或擅长书画，或长于诗文，或精于音韵，或通于曲律……也基本属于事实。不过我常常以为，这多少与她们有着姣好的姿色有关系，甚至有很重要的关系。我之所以这样说，是因为艺术这玩意儿评判起来是很容易爱屋及乌的。对一个人有了好感，你再看他（她）的艺术，有时总怎么看怎么好；反之，对一个人没有好感，你再看他（她）的艺术，是怎么看怎么不好，更何况中国人，历来就将“字如其人”“书为心画”等等奉为艺术评判的重要标准。“秦淮八艳”既然人一个赛过一个的漂亮，她们笔下的墨迹丹青，她们唱出的音色旋律，自然哪会差得了呵？这一逻辑似乎如同我们今天许多人对一些所谓“名人墨宝”莫名看重一样——在他们看来，人家既能当那么大的官，能干那么大的事，能出那么大的名，能挣那么多的钱，只要动笔，那笔下墨宝哪能差得了呵！然而这样的逻辑事实上是荒唐的。

前面提到无锡市博物馆中现藏有一张董小宛画的《彩蝶图》。那画我还真见过，在我看来艺术水平不过尔尔。因此，我常常觉得，在一些文人的笔记中，“秦淮八艳”的艺术水平多高多高，有许多时候更多是出于他们的有意无意的形容甚至夸饰。因此说句实话，对于“秦淮八艳”的艺术所达到的水平和高度，我历来就不全相信那些史料和笔记上所载，尽管那也算是白纸黑字、言之凿凿。

然而，唯独对于马湘兰的艺术水平我有些相信其不会太低。不为别的，只因为她的“姿首如常人”。

作为妓者，“姿首如常人”实在是一种不幸。这注定了她必须付出比别人更大的努力才能生存自身。她的努力当然首先是能“巧伺人意”，其次便是要精湛艺术以艺娱人。

马湘兰成为“秦淮八艳”之一凭借的是她的艺术——事实上她成了唯一一位以艺术而进入“秦淮八艳”之列的，因此，她是其中的另类，她进入的意义，不但是丰富了“秦淮八艳”的成分，而且也提升了这个群体的文化品位——虽然这个群体原本是最为世俗的产物，原本它并不真正需要文化，更不真正需要品位。

据说马湘兰多才多艺，而尤以绘画造诣最高。我们已知的最好证据，是当年曹雪芹的祖父曹寅，曾接连三次为《马湘兰画兰长卷》题诗，所题之诗今天还能从曹寅的《楝亭集》里读到。还有《历代画史汇传》中评价马湘兰的画技时说她：“兰仿子固，竹法仲姬，俱能袭其韵。”最重要的是：她的《兰花册页》今天珍藏于北京故宫博物院的“书画精品室”中。

什么时候有机会，我一定要看一看她的这一本《兰花册页》，但愿其艺术水平真的不会让我失望。

我将“秦淮八艳”依次一个个写下来，说句实话，我不得不承认，后面几位似乎并无多少“英雄事迹”或“感人故事”，她们名列“八艳”之列，实际上可能正是被鲁迅批评过的“古人总喜欢凑个‘十景’‘八景’的毛病”的产物。然后，话又说回来，就是其他几位，其“感人事迹”不也都相类似吗？如今书写历史的畅销书似乎一律都喜欢用“××那些事儿”的书名，我这里也套用一下吧，所谓“秦淮八艳”不就“那些事儿”吗？然而，数百年过去了，她们的“那些事儿”人们又总念念不忘——或许这正是她们“那些事儿”的价值所在吧！

诗余江南

唐诗、宋词，中国古典文学的两座高峰。

如果说唐诗属于咸阳古道、灞桥柳色、终南阴岭、大漠边塞……亦即属于北方，那么宋词则属于江南。

当然，这并非是说北方就没有好词，亦如同说唐诗属于北方并不等于说江南就没有好诗一样。

宋词中最重要的词人，除去本是江南人不说，即使是北方人，最终也多因历史命运的安排而汇聚到了江南，且无论其派属豪放、婉约，于是，江南的烟柳画桥便既是柳屯田浅斟低唱的最好背景，也是李清照寻寻觅觅的最好依托；而江南的和风细雨既是陆放翁山盟海誓的最好见证，也是辛稼轩怀古伤今的最好情境——江南也便这样属于了宋词，或者说，宋词也便这样属于了江南。

美丽开篇

宋词是属于江南的，但是其美丽的开篇词章却早在唐、五代时便开始书写了，那首先是白居易在《忆江南》的词牌下所填的一组小令：

江南好，
风景旧曾谙：
日出江花红胜火，
春来江水绿如蓝。
能不忆江南？

江南忆，
最忆是杭州：
山寺月中寻桂子，
郡亭枕上看潮头。
何日更重游？

江南忆，
其次忆吴宫：
吴酒一杯春竹叶，
吴娃双舞醉芙蓉。
早晚复相逢！

《忆江南》虽是词牌，但也是白居易这一组小令的题目，其“题眼”全在一“忆”字上。

据史料记载，白居易的这组小令是在唐穆宗长庆七年（827年）前后填于洛阳的，而他曾于长庆二年（822年）至长庆四年（824年）出任杭州刺史，又曾于长庆五年（825年）至长庆六年（826年）出任苏州刺史，也就是说，他的确是凭着对江南的美好记忆来填这一组词的。然而，好一个

“忆”字，它告诉读者的哪里仅仅只是这一点呢？

我是江南的溧水人，早年在故乡参与地方志的编撰时，便从有关史料中得知，白居易其实少年时就到江南了。那是在唐德宗贞元十四年（798年）秋，白居易的族叔白季康任江南宣州府溧水县令，白居易便随其族叔来到了溧水，第二年，他由白季康荐举拜见了宣歙观察使、宣州刺史崔衍，并参加了宣州的乡试，考中后还以宣州贡生的身份进京赶考—这一切表明，白居易很有可能是中国历史上最早的“高考移民”。

江南果真带给了白居易好运！

白居易进京赶考时发生的那个故事至今被传为美谈：照例像许多考生一样去拜见当时的诗坛领袖人物顾况。顾一听这个来自江南宣州府的考生名叫“白居易”，便不无嘲讽意味地说：“长安米贵，白居不易呵！”可当顾读过了他奉上的一首《赋得古原草送别》（离离原上草）后激动地说：“长安米虽贵，但你能写出这么好的诗，白居也易了！”

这个故事一般人都知道。

最终，白居易果然一举考中了进士。对于白居易来说，这一段经历无疑是美丽的吧！而这段美丽的经历对于他整个人生来说，无疑只是一个美丽开端，而这个开端又与江南联系得那样紧密。正是由于这样的联系，江南对于白居易来说，可谓是第二故乡，虽然遥远，但是那么的美丽；同时，他对于江南来说，虽是过客，但也是主人。

许多书上说白居易出仕杭州是“被贬”，其实是不切的，那是他自己主动要求的。

唐宪宗元和十五年（820年），白居易在结束了在江州的四年贬谪生活后，回到了京城。此时他似乎也因此而有些兴奋，这此他写下了这样的诗句：“得水鱼还动鳞发，乘轩鹤亦长精神。”他还曾说：“大丈夫所守者道，所待者时。时之来也，为云龙，为风鹏，勃然突然，陈力以出。”也许，白居易此时以为终于等到了属于自己的时机了吧！可是，令他不曾想到的是，朝廷的朋党之争依然十分激烈，政治陷阱随时随地都张着血盆大口等待着食物。这一切让他不久便又哀叹道：“高有罾缴忧，下有陷阱虞。”怎么办？同流合污自然不是君子所为，但做一个无谓的牺牲品也太不值，于是“三十六计走为上”，最好的办法便是远离京城这是非之地，远离这官场的无谓争斗。这时，他想起了江南，并主动请求去那儿外任。他之所以主动提出这一要求，我想一定是与他早年对于江南的了解分不开的吧，更何况他要求去的是杭州，是一个比宣州还要美丽的地方。就这样，中国最秀美的江南山水在公元9世纪与中国最伟大的诗人别后重逢了。总之，我们有太多的理由说，白居易的出仕江南，实际上是他的一次心灵还乡——他先杭州，后苏州，在中国有着“人间天堂”之称的苏、杭二州亦官亦隐了三年多。

然而，那时的政治文化中心在北方，在长安，白居易终究又不能不回去，江南终究只能是他一个美丽的记忆，如梦一般，所以他在填完了《忆江南》组词后，还填过一组《梦江南》——或许他还想以此告诉人们，那远离政治中心的江南及她所有的美丽，不但值得“忆”，而且在“忆”中会更加的美好。

无独有偶，对于李后主来说，最美的江南也是在他的记忆中：

春花秋月何时了，往事知多少？小楼昨夜又东风，故国不堪回首月明中。雕栏玉砌应犹在，只是朱颜改，问君能有几多愁？恰似一江春水向东流。

李后主写作那首《虞美人》时也身不在江南，而是在东京，在宋太宗赵光义为他安排好的禁宫里。俗话说：“失去的总是美好的。”此时江南的故国，或故国的江南，正是因为是“失去的”，自然都是“最美好的”；那“月明中”的“雕栏玉砌”美丽依然，但“只是朱颜改”——想到这一点，那绵绵不绝的哀愁便“恰似一江春水向东流”去。

如果说白居易的这一组《忆江南》为中国文学在唐诗的大度、豪迈、悲壮的美学领域外另辟出了一块新的天地，那么李后主的这首《虞美人》，无疑又给这一片天地染上了一抹忧伤情调，从此以后，江南便获得了一种相对永恒的美学特征——美丽而悲情，清新而感伤，幽远而缥缈。

这样的江南最适宜用词来抒写了，因为那时的人们认为“词为诗之余”，换句话说，作为“诗余”的词天生就是用来抒写这样的江南的。

如果说唐、五代的白居易和李后主的确为宋词在江南写下了美丽的开篇第一笔，那么真正完成开篇的则是苏东坡与王安石。

也只能说是命运的安排吧，苏东坡在宋神宗熙宁年间和宋哲宗元年间，曾两次外放杭州，后又大部分时间都在江南各地任职——正如他晚年自己总结的：“问汝平生功业，黄州惠州儋州”——最终又病逝于江南的常州，一代伟大诗人如此与江南结下了不解之缘。

一般人可能都知道苏东坡的词风属豪放，但他留给江南的词作，就其数量来说，更多是风格清新而婉约的，如：

凤凰山下雨初晴，水风清，晚霞明。一朵芙蕖，开过尚盈盈。何处飞来双白鹭，如有意，娉婷。忽闻江上弄哀筝，苦含情，遣谁听！烟敛云收，依约是湘灵。欲待曲终寻问取，人不见，数峰青。

——《江城子·湖上与张先同赋，时闻弹筝》

蜀客到江南，长忆吴山好。吴蜀风流自古同，归去应须早。还与去年人，共藉西湖草。莫惜尊前仔细看，应是容颜老。

——《卜算子·感旧》

其实，在苏东坡大量的词作中，像这样清新风格的作品，就其数量来说其实是远远超过豪放词的，只是它们对后世的影响不及豪放词大罢了。我们由此也可看出，东坡也并不是一开始便有意不遵守“词是诗之余”的规则的，只是终于有一天情不能已，才不得不让自己的诗情冲破这一规则，写出“拗断天下人嗓子”的豪放词。

宋神宗元丰七年（1085年），苏东坡途经江宁（今南京），看望他的政敌加诗友王安石。王安石以自己所填《桂枝香》一首见教于苏东坡：

登临送目，正故国晚秋，天气初肃。千里澄江似练，翠峰如簇。归帆去棹斜阳里，背西风，酒旗斜矗。彩舟去淡，星河鹭起，画图难足。

念往昔，繁华竞逐。汉门外楼头，悲恨相续。千古凭高，对此漫嗟荣辱。六朝旧事如流水，但寒烟，衰草凝绿。至今商女，时时犹唱，后庭遗曲。

而此前，李清照讥此词是“诗”而非“词”。王安石与苏东坡政见多相左，但这一次却在艺术观念上惊人相合，苏东坡对这首词大加赞赏，认为其思想境界和艺术气魄都不在自己刚填出不久的那首《念奴娇·赤壁怀古》之下。不过李清照的评价其实也没错，王安石的这首词，其主题正是

粉墙黛瓦下的人家，不经意地就把过日子美化成了诗情与艺术。

随手一捞，江南的任何一段流光都透出诗意，连秋日的残荷，也静静听着雨声，低头不语。

唐诗中的一个母题“金陵怀古”—— 一个被唐代诗人已写过多首好诗的题目。

至此，“词为诗之余”的戒律已完全被苏东坡、王安石等诗人打破了，宋词的一个高潮也快要出现了。

高潮乐章

随着王安石新法的被废止，大宋王祚每况愈下，再后来，江山又被宋徽宗的“瘦金体”愈写愈瘦，瘦得只剩下半壁偏安于江南了。这时，地处中国腹地的六朝古都南京，突然之间竟成了一个抗敌的边防要塞，昔日的温柔乡成了今日的最前线，昔日的销金窟成了今日的台风眼，昔日的佳丽地、帝王州成了今日中国人恢复中原的一个复兴基地。一时间，许多仁人志士纷纷上疏南宋朝廷，要求从杭州迁都南京，并决心以南京的虎踞龙盘之势与北方的异族决一死战。就这样，南京被历史推至了一个前所未有的重要位置。

此时的建康（今南京），是多么地渴望来一位铁血的人物来整饬军务、准备北伐呵！然而具有讽刺意味的是，此时被派来任建康太守的人物却是一介标准的书生，此人最擅长的是金石字画的赏介，而对于军务江防之类实在是一窍不通。此人就是赵明诚。赵明诚出任建康太守不久，著名词人李清照也来到了建康，因为她是赵明诚的妻子。

李清照虽然南逃而来的路上不免狼狈，但是一旦在建康住下，便很快恢复了她过惯了的贵妇生活，因为他的丈夫赵明诚毕竟是当地的最高行政长官。只是这段时间里，作为中国历史上最著名的词人之一的她，留下来的词作不多，其原因大概是她那种用婉约风格叙写闲愁的词，在那种兵临城下的境况下太不合时宜吧？不过她最终还是将一诗一词留在了建康。

宋钦宗靖康二年（1126年）夏，传言金人就要渡江进攻建康，身为太守的赵明诚竟然连夜弃城而逃。李清照自然也只能随行，但是她此时的心情是复杂而矛盾的：她明知自己的丈夫只是一介书生，对于战事一窍不通，让他指挥守城确是难以想象；但她又想，赵明诚既是朝廷任命的一方军政长官，男子汉大丈夫，面对战事来临，岂能弃城而逃，这无论如何是为人所不齿的。但这样的一个缺乏男子汉精神的男人，不是别人，正是自己的丈夫，这不能不让她痛苦。当李清照逃出建康城向西逃往安徽的途中，来到了和县乌江——那里是当年霸王别姬的地方，此时李清照口占一绝送于赵明诚：

生当作人杰，
死亦为鬼雄。
至今思项羽，
不肯过江东。

婉约的词人写出了生平最豪放的一首诗——不是词，因为李清照生平严格遵守着一个创作信条，即认为词只能用来写儿女情长这类的闲愁，像这样“重大”的题材只能用诗来写。

也许是因为一番草木皆兵的惊吓，也许是因为一番落荒而逃的劳顿，也许是读了李清照这首诗后而深感羞愧，赵明诚不久竟一病不起，并最终病死于建康。

李清照埋葬了赵明诚，大病了一场，而金兵南下之势日迫，独留建康的李清照，抚今追昔，填词一首：

寻寻觅觅，冷冷清清，凄凄惨惨戚戚。乍暖还寒时候，最难将息。三杯两盏淡酒，怎敌他晚来风急。雁过也，正伤心，却是旧时相识。

满地黄花堆积，憔悴损，如今有谁堪摘。守着窗儿独自怎生得黑。梧桐更兼细雨，到黄昏点点滴滴。这次第，怎一个愁字了得。

是的，“这次第，怎一个愁字了得”！这首词不但标志着李清照贵妇生活的彻底结束，从此，她的笔下将不再只有贵妇的闲愁，更有国破家亡的仇和恨；同时，李清照的这一诗一词，也标志着，南宋建康将迎来一个豪放词的高潮。

李清照离开建康不久，张孝祥来了，辛弃疾来了，陆游来了，再后来文天祥来了……一批豪放派铁血词人，一个接一个地来到了南京。

最先来到南京的豪放词人是张孝祥。这位高宗时的状元郎，曾因得罪秦桧而下狱。他出狱后上任的第一个官职便是建康留守。赴任途中，他便上疏《赴建康划一利害》，其中不仅充分表达了他恢复中原的决心，更阐发了一些切实的措施。上任伊始，他即一面广泛地宣传北伐，一面为大元帅张浚的部队筹措北伐物资。由于张浚北伐的失败，张孝祥被贬静江（今广西桂林）知府。中秋之夜，张孝祥仰望明月如水，北斗横天，想起曾夜登赏心亭，百感交集之中写下了一首《水调歌头》：

今夕复何夕？此地过中秋。赏心亭上唤客，追忆去年游。千里江山如画，万井笙歌不夜，扶路看遨头。玉界拥银阙，珠箔卷琼钩。

弘风去，忽吹到，岭边州。去年明月依旧，还照我登楼。楼下水明沙静，楼外参横斗转，搔首思悠悠。老子兴不浅，聊复此淹留。

自从张孝祥此词传颂开后，赏心亭成了南宋诗人每到建康所必登临的胜迹。

宋孝宗乾道四年（1168年），辛弃疾任建康通判，下车伊始，他就也登上建康赏心亭，且此后一登再登，先后三次。每次登临必填新词，其中最为著名的是那首《水龙吟·登建康赏心亭》：

楚天千里清秋，水随天去秋无际。遥岑远目，献愁供恨，玉簪螺髻。落日楼头，断鸿声里，江南游子。把吴钩看了，阑干拍遍，无人会，登临意。

休说鲈鱼堪脍，尽西风，季鹰归未？求田问舍，怕应羞见，刘郎才气。可惜流年，忧愁风雨，树犹如此！倩何人，唤取红巾翠袖，揾英雄泪。

此词抒发了抗敌壮志难酬，大好年华虚度的悲愤之情。同时，诗人以匡复为己任，抨击了那些一味“求田问舍”，对国家大事漠不关心的人物和行径，义正词严。总之，那满纸的英气背后，是作者满腔的悲情。这种悲情有时候作者也会以另一种方式呈现：

宝钗分，桃叶渡，烟柳暗南浦。怕上层楼，十日九风雨。断肠片片飞红，都无人管，更谁劝，啼莺声住。

鬓边觑。试把花卜归期，才簪又重数。罗帐灯昏，哽咽梦中语：是他春带愁来，春归何处？却不解、带将愁去。

——《祝英台近·晚春》

桃叶渡是秦淮河上的一个渡口。相传书圣王献之曾在此渡迎娶他的爱妾桃叶。这是一个风花雪月的去处和一个儿女情长的故事。然而作者即使是在这样的去处，叙写这样一个故事，也不曾因儿女情长而英雄气短。历代词论家不约而同地都看到了此词背后“必有所托，而借闺怨以抒其志乎！”黄蓼园还找出了具体史实：“史称叶衡入相，荐辛弃疾平之。后奏请于湖南设飞虎军，诏委以规划。时枢府有不乐者，数阴挠之，议者以聚敛闻，降御前金字牌停住。弃疾开陈本末，绘图缴进，上乃释然。词或作于此时乎？”（黄蓼园《蓼园词选》，转引自吴熊和《唐宋词汇评·两宋卷》【3】，浙江教育出版社2004年版，第2393页）。

紧随辛弃疾之后来到建康的，是另一位伟大的爱国诗人陆游。宋孝宗淳熙六年（1180年），55岁的陆游从四川回临安，路过建康时也登上了著名的赏心亭，想到自己曾上疏朝廷，建议从临安迁都建康以利攻守的建议终不被朝廷采纳，不禁潸然泪下。只是陆游也有与李清照相似的文体观点，他为这次登临写下的不是词，而是一首诗：

蜀栈秦关岁月遒，今年乘兴却东游。

全家稳下黄牛峡，半醉来寻白鹭洲。

黯黯江支瓜步雨，萧萧木叶石城秋。

孤臣老抱忧时意，欲请迁都涕已流。

——《登赏心亭》

我是江南人，至今我人生活动的主要范围基本上还没超出过江南。而与我人生关系最为密切的城市，第一无疑是南京。它既可算作故乡，也是现如今我的谋生之地，而另一座城市则是我青年时代读大学时曾居数年的镇江。说来真是太巧了，这两座城市恰是宋词中的两座重镇，因为正是此二地最为集中地成就了宋词中最为激动人心的悲壮篇章——如果把宋词比喻成一篇大文章的话，那么它最为高潮的章节便是于此二地呈现的。

北宋灭亡后，虽说宋金是以淮河为界，但实际上江淮间的广大地区几在金人之手，宋、金之间实际上几以长江为界，也就是说，作为江滨城市的南京（当时叫建康）与镇江（京口）实际上成了南宋最北方的边防前哨。正是因此，陆游才在诗中写出了“楼船夜雪瓜洲渡，铁马秋风大散关”的对仗句子。

镇江地处长江与大运河交汇处，自古有“南徐州”之称，可见其战略地位之重要；镇江城临江而筑，东、西、南三面环山，北临大江，自古又有“铁瓮城”之称，可见其地势易守难攻。

然而，就是这样一座按自然条件来衡量理应是以武备为重的城市，在宋、金南北对峙的非常历史时期，事实上并不能成为北伐中原、一统河山的根据地，反而文风倒一直很盛，也成了宋词发展史上的另一个高潮之地。书写这一高潮的不是别人，还是辛弃疾。

宋宁宗开禧元年（1205年），65岁的辛弃疾被任命为镇江通判来到京口，他先后两次登上了城北北固山上的北固亭，并先后写下了两首著名的词章：

何处望神州，满眼风光北固楼。千古兴亡多少事，悠悠。不尽长江滚滚流。

年少万兜鍪，坐断东南战未休。天下英雄谁敌手？曹刘。生子当如孙仲谋。

——《南乡子·登京口北固亭有怀》

千古江山，英雄无觅，孙仲谋处。舞榭歌台，风流总被，雨打风吹去。斜阳草树，寻常巷陌，人道寄奴曾住。想当年，金戈铁马，气吞万里如虎！

元嘉草草，封狼居胥，赢得仓皇北顾。四十三年，望中犹记，烽火扬州路。可堪回首，佛狸祠下，一片神鸦社鼓。凭谁问，廉颇老矣，尚能饭否？

——《永遇乐·京口北固亭怀古》

这两首词是今天的中国人只要读到高中便可以在语文课本中读到的，其内容和思想在这里已用不着我多作解说。我只想说的是，正是这两首词，使得在今天看来在江南城市中已不算出色的小城镇江，确确实实曾是宋词的另一处高潮之地；我更想说的是，宋词的高潮产生于此时此地，这当然是中国文学和这两座城市的幸运，但却是国家和民族的不幸，若从国家和民族的利益来说，我们宁可不要这样一个文学的高潮。

华彩片段

近年来，我由于种种机缘，几乎走遍了江南大地，这便让我有机会循着江南词人们的足迹将他们那些经典的词作一一重温，这些词作尽管不曾都加入过宋词高潮乐章的合唱，风格也多与高潮乐章的慷慨豪放不尽相同，但它们犹如一个个华彩的片段，虽散落四处，但仍是一部伟大交响的有机组成部分，更何况即使将它们单篇吟唱，也都十分动人。

那年去武夷山，在九曲溪畔、大王峰下，我竟然碰到了柳永——那里有一座“柳永纪念馆”，这让我一下子想了起来：柳永正是福建崇安县（今武夷山市）人。

走进纪念馆，见有一座较真人略高的柳永铜像，旁有一块与铜像差不多高的长方形石头，上面刻着一篇“柳永墓冢抔土还乡记”，记中写道：“公元2004年9月，值武夷山柳永纪念馆新馆落成之际，柳永仙冢抔土自镇江北固山分移至此。千载游子今朝还乡，一代词宗魂归故里。”

柳永是我最熟悉也是最喜欢的宋代词人之一。我在本文前面已说过，我的大学时代是在江苏的镇江度过的，而柳永的终老之地和墓葬之地便是镇江——镇江与柳永有缘，我与镇江有缘，推起来我也算与柳永有缘了吧?

其实崇安虽是柳永的故乡，但他并不是在故乡出生的，他出生于父亲的官宦之地，童年时才回到故乡，青年时又离开了故乡，且离开后再没回来过，算起来在故乡时间并不算长，因此他留在故乡纪念馆里的东西并不多。他把一生大部的时间都扔在了江南的歌楼瓦肆中，并写了大量描写羁旅行役之苦和风花雪月之夜的慢词。这些词在当时就为人们广为传唱，据说当时“只要有井水的地方就有人唱柳词”，可见其影响之广。即使时至今日，它们一样拥有着广大的读者。记得当年，我在镇江上大学时，白发苍苍的老教授为我们讲授柳词，他为我们在课堂上深情地吟唱那首《八声甘州》，唱着唱着竟当场流下热泪，为此我们一群十八九岁的年轻人大为吃惊。吃惊之余，许多人也从此喜欢上了柳词，而我便是其中之一，正是那时，我背下了柳永的许多词章，并至今记得。

只是我能背下的这些词章在柳永纪念馆里多数都没能见到，只见到一块柳词《望海潮》碑刻：

东南形胜，三吴都会，钱塘自古繁华。烟柳画桥，风帘翠幕，参差十万人家。云树绕堤沙。怒涛卷霜雪，天堑无涯。市列珠玑，户盈罗绮，竞豪奢。

重湖叠巘清嘉，有三秋桂子，十里荷花。羌管弄晴，菱歌泛夜，嬉嬉钓叟莲娃。千骑拥高牙，乘醉听箫鼓，吟赏烟霞。异日图将好景，归去凤池夸。

此词是柳永于宋真宗景德元年（1004年）前后于杭州填成的，关于其创作过程，杨湜《古今词话》中还有一个故事：据说柳永有一个布衣之交叫孙相何，时任杭州知府。柳永从故乡来到杭州，想前去拜访，无奈知府门禁甚严，柳永根本进不去。于是他灵机一动，填了一首《望海潮》词，并找到钱塘名妓楚楚说："我想见孙知府，无奈侯门深似海。你有机会进府，便请唱一下这首词，知府大人若问此词是谁所填，你就说是个叫柳七的人，其他什么话也不要说。"不久逢中秋佳节，知府举行晚会，楚楚依照柳永的话演唱了这首《望海潮》，第二天，孙相何立即为柳永预备下上座，并派人将柳永请到府上。当然，从此以后这首词也不胫而走，很快便传遍了天下。罗大经在《鹤林玉露》（卷一）上说，金主完颜亮正是因为读到了这首词，“欣然有慕于‘三秋桂子，十里荷花’”，遂起“投鞭渡江之志”，毅然决定兵下江南。只是我真不知道这究竟是柳永和江南的光荣，还是柳永和江南的悲哀。

纪念馆中碑刻的书法为毛泽东手书，其实柳词婉约，毛书豪放，二者风格差异很大。我想设计者之所以选中毛书柳词，可能是故乡人想让柳永这一个在世人心目中风流浪荡的才子好借一借毛泽东在当代政治和文化中的巨大影响，并以此多少改变一些他在世人心目中的印象吧！但在我看来，这大可不必。柳永和他的词作，永远是宋词中最精彩的片段之一，这已是不需要任何人再作证明的了。

如果说柳永是中国历史上第一个“专业”词人的话，那么陆游可能要算是最不“专业”的词人了。当然，这并不是说陆游词的水平不“专业”，而是因为他一生中，似乎一直都遵守着“词是诗之余”的戒律，将填词当着他文学创作中的一种余事。但是，即便是这样，他还是为我们留下许多感人至深的词作，如《卜算子》（驿外断桥边）、《钗头凤》（红酥手）等。

至今，在沈园的一面残墙上，这首《钗头凤》真真切切地刻在上面：

红酥手，黄縢酒，满城春色宫墙柳。东风恶，欢情薄，一怀愁绪，几年离索。错，错，错！

春如旧，人空瘦，泪痕红浥鲛绡透。桃花落，闲池阁，山盟虽在，锦书难托。莫，莫，莫！

说到这里我又不能不再一次地提到了辛弃疾。

那年去江西上饶开会。会议的最后一天，照例要安排与会者去当地的名胜——“上饶集中营”遗址和世界自然文化遗产三清山一游，但我却与几位同好去了上饶的乡下，希望能追寻到几个辛弃疾当年曾留在那儿的足迹。

上饶是一个四面环山的城市。它的这一特点让人很易联想到，当年这里为什么会有一座“集中营”，而九百多年前，南宋朝廷又为什么会将辛弃疾等一批主张抗金的爱国志士安排到这里闲居。今天的上饶，虽然有浙赣铁路经过，但就其经济和文化发展水平来说还是相对落后的，然而在九百多年前，这块土地虽然经济状况不会好到哪里去，但由于辛弃疾等人的来居，却成就了宋词史上的华彩一页。

据史料记载，宋孝宗淳熙八年（1181年）辛弃疾受投降派排挤，罢职闲居于江西上饶，直至宋光宗绍熙三年（1192年）才出任福建提刑，前后达11年之久。在此时昆地里的辛弃疾，如一头疗伤的雄狮，一面以田园清新的风光、村居悠闲的生活慰藉自己的内心，疗治着自己壮志难酬的痛苦，一面又难以忘怀于昔日的壮怀激烈的豪放和一展宏图的渴望。前者使他写出了许多风格清新的词篇，让我们看到了豪放词人的另一面，如《清平乐·村居》《西江月·夜行黄沙道中》等；后者因有一种痛定思痛痛更痛的内核，又使我们知道了什么叫不改英雄本色，如《丑奴儿·书博山道中壁》《破阵子·为陈同甫赋壮词以寄之》等。辛弃疾在上饶当然不止写了这么几首词，但只因为这几首首首都是宋词中的精品，请允许我在此将它们抄录如下：

清平乐·村居

茅檐低小，溪上青青草。醉里吴音相媚好，白发谁家翁媪？

大儿锄豆溪东，中儿正织鸡笼。最喜小儿无赖，溪头卧剥莲蓬。

西江月·夜行黄沙道中

明月别枝惊鹊，清风半夜鸣蝉。稻花香里说丰年，听取蛙声一片。

七八个星天外，两三点雨山前。旧时茅店社林边，路转溪桥忽见。

丑奴儿·书博山道中壁

少年不识愁滋味，爱上层楼；爱上层楼，为赋新词强说愁。

而今识尽愁滋味，欲说还休；欲说还休，却道天凉好个秋。

破阵子·为陈同甫赋壮词以寄之

醉里挑灯看剑，梦回吹角连营。八百里分麾下炙，五十弦翻塞外声。沙场秋点兵。

马作的卢飞快，弓如霹雳弦惊。了却君王天下事，赢得生前身后名。可怜白发生。

一座江南山区小城，就凭拥有这么多宋词中的名作，难道还不是宋词史上的精彩一页吗？只可惜今天的上饶人似乎还不明白这一点的价值，我们在上饶乡间寻寻觅觅了半天，终没有寻得一星半点辛弃疾的当年留下的踪迹，这让我们不无遗憾。好在这样的情形在江南并不多见，多见的是江南几乎处处有词踪：

在赣州，我曾登临城北贺兰山颠的郁孤台，见证过滔滔赣江的“青山遮不住，毕竟东流去”：

郁孤台下清江水，中间多少行人泪。西北望长安，可怜无数山。青山遮不住，毕竟东流去。江晚正愁余，山深闻鹧鸪。（辛弃疾《菩萨蛮·书江西造口壁》）

在金华，我曾登临城南双溪畔的八咏楼，眺望过溪上“载不动许多愁”的舴艋舟：

风住尘香花已尽，日晚倦梳头。物是人非事事休，欲语泪先流。

闻说双溪春尚好，也拟泛轻舟。只恐双溪舴艋舟，载不动许多愁。（李清照《武陵春》）

在黄州，我在苏东坡游过九百多年后也游了清泉寺，而且真的看到蕲水西流的奇观：

山下兰芽短浸溪，松间沙路净无泥。萧萧暮雨子规啼。谁道人生无再少？门前流水尚能西！休将白发唱黄鸡。（苏东坡《浣溪纱》）

我还在苏东坡当年站过的沙湖岸堤上，大声朗诵过他的那首《定风波》：

莫听穿林打叶声。何妨吟啸且徐行。竹杖芒鞋轻胜马。谁怕？一蓑烟雨任平生。

料峭春风吹酒醒。微冷。山头斜照却相迎。回首向来萧瑟处。归去。也无风雨也无晴。

……

我常常庆幸自己生在江南，生活中竟然又到过江南的这么多地方，让我由此得出宋词属于江南的这么一个结论。我当然知道，我的这一结论更多的是带有感情色彩的，或许经不起文史学家们的质疑，但尽管如此，我还想就此指出一点，中国文学唐诗、宋词、元曲和明清小说，这样一路走来，实际上这既是一个现代化的过程，也是一个大众化的过程。不是吗？在宋词之后发展起来的一个高峰是元曲，与元曲一同兴盛起来的是一个更市民化的文学样式，那就是戏曲，而中国的戏曲又确确实实是从江南发展起来，进而从空间上走向北方，时间上走向今天的。

如果这一点是事实的话，那么宋词的属于江南，便也是一种必然，即，中国文学现代化和大众化过程中的一种偶然中的必然。

咸淡日子咸淡过

所有的水流到那儿，离大海已经很近，更何况它们已找到了许多许多的同伴，因此以后的流程便不再寂寞；所有的梦梦到那里，一定最希望就此醒来，因为那里原本就与梦中没有多少不同——世人皆说那里为『梦里水乡』『梦里江南』哩！但那里人们流水般的日子也会有水流般的单调和平淡；即使是梦一般的人生，总也会有梦醒后的空虚与咸涩。因此，那里每一个或咸或淡的日子，也便只能让它或咸或淡地过去。

酸涩马齿苋

去菜场买菜，竟见到了马齿苋，不觉蹲下抓起一把来看。“买多少？这可是正宗的野生马齿苋，营养好着呢！”卖菜的以为我要买。我说回头再买，便走开了。买了菜回到家，马齿苋以趴在地上的姿势老浮现在我的脑海里。

我仿佛又看见，在黄昏的山路上母亲急匆匆地回家，饿了半天的妹妹老远就歪歪扭扭地迎上去。母亲老远就开始解衣襟。妹妹像小鸟一样，一飞进母亲怀里便很响地吮吸母亲的乳汁，边吸边抬起头望望母亲，母亲笑了，妹妹也笑了。

吃饭的时候，母亲总是爱吃一个菜，这就是马齿苋。家乡的妇女们都认为，哺乳的女人只有吃马齿苋奶水才多。母亲吃的马齿苋都是她自己从田里带回家的。每天收工她都带回或多或少的一把马齿苋，晚上，她趁着去河边洗衣服顺便将它洗净，再回家用开水焯过晾到屋檐上，在太阳下晒两三日，收下洗洗放到锅里一蒸，颜色黑黑的，装在一只同样黑黑的碗里，日日放在我家的餐桌上，成了母亲唯一的佳肴。

六月天，骄阳似火，是锄地的好时机。即使是临产的妇女，此时也得去锄地，因为此时锄下的草被太阳一晒便即刻干死，事半功倍。“大腹便便”的女人每锄一棵马齿苋，都会捡起来。男人们有时锄到了也会主动捡起来交给女人。未生养过的新媳妇，有时不好意思这样做，就由她们的母亲或婆婆代劳。

记得我小时候第一次锄地，父亲便告诉我，如锄到马齿苋要捡起来，或者把它翻个身，否则它不会死。我问父亲为什么，父亲说：很久很久以前，天上有十个太阳，有一个叫后羿的人用箭射掉了九个，剩下的这个太阳，是因为它躲在了马齿苋底下。因此，马齿苋是太阳的救命恩人。太阳为报马齿苋的救命之恩，一旦见马齿苋被人锄断根，就不晒它了，等到下雨，那被锄断根的马齿苋又会生根复活；如果将马齿苋锄了翻个根朝天，太阳就认不得马齿苋了，马齿苋才会被太阳晒死。

我不曾想到，这看上去极不起眼的马齿苋竟这般神奇。只是我至今仍不相信，马齿苋真的能使女人乳汁丰足吗？我小时候见母亲日日餐餐吃马齿苋，可最后母亲越来越瘦，奶水也越来越少，不得不为妹妹早早“断奶”。

我曾因为好奇背着母亲偷吃过马齿苋，那种酸酸涩涩的滋味并不好吃。母亲知道了说：“真没出息，只有女人才吃马齿苋！”

如今，二十多年的岁月过去了，我竟在城市的菜场看见了马齿苋，不禁对它产生了情感，心想，马齿苋或许真有营养价值，但城里人未必懂得。

我的高中生活

高一：油菜花与手抄本

那时苏南的农村中学多数是没有围墙的，周边多与农田相接。学生每当听课听得累了，一抬头便可看到窗外的庄稼。春天，地里油菜花盛开。现在回想起来，那种铺展在阳光下的金黄仿佛就在眼前。说句不怕母校老师生气的话，我对于那时课堂的记忆似乎还没有对于校园后面的油菜花来得清晰而温馨，自然而然地这油菜花的金黄似乎便成了我们那一代学生青春的底色。只是当时，我们对于这种色彩充满了疑惑，因为那时的人们常常用来喻指无耻与下流的一个代名词竟然正是那“黄色”二字。

那时的乡下孩子发育都晚，不像现在的孩子，初中没毕业就都基本上已长成大姑娘小伙子了。我们那时已上高一了，身体才迟迟有了些动静，先是女同学的胸脯越来越饱满了起来，再是发现自己的嘴唇不知什么时候长出了短短的绒毛，它如同春天的油菜花一样，似乎只是一夜之间，一阵风后，便绽放了出来；更发现不知什么时候开始，我们喜欢三两死党，躲在油菜田里谈论班上的女同学了。那时我们谈论最多的是她们俩，这倒并不是因为她们俩的爸爸，一个是公社的干部，一个是镇上医院的医生，而实在是因为她们俩在班上显得很是特别——单是她们的姓名，一个连姓带名加起来就俩字，而我们周围人从没有叫俩字姓名的，从小学上到初中，班上也从没有叫俩字姓名的，就是现在，除了她，班上所有人的姓名都是三个字；另一个，她姓名虽然是三个字，但这末一字是个“倩”字，我偷偷查过字典才知道这个字是“美好”的意思。而我们的小学、初中的女同学，名字最后的一个字一般只会是“美”“凤”“花”“英”“香”之类，若是“荷”“萍”“琴”之类的就算是洋气的了；她的这个“倩”字，不但叫起来响亮，而且洋气，还有几分“嗲”。再后来，发现她们的特别远远不止这一点——她们的皮肤特别的白，腰身特别的细，走路特别的柔，唱起歌特别的动听……

我们背地里喜欢谈论她们，但是当面我们总表现得对她们不屑一顾。即使有时在学校的某个角落与她们中的一位单独碰到，也不愿先说一句话先打一个招呼，甚至有事没事还要故意欺负她们，例如捉个小虫子夹在她们书里，让她们一翻书便吓得“哇”一声尖叫；上课时，坐在她们后排常常“不小心”“带”着她们一两根长发，痛得她们从座位上一下跳起来。而我们仿佛便是在她们的这种尖叫和跳跃中获得一种莫名的满足。

我们那时似乎都不太在意谁学习成绩的好坏，家长们也不太在意，因为我们这些祖祖辈辈都是农民的孩子，无论成绩好坏，等待我们走的路其实是早就注定了的，那就是毕业后回乡也做一个农民。尽管就在那年的冬天，国家恢复了高考，但我们那时并不相信这是真的——真的凭考试成绩而不需大队书记和公社书记推荐就能上大学。再则那时学校也很少考试，我们其实也并不太清楚班上的同学究竟谁的成绩真的好些，谁又真的差些。那时我们最在意的是谁谁谁在哪儿与某个女同学说了一句话，谁谁谁又在回家的路上与某个女生走得很近，谁谁谁在课后塞给了谁谁谁一个纸条，那纸条上究竟写的什么……每听到这些，我们总会在表面上对传闻的主人公表示出不屑，但实际上这种在意本身正表示内心对他或她充满了羡慕，当然有时还有嫉妒。

那个名字中有个“倩”字的女生，也在一天与一个高年级的男生走进了学校后面的油菜地，去共读一本手抄本……听到这个传闻，我第一反应是：这传闻是假的！或者说是我压根儿不愿相信这是真的，然后涌上我心头的，却是一种很复杂的情绪，嫉妒、懊悔、痛恨……而当天夜里，我躺在那四面透风的宿舍里，做了一个灿烂的梦，梦里油菜花金黄金黄。

不久后，那个高年级的男生毕业当兵去了，那女生也转学去了不知道什么地方。高年级的学生中有人真的凭高考成绩而上了大学，我突然觉得我也应该去远方。于是，油菜花再开时，我虽然仍爱躲进花丛中，但那不再只为了逃课，不再为了与其他男生偷偷谈论女生，我躲进花丛中是为了背那些其实早该背诵早该记下的古文和公式，而每当回到教室里，却总装着与别的男生一样，并不读书，只等着毕业时领一张毕业证回家种田。只是有时会禁不住想，那个传闻到底是真是假呢？不久后证实，那个高年级的学生的确有过一本手抄本，因为他在当兵临走时将它送给了我们班的一个同学，我们班的那个同学给我们看了，因为此时它已经公开出版，并不神秘了，书名叫《第二次握手》。然而我仍禁不住时常想，她真的与那个高年级的男生一起走进过那开满黄花的油菜田吗？这个问题一直困扰着我，甚至至今想起来还有点耿耿于怀，虽然明知道那事实上于我实在是一点儿关系也没有。

不久以前，我爱人因病手术，住进了省城的一家医院，我自然陪着。那几天，我发现为她服务的护士中，有一个身影总有点似曾相识，虽然她穿着白大褂、又戴着大口罩和护士帽。我几次想问她，但终怕冒昧而未开口。后来灵机一动，去看了看护士站的值班牌，果然发现其中有一个名字的最后一个字是“倩”字。呵，那一瞬，我想到了母校，想起了春天里她周边灿烂的油菜花。

高二：煤油灯与电视机

那时高中学制就两年，我们刚刚从高一时青春期的躁动中挣扎出来想要好好读一点书，却已面临毕业了。

毕业班总要有点紧张备考的样子吧，更何况的确已经有人凭着高考成绩跳出了农门。

我至今不能忘记，停电时（停电是那时最常见不过的事情，只是我百思不得其解的是，为什么停电更多地要选择在晚上）与同学一起在油灯下复习迎接高考的情景。

那是怎样的一个情景呵！现在想来或许是十分壮观的吧，只是当时谁也无心去欣赏这种壮观：四五十个人挤在一间破烂的教室里，每个人面前一盏用墨水瓶做成的煤油灯，昏黄的灯光和浓重的烟雾一起弥漫在教室里，灯下的每一个人都埋头做着自己的事情，或演算，或看书，或沉思；没有人说话，没有人讨论，更没有人走动。直到墨水瓶里的灯油熬干（灯油是每天傍晚由老师统一给灌的），才依依不舍地离开教室摸进漆黑的寝室，再摸黑睡下。第二天醒来常常相视而笑——我们每个人的上唇都多了一撮日本式的仁丹胡子——那是头天晚上在灯下呼吸油烟留下的黑灰。

五六月间的江南，晚上常常是又闷又热，教室里再点上那么多的油灯，这晚自习实在是无法上了。学校的领导与老师为此多次去公社，最终为我们提回了一盏“气油灯”（一种需要打气的煤油灯，在江南一些地方称“气油灯”）。

“还是德国造的哩，但愿好用！”校长说着便与几位老师好一阵捣鼓，最后说，“真还能用，只是没有纱罩！”而这纱罩只有省城才有卖……几天后，这盏“气油灯”真的在我们的欢呼声中被老师们点亮了。的确，“气油灯”比煤油灯亮多了，有了它我们就可不受烟熏火燎。我们高兴得将各自用墨水瓶做成的煤油灯扔得老远老远……

然而意想不到的是，“气油灯”的光辉很快就招来了许许多多的不速之客，这就是那些比我们还要热爱光明的飞虫。它们从漆黑的田野里、山林间寻着“气油灯”的光辉飞来，从窗里门里直飞进了我们的教室，猛扑向“气油灯”。“啪、啪”几声，响声虽然不大，“气油灯”却应声而熄，只剩下一束红红的火苗在黑暗中“呼呼”地冒着——原来“气油灯”被点着后，发光的纱罩实际上早已成了灰，它是断不能被碰撞的，甚至连风吹都经受不了——于是，只好重换新的，重新打气，重新点灯。只是一会儿又会被撞毁。这样撞了换，换了撞，灯自然是点了熄，熄了点，一晚总要折腾个好几次。我们的晚自习自然也被搅得不能安稳；更要命的是也没那么多钱去买纱罩呵。“看来只能冬天用！”老师叹着气把那盏贵族化的“气油灯”收了起来。于是有的同学只好再去找一个墨水瓶，做一盏属于自己的煤油灯；而我，除了在心里遥想一番什么时候晚上才不再停电外，反而有一点儿窃喜，因为就此可以放心大胆地去看电视了。

那年毛泽东逝世后，为了收看毛泽东追悼大会的实况，全公社有了有史以来的第一台黑白电视机，是公社锻造厂花重金买回的，据说是匈牙利造的，放在厂里的大会议室里。因此，锻造厂的那间会议室当时对我们实实在在地构成了一个巨大的诱惑，我们几乎每天都在经历着它的诱惑。有电的时候，我们要温课迎考哩，自然不能去看；停电了，锻造厂里有一台发电机为电视机专门发电，而我们反正看不成书温不成课了，索性去看电视吧，尽管那台电视机实在够戗：有时天气有一点不好，我们从屏幕上只能看到一片雪花；有时电压有一点不稳，我们从屏幕上看到的只是水波一片；更有甚者，无缘无故屏幕便突然一片光亮或一片漆黑，什么也看不见。然而，就是这么一台电视机，正是通过它，我们看见了日本的高速公路和新干线，以至于直到今天，每当我驾着汽车行驶在高速公路上时，还会时常想起它，还有我们在它面前曾有过的一阵阵惊叹和强烈的震撼。当然，也是在这台电视机里，我们还看过了日本电影《望乡》，并记住了其中的一句台词："日本今天的繁荣，都是建立在南洋姐累累白骨之上的。"当然，还有那里面的几个镜头，直看得我们在黑暗中脸一阵阵发热，心一阵阵悸动……

越临近毕业，我们越是在煤油灯的熏烤与电视机的诱惑下挣扎着，最后的结果当然是可想而知：那年我们全校近两百人去参加高考，最终全军覆没，用当时老百姓的话说，是被剃了一个"光头"。

记得班主任杨老师将我的高考成绩单送到我家时，先对父亲说："你们家儿子考得不错，全公社第一名！"我年迈的父亲一听便高兴得差点儿跳起来，显然我的这一成绩大大地出乎了他的意料。但是，当杨老师紧接着又告诉他，尽管我的这一成绩很不错了，但是离高考录取分数线还差3分时，父亲遗憾的同时很是不解，因为在一辈子最大的出息便只是当过几年生产队长的他眼里，这"全公社"可是个很大的世界了呵，既是这里的第一名了，怎么还不够线呢？杨老师当然与父亲作了好一番解释，什么考大学是全省全国范围内的竞争，而不是一个公社范围的竞争了；什么我们这个地区的教育质量和教学水平总体较低了，等等，但是父亲对这些话显然半懂不懂，他最后向杨老师提出了一个奇怪的问题："如果我儿子不差这3分，是不是真的就能上大学？”杨老师说：“那当然！……”

说实话，父亲本来从没有过想让自己的儿子成为一名大学的野心，而此时，他突然间便有了这一野心，因为在他看来，不就3分吗，再读一年一定可以挣到的！因此，并没用杨老师多做动员（那次杨老师之所以要亲自将我的成绩单送到家里，实际上是来动员我再去复读的），父亲便决定让我复读一年，明年挣回那今年相差的3分，因此在他的眼里我此时已成了一名准大学生了，虽然因为我既已取得了“全公社第一名”的高考成绩但还差3分而让他不无遗憾与尴尬，但总体上还是充满了自豪。而我却一点也自豪不起来，唯有遗憾、懊丧和悔恨，后悔自己没能在煤油灯下多算一道题目，多背一个公式，多默一首古诗，痛恨锻造厂里的那台电视机，更痛恨自己为什么总经不住它的诱惑……

复读：皮肤病与邓丽君

我回到学校复读后，便觉得自己成了校园中的另类。我曾多次想，复读生实在是中国教育造就出的一群怪物，他们算什么性质的学生呢？算大学生吗？显然不是；从前大学有预科生，但他们也不能算，因为预科生都是通过了高考的人，最后一般都是能顺利升入大学的，而复读生并没能通过高考，里面的许多人最终也进不了大学的门；再说，从前的大学预科都是大学办的，复读班都是中学办的。因此，复读生还应该算是高中生吧！

学校将我等复读生编成了一个文理不分的班，并为之起了一个奇怪的名“中五班”，“中五”大概是“中学五年级”的意思吧？对于学校来说，这中五班完全是多出来的一个班，上面不可能为之调配任课老师、拨给办学经费，更不会修建新的校舍。

或许是学校的老师为了能一洗上年“光头”的耻辱吧，他们都心甘情愿地为我们兼课，因此中五班的师资实际上不成问题；只是校舍和经费的不足，让我们这一年的复读至今想来充满了意味。

我们几十个人，挤着一间旧教室——说是“教室”其实并不确切，因为白天我们在里面上课，而晚上，只将课桌往前面挪一挪，床也不用，只在后面的地上垫些稻草，就打上了地铺，几十个人便一个挨一个地睡在里面，将教室也当做了宿舍。至于女生，好在班里只有两位，她们的住处各自自己解决了。至于怎么解决的，我们不知道，也懒得去知道，因为我们此时头脑里只想着一个问题，就是如何在来年挣得各人在今年高考中相差的那或多或少的分数——就这么简单！

然而，有时候你将事情想得太简单了，而事实上恰恰不会如你想的那么简单！

不久，有人夜里不住地搔痒，且越搔越厉害，越搔人越多，几天后，我竟也成了其中之一。那种浑身的奇痒似乎不是在皮肤上，而是骨子里，只有用指甲不住地搔，用力地搔，搔得皮开肉绽，搔得鲜血直流，才能有一点点缓解。但是只要一停下来，奇痒就会再次袭来。于是课下搔，课上也搔，白天搔，夜里也搔，搔得听不进课，做不成作业，搔得睡不着觉，每天都无精打采。在老师的提醒下我们去了医院，原来是传染性皮肤病找上了我们。于是我们不能再睡这大地铺了，终于睡进了用毛竹临时搭建起来的属于我们的宿舍，睡上了用三角铁焊成的上下两层的床。

春天到了，油菜花又一次将那种金黄从校园的周边直铺向远方，给我们无限的遐想。而此时，我一个人躲在花丛中，竟然不是为了背古文记公式解习题，而是偷偷地从一个磁带盒的封皮上抄歌词。那盒磁带是王明泉的。

王明泉不仅有磁带，还有一台“三洋”，进进出出都拎着，不知吸引了校园里多少艳羡的目光。王明泉是复读班中最轻松最潇洒的一个。他学习压力并不大，因为他实际上当年高考分数已过了分数线，只因为他志愿填得太高而没能被录取，他相信来年顺利考上一所大学一定不在话下。他做县供销总社主任的父亲，为了他能考得好一点，尤其是英语分数能考得高一点，给他买了这台“三洋”，然而他多数时候并不用它听英语，而是用来听歌了。从“三洋”里放出来的歌比有线广播里播得那真是好听多了，我们从没听过这么好听的声音，据说那声音就叫做“立体声”。如果说皮肤病让我们体验了一种来自皮肉的痒，那么，听“三洋”里放出的“立体声”则让我们体验了一种心里的痒。王明泉一副曾经沧海的口吻告诉我们：“她叫邓丽君！台湾的！靡靡之音！小心中毒噢！”

不久，我们就发现这靡靡之音对人的毒害真是好生了得！

王明泉身后的“跟屁虫”越来越多了，他们都只是为了听“三洋”里靡靡之音的我的同学。我虽然不愿意成为王明泉的“跟屁虫”，但这靡靡之音的诱惑我还是怎么也抵挡不住，每当王明泉提着“三洋”在教室里进出，我的耳朵总会追着那时断时续的旋律好远好远。于是有一次，趁着王明泉与他的追随者们又去某个角落自甘接受靡靡之音毒害的机会，我将他落上课桌上的磁带盒上的封皮悄悄取了下来——我要将上面的每一首歌词都抄下来，我想偷偷学唱那些靡靡之音，而此时，自己来复读班的目的似乎已被我忘到了不知哪个九霄云外了。

就这样，在复读班的第二个学期里，几乎邓丽君一直陪伴着我，或者更准确地说，她成了缠在我心头挥之不去的一个女魔。有时我也真想将她从我的心中赶走，将所有的心思全拧成一支箭，直射高考，直射中心中的大学，但总不能。

好在我总算最终考上了一所师专，而王明泉呢，我们都以为凭他那么好的基础，一定会为我们这个复读班放一颗卫星的，但最终却名落孙山了，他考的分数与去年相比，不但没长，还少了十多分。他提着他的“三洋”与我们分手时，邓丽君正在唱：

某年某月的某一天，
就像一张破碎的脸，
难以开口说再见，
就让一切走远……

我怎么听，怎么都觉得邓丽君像是在哭。

师专毕业后，我被分配到一所乡村完中教书。有天傍晚，我一人正在办公室备课，突然有人敲门，我打开门，来者问：“能不能让我看看办公室里的报纸？”这话音我似曾相识，再定睛一看，发现竟是老同学王明泉，我说当然可以，并问他：“怎么到这儿来了？是不是送弟弟或妹妹来的？”因为我们那座学校在一个山上，交通不便，所以学生来去常有家长接送。他说：“不是，不是！我天天在这儿的，老同学你现在眼光高了，认不得我了！”我说哪里哪里！并不解地问他：“你天天在这儿干吗？”他终于告诉了我，他在读学校的复读班。我一时不知说什么好，因为我当时即在心里算了算，此刻我们高中毕业已经八年了，他竟然还是一名复读生。

绰号人生

“同志们”

赵希贤是他的大名，整个生产队就数他的名字最有“文化”了，因为他读过整整五年私塾，在生产队大小也算个识文断字的角儿了。只可惜他识字不少，却写字不多，所以笔下的字没个样儿。对此他也很有自知之明。

供销社按计划分给生产队几条扁担，通过抽签，他竟得到一条，这条扁担自然就珍贵异常。他决定用红漆在扁担上写上自己的大名，而且决定请全村字写得最好的大队会计写。

于是他特地到大队代销店买了一包“勤丰”牌香烟，带上红漆和那条扁担找到了会计，恭恭敬敬地递上烟，并说明来意。会计很快给他在扁担上工工整整地写上了“赵希贤”三个楷书大字。他再次递上香烟，千恩万谢地告辞。

可是一会儿他又转了回来，当然又给会计递上了香烟，说：“你字写得倒是不错，但少写了两个字。”“哪两个字？”会计问。“‘同志’两个字呀！你看，现在称谁不是同志呵？我这名后没个‘同志’有点说不过去。”

大队会计拗不过他，只得在“赵希贤”后添上了“同志”二字。于是他再次递上香烟千恩万谢地告辞。

可是一会儿他又转了回来，又一次递上香烟。这次还没等他开口，会计先问他：“还少字吗？”“对！每次开大会，不管是张书记（大队书记）还是李书记（公社书记），开口总是‘同志们’，所以你还得再给加上个‘们’。”

这一次，大队会计二话没说，立即提笔给他在“赵希贤同志”后又加上了一个“们”字。

从此以后，他多了个绰号——“同志们”，而且越叫越响，他那个文绉绉的名字倒反而很少再被人叫起了。

“咸或淡”

阿金被老师留在学校补做完了昨天的家庭作业放回家吃饭时早过了午饭时间，阿金估摸着自家锅里的红薯也早已被弟妹们吃光了，所以任凭肚子早饿得咕咕叫，也没有回家的意思，只是在街上慢慢地走着，四下里看着。

此时，小镇唯一的这条老街上一眼望到头连个人影也没有。正是六月，又毒又辣的太阳早把人们赶到了应去的地方。

阿金来到了小镇唯一一家饭店门口。只朝里面看了一眼便再也走不动了：店堂里竟然不见一个人，高高的柜台上一只纱罩正罩着一大盆已煮熟切好的猪头肉……

阿金远远地看了好一阵后，几乎是下意识地走近了那盆猪头肉。他闻到了猪头肉的香味，同时看见了纱罩上停着无数个绿头的苍蝇，个个都对纱罩内的猪头肉虎视眈眈。“哼，连我这个人都吃不上，你们这些苍蝇还想吃！”阿金暗暗地在心里骂了那些苍蝇一句，但转念一想：“苍蝇吃不得，我为什么也吃不得呢？”于是他伸出了手，想去掀那纱罩了。但这时他脑子里忽然又冒出一个字：偷。“我这不是偷吗？给人发现了怎么办？”这时，又有几只苍蝇飞了过来停在了纱罩上。“苍蝇吃不得是因为它是害虫，吃了会传播人疾病；而我又不会传播疾病呵，吃那么一小块对于这么一大盆来说也少不了多少，没人看得出来！对，就吃一小块！”阿金终于在心中拿定了主意，也做好了准备，他要以最快的速度掀开纱罩，取上一小块猪头肉填一填咕咕直叫的肚子，也止一止不断从嘴里流出的口水。

阿金用一只手迅速地掀起纱罩，只听见轰的一声，纱罩上的苍蝇们被掀得一下子飞了起来，那同时起飞的声音如同一声闷雷。虽然阿金被这声闷雷吓了一跳，但他的另一只手还是飞快地取到了一块猪头肉并丢进了自己的嘴巴。然而，意想不到的是，这声闷雷也惊醒了在柜台下长凳上正睡午觉的饭店大师傅——他一骨碌爬起身来，一伸手便将阿金抓了个人赃俱获。好在阿金急中生智：当大师傅喝问“干什么”时，阿金一面嚼着嘴里的猪头肉，一面强压惊慌地说：“我替你尝尝咸或淡哩！”

膀大腰圆的大师傅，看着眼前瘦骨伶丁的阿金，犹豫了一下，最终还是把他放了，只是从此他一看见阿金便叫他“咸或淡”，并且总要将来历与在场的人复述一遍。久而久之，“咸或淡”便成阿金的一个绰号。

“丹阳人”

贵宝凭养鸭子而成了勤劳致富的典型，与另外几位养猪的、养羊的和养牛的一起，由一名乡长陪同，去参加市里组织的致富经验交流会，并生平第一次住进了一家星级饭店。

星级饭店的早餐是自助餐，贵宝来到餐厅一看：嗬，这么多好吃的！鸡蛋、牛奶、油条、豆浆、面包、蛋糕、绿豆汤、小米粥，还有各种水果，一字排开，应有尽有；而且吃什么，吃多少，自己动手。贵宝心里真是乐开了花。

他很快便胡乱地装了满满一大盘子油条、鸡蛋、包子、馒头等，又放了满满一大杯牛奶，坐下来不一会工夫，盘子便空了。站在一旁的服务员一直静静地看着他，目光异样。吃完后他又端着盘子去取，竟又取了满满一大盘。这时，站在一旁的女服务员轻轻走到他身边，很有礼貌地提醒他："先生，取来一定要吃完的，否则就浪费了！"他看了看服务员，嘴巴一面动着，一面点了点头。这一幕被一旁也在吃早餐的乡长看在了眼里，只是他有点担心贵宝到底有没听懂服务员的意思。

在服务员异样目光的注视下，贵宝面前的盘子不一会儿又一次底朝天了。这时，一旁的乡长心想，这家伙总算吃完了，也总算没出咱乡下人的丑。他正这么想着，只见贵宝又端起盘子向食品柜走去，这时，乡长坐不住了，他赶紧装着也去取食品的机会，用胳膊碰了碰贵宝，轻轻地对他说："吃多少拿多少噢！"贵宝回了声："晓得的！"只见他又取了满满一盘子，再一次坐下似乎又只是三下五除二，面前的盘子、杯子便又全部空空如也。

站在一旁一直注视着他的服务员，脸上写满了惊异。只见她又一次走了过来，并以惊叹的口吻问："先生，请问你们是哪里人呀？"贵宝正要回答，一旁的乡长抢先说："小姐，我们是丹阳人！"贵宝正要纠正，只见乡长向他直使眼色，他便不再做声。其他人都哧哧地笑着，因为丹阳是他们相邻的一个县级市。

从此以后，贵宝就有了一个绰号——“丹阳人”。

“猪王二”

我老家上点年纪的人，常常把宰年猪说成“宰王二”，此来历是这样的：

有一个阶段，农民要宰杀自己的生猪必须经大队批准——实际上也就是大队书记批准。在我们大队，自然得王二批准。所谓批准，也就是要王二批一个“同意宰杀”的条子，到时把它交给供销社就行了。要拿到王二的这张条子，说难很难，说容易也容易：只要请王二喝一次酒，再塞他两包烟就行了。

这个造反派出身的大队书记王二，字写得不怎么样，却喜欢笔走龙蛇。每当酒下肚、烟到手，他便端着个架子给你批条子了。只见他大笔一挥，“同意宰杀”四个龙飞凤舞的连绵草书大字便跃然纸上，然后是署名“王二”。六个字一气呵成，连绵不断，看上去竟成了“同意宰杀王二”。

求批条子的人自然当面千恩万谢，但背后则把这条子当做了笑柄，久而久之，“宰王二”便成了我们村宰年猪的代名词了，自然而然，也有人将猪叫做“王二”，或将王二唤做“猪”，不过一般只有王二不在场的时候才敢这样叫。再后来，王二的大队书记被撤了，人们竟当着他的面叫他“猪王二”或“王二猪”了。

青砖瓦和老树，站在屋顶瞭望，心里便会哼起一首柔情的小曲子。

闲适而浪漫的日子，真的如青春一样，一去不复返么？

浪漫时节

那年柳絮飘飞的时节，我在校园里的睡莲池畔认识了常在那儿读书的一位叫柳絮的女孩。我的一首爱情诗在一家杂志的“大学生诗苑”上发表了，我便将一本样刊连同一封写着“敬请斧正”的信寄给了她。我自以为自己做得很得体，可是数日过去，不但我的信如泥牛入海，而且她在睡莲池畔读书的身影也随着春天的最后一朵柳絮而飘去了。我懊恼不已，似乎做了件亏心事，便将稿酬换了张去杭州的车票，从辅导员那儿“骗”了两天“事假”，去“轻松轻松”和“冷静冷静”。

到杭州下了车，正是半夜，我不知该往哪儿去，只好进候车室找了一段椅子躺了下来，一会儿竟做起了梦。梦里我收到了那个女孩的回信，竟也是一首情意绵绵的诗，只是我还没来得及高兴就被人推醒了。睁开眼，天已大亮，一张陌生的老脸正冲着我喊：“起来，起来，扫地了！”

我大模大样地走上了杭州的大街，见街边有小面摊，便坐下要了碗阳春面，脸也没洗就吃了起来——心想，反正也没人认识我，无须怕人笑话我的狼狈模样。吃完面我决定去游西湖。

天下起了雨，让我想起《白蛇传》中断桥借伞的情节，但眼下是没人肯借伞于我的，我只好在有限的旅游经费中拨出十元买了把伞，在西湖的烟雨中撑起了一方属于自己的晴空，但就是我心头的天空怎么也晴朗不起来。望着花朵般开放在雨中的红红绿绿的伞，想着每一把花伞下都有一个甜甜蜜蜜的故事，“淡妆浓抹总相宜”的西子湖，竟在我的眼里失却了风韵。我行尸走肉般地在西湖的烟雨中一通溜达，从柳浪闻莺，经断桥、苏堤转到了曲院风荷。

不远处有几位在雨中垂钓。大概是我坐的时间太长了吧，一位放下钓竿向我走来：“小伙子，有什么心事可别想不开呵……”真晦气，他把我当做是想投水自尽的了。我想说他多管闲事，但看他满脸善意，且是位老者，就说：“没什么，我只是坐坐。”“别骗我了，你有心事。我一年到头在这儿钓鱼，见得多了。”说着递给我一支烟，我竟接过了他的烟，竟还点上了，忽然间很想说话——我几乎一天没说话了。再则，我想说说也无妨，反正我们互不认识，我只要一离开这儿，就真是“哪儿说话哪儿了”了。于是我与他说起了我的故事。

他听了我的故事嘿嘿一笑，又一击巴掌说：“真是巧极了！你看那位打着伞钓鱼的小姐怎么样？”我不解他话的意思，顺着他手指的方向看去，真有一个女人在钓鱼。“她看上你了！”说完又是嘿嘿一笑。我说别跟我开玩笑，他说：“谁跟你开玩笑！是她要我来跟你说的。”说着就把我往那女人身边拉。我不禁警觉起来，“你想干什么？我压根儿不认识你，更不认识她！”我甩开他大声说。

听了我的话，他竟也严肃了起来，说：“你这话就不对了，你与那位柳絮姑娘这就算认识了？你不也看上人家了吗？兴你看上人家，就不兴人家看上你？”他甩下这句话便走了。

我一时无言以对，怔怔地看着他又去钓他的鱼了。那个钓鱼的女人却并未过来与他打招呼。显然，他们并不一定熟识，刚才的话是他听了我的故事后临时编的。我忽然明白了他与我说这番话的真正目的。

此时雨停了，我收起伞，想，我该回去了，于是离开了西湖，离开了杭州，“轻轻的我走了，正如我轻轻地来”，只是我带回了一把在杭州买得的伞。

回到学校，同学告诉我，班上的信箱里有一封我的信……

我们的爱情

写下这个题目，便禁不住担心自己在这个题目下所写出的文字，有可能会引起有关当事人的误会，因为难免不涉及他们的一些隐私。为此，本文所及的人物一律用字母代替。读者在阅读时可能会因此而感到别扭，敬请原谅。

——题记

“大庙和尚”们

这所中学在这个山乡的边沿，这个山乡又在这个县的边沿，这个县又在这个省的边沿，因此，在地图上，这个学校连同它所在的小镇一起被盖在粗粗的红色省界下，见不得半点影子。

学校未成为学校之前这里是一座小寺庙，小得连个名字也早被人们忘了，好在它比不远处的另一座庙大一些，所以它在当地百姓口中便叫“大庙”（另一座自然叫“小庙”），顺理成章，学校里的师生便被当地百姓统称为“大庙上的”。学校师生多住校，因此他们少不了要常到山下的小镇上去买个油盐酱醋、针头钱脑什么的，卖家有时候见了新面孔会问一句：“哪个庄子的呀？”若回答“中学的”，问者总会说：“噢，大庙上的呵！”如此以后，被问者就会索性答：“大庙上的。”这一回答有时不但能尽快地让对方生出认同感，而且常常还会令对方生出点儿肃然起敬的意思。因为有一个阶段，这所被称作“大庙”的学校竟创造出了奇迹。那就是在20世纪70年代后期，中国刚恢复高考的那几年里，它的升学率一直在全县的中学中遥遥领先。

这在当时可了不得！于是，学校的校长便在一片“尊重知识，尊重人才”的呼声中，被作为知识和人才的象征提拔成了这个县的教育局局长。此时，恢复高考后的大学生开始一届一届地毕业了，那所学校便理所当然地每年都能分得几名正宗的大学毕业生前来任教，学校的教育因此而几乎步入了良性循环的轨道。

我被分配到“大庙”任教时，先我而来的大学毕业生已有十多位，清一色的未婚，清一色的男性。我加入后不久，便知道了这个群体还有一个特定的称呼：“大庙和尚”。但就是我们这些被称作“和尚”的人，当时最最渴望的竟不是知识，也不是金钱，更不是业绩，而是爱情，而且渴望的程度是当今的小青年们所无法想象的。

一群年龄在20～30岁之间的年轻人，身处偏僻的山乡，与周围的世界相比，知识的优越感十分明显，自然暂不会去渴望知识；他们自从考上大学就一直被称作“天之骄子”（七八十年代是十分流行如此称呼大学生的），虽然目前身处山乡，有点儿“凤凰落毛，龙困沙滩”，但他们曾经的理想和壮志，注定了即使此时，金钱还不值得他们去渴望。至于工作，因为当时对手的软弱，他们用不着渴望就往往在不经意间就作出了令人羡慕的成绩——如果有这几种渴望，对于他们来说倒未必是一件太坏的事情，至少可以冲淡一些他们对于爱情的渴望。然而他们没有这些年轻人该有的渴望，剩下还有什么可渴望的呢？唯有爱情！

然而，山乡不缺乏善良，不缺乏美丽，不缺乏青春，当然也不缺乏异性，甚至什么都不缺乏，但就是缺乏爱情，尤其是缺乏属于他们的爱情。

饱汉不知饿汉饥

我去那座被称作“大庙”的中学报到是女朋友陪着去的。那天，我去县教育局人事科取介绍信时，我未来的领导——校长大人，已与他开来的一辆农用三轮车一起在那儿等着我了。当他把我引向“专车”时，发现我身后还紧跟着一位女大学生模样的姑娘，以为“今年可分到一位女大学生了”，于是我告诉他：“她是我的同学，也是我的女朋友，要到明年才能毕业哩！”我的话虽然让他似乎有几分失望从脸上飘过，但很快又连声说：“好！好！好！”见我有几分不解，又补充道：“有女朋友好！有女朋友好呀！”

我人还未来到“大庙”，但不知怎么的，我有女朋友的情报就已经先到了。我与校长的农用车在学校的大门口刚一停下，便立即围拢过来一大群“和尚”，说是来接我，但其真正的目的是为了一睹我女朋友的芳容。果然，他们打量我们的目光中透出的是十二分的羡慕。而我则很是得意。

但“和尚”们羡慕的目光送给我的得意是短暂的，因为女朋友很快就离开了“大庙”，因为她的学业还等着她去完成。

女朋友走了，我的心理所当然地也被她带走了，因为它已经受过了爱情的滋养，在这样一座没有爱情的“大庙”内无论如何是活不下去的。好在我当时充分自信，自信自己很快就会凭自己文学创作的实绩离开这座“大庙”。

我与A君同住一间由旧教室改造成的宿舍。当天晚上卧谈时，A君就表示了对我的羡慕和他自己的懊悔，羡慕我有爱情相随着走上社会，懊悔的是他当初大学时代的一段失之交臂的爱情。他要我给他介绍介绍“爱情经验”，也帮他出出主意，如何才能续上这一段曾经的爱情。

现在看来，中国恢复高考后的最初几届大学生，是背着英雄主义的豪迈和现实主义的悲壮双重重负走进大学的。前者注定了他们在自己的大学生活中，将遵循着既往十年的惯性，很容易地把个人的爱情列入小资产阶级的生活范畴；后者则决定了他们在生活中总觉得自己的大学生活来之不易，觉得大学里所能做、所该做的事情唯有读书，至于爱情那纯粹是浪费时间和精力的闲事，更何况当时的许多“爸爸大学生”和“妈妈大学生”，不但都收起了“爱情”，而且甚而至者都牺牲婚姻和家庭了。因此，那时的大学里，虽然花很好月很圆，但花前月下多的是刻苦攻读的身影，爱情女神的倩影在这样的世界里显得瘦弱而苍白，“天涯何处无芳草”成了当时最通行的爱的宣言。

然而，事实上最终远走“天涯”的人实在不多，因为当时的中国百废待兴，城市中所有热闹的部门和热门的单位都人手奇缺。那时，一个没有任何背景的中专（大专、本科以上的更不用说了）毕业生被分配至省市机关、科研院所或高等院校工作，并不是什么十分稀罕的事情。当然，他们一旦如此，便春风得意，前程锦绣，生活中芳草青青自然是顺理成章，因此，他们尽可把“天涯何处无芳草”的歌再高声地唱至自己不愿意唱的那一天。但远走“天涯”的也不是没有，这就是那些怀揣着一张“师”字头大学文凭的家伙，他们的这张揣在怀里含金量也一点不比别人低的大学文凭，让他们爱之恨之，因为凭借着它毕竟可以鄙视鄙视许多没能挤过高考独木桥的人，但也正是因为它，他们不得不在别人的欢天喜地声中，从一座座当初好不容易挤进的城市别无选择地走向自己来时的山路，走向那一座座散落在中国大地上的乡村学校，走向他们人生的真正天涯海角。紧接着的事情是，他们发现“天涯何处无芳草”原来是一句地地道道的谎言，因为事实上，那儿的“芳草”竟是那么的难寻。于是，他们便开始后悔当年的不解风情。A君的后悔便属此类。

我当然没能为A君想出个好主意，便只好对他说：“爱情这东西，只能随缘！”大概是我当时说话的口气多少有点儿居高临下，所以A君似乎有些反感，说：“随缘，你是饱汉不知饿汉饥呵！”这话我当时听来觉得十分粗俗，所以无言以对。

我的初恋

然而，我这个爱情的“饱汉”在有一天收到了女友的一封信后竟也成了“饿汉”。

那天，我去参加同事B君的婚礼，与A君走向我们的“禅房”（因为学校被称作“大庙”，我们便将自己住的小屋称作禅房）时，由于我们都喝了不少酒，所以一路上的谈话十分放肆。我说：“B君这是一种堕落！他怎么能就这样结婚了呢？他这样的婚姻有爱情吗？”A君不同意我的说法，说：“你没见婚礼上新娘的眼神和B君的笑吗？我看他们好像倒是挺恩爱的。”

我说：“一个是名牌师大数学系毕业的高材生，一个是只有初中学历的裁缝，二者之间怎么可能有爱情呢？”

是的，B君的大名我还没来“大庙”就似乎如雷贯耳了。他是我的学长，不但人长得一表人材，而且德、智、体全面发展，尤其是篮球打得特棒。那时，每当B君的身影出现在篮球场上，总有好多异性的目光被牵着移不开，当然其中最移不开的是L小姐的目光。L小姐是B君的同乡同学，外语系的，爱唱歌，是学校歌舞团的成员，身材高挑，面容姣好。B君与L小姐并肩而行的身影，一时成了校园里一道美丽的风景，连多被B君吸引过目光的异性，见了也会在心里暗暗说：“这真是天生的一对儿呀！”然而就是如此“天生的一对儿”，随着毕业分配时L小姐被某部队歌舞团要去，B君别无选择地走向了“大庙”而彻底分开了。

成为了“大庙和尚”的B君，并没有因为爱情的远去而以做一天和尚撞一天钟的态度来对待自己的工作，而是把所有精力全用在了工作上，等到我来“大庙”时，他已经成了一位全县闻名的高中数学教师，他连续教的两届高三学生参加高考，都考出了在全县名列前茅的成绩。只是任凭他的教学成绩再突出，但也终不能将那位已成为歌星的女同乡唤回，相反，他们是越走越远了。有一次我曾向B君问起她，不想B君只淡淡地说了声：“她与我早没什么关系了，早忘了。”

我那次之所以向B君问起她，是因为听说B君正在筹备婚事。

B君结婚的对象是他班上一名学生的姐姐，在山下的小镇上做裁缝。听同事说，B君的这段姻缘是他家访时缔结上的。家访竟还会有这样的功能，这让我很诧异。

B君的婚礼办得很是热闹，全校教师几乎都参加了，证婚人是原校长现教育局局长，他在婚礼上将证婚词念得热情洋溢。那也的确可算是一篇写得不错的文章，但其中有几句作为领导不能不讲的话，听来却让人很不是滋味，其大意是，B君敢于打破世俗偏见，不怕女方是农村户口，也不怕将来生出的孩子是农村户口，忠于自己的爱情，并乐于扎根农村云云。我不知别人听了这些话是什么感觉，反正我当时就从这几句话中听出了“此地无银三百两”。

为此，我一路上除了大骂B君的对性欲的投降与自甘堕落外，便是大骂局长的无知、无聊和无耻。大概是酒精的作用，我骂，A君竟也跟着我骂。我们就这样一路喷着酒气骂骂咧咧地走向我们的大庙和禅房。

当我们进校门时，传达室的老张头给我一封信，我一看是女朋友写来的，用手捏了捏发现异常的薄，心里便知道这是一封迟早会来的信，因此没有像以往那样迫不及待地拆读，而是揣进了衣袋，准备找一个无人的角落静静地读它，并悄悄地埋葬这一场注定将铭心刻骨的初恋。

然而，尽管我有足够的思想准备，但当想到这封信早不到晚不到，偏偏在我参加过B君的婚礼，并大骂过B君的堕落和局长的无耻后到达，这对我实在是一种莫大的讽刺，我不但因此而当晚一夜无眠，而且还在黑暗中第一次为爱情流下了泪水。

爱情信念

我的泪水一方面使我轻松了许多，因为从此以后我也成了爱情的“饿汉”，成了这个群体的一员，也可以将自己对爱情的渴望公开暴露于光天化日之下，而不必有任何的顾忌；另一方面它也更加坚定了我的爱情信念：我决不会像B君那样对自己不负责任，我一定要找到真正属于自己的爱情！但真正属于我们的爱情在哪儿呢？

也许是天意，离学校不远处有一所“中心卫生院”。它之所以顶着个“中心”的名头，是因为附近相邻的三个乡乡民的身体健康状况都由它管着。既是“中心”，其规模自然比较大，规模既比较大，就必定拥有许多年轻的护士。于是，在这个用穷乡僻壤来相称一点也不为过的地方，那所中心卫生院自然成了与我们的“大庙”最为门当户对的了。因此，“大庙”的“和尚”便“病”得特别多，看“病”自然也特别勤，好在他们都有公费医疗，否则他们的工资一定不够用来买卫生院的药。

同事C君与D君终于彻底看好了各自的“病”，择日成婚了，他们的婚日自然也成了卫生院和我们“大庙”共同的一个节日。但我当时就曾想，他们如此获得的可能只是婚姻，而非爱情。果然，只过了几年，C君夫妇便劳燕分飞了。

但是尽管如此，学校与医院间的“五四联欢”“周末舞会”之类活动我还是会去参加的，只是不太积极而已。

一次“五四”联欢会上，我拥着一名护士翩翩而舞。突然，她对我说：“不要总是蓦然回首，应习惯极目远眺。”我说：“可如果一个人有了某种思想，而这种思想又找不到一个更合适的场合和对象可以交流，那么这种蓦然回首，便是他审视和认同自己及调整人生的一种最好方式。”“但你不觉得这也是一种无法与周围人和所置身环境共处的孤傲与清高吗？”

晚会进入尾声，院方领导宣布“五四”先进名单，我听到了她的芳名，随后的“先进事迹”介绍中，我又听到了有关她的几件事情，说因为她的工作和工作地点的偏僻，她先后被几位男朋友舍弃而去……此时我不免蓦然向她投去自己的目光，见她似乎什么也没听到，只是在那灯火阑珊之处，唱一首当时流行的卡拉OK歌曲：“没有花香，没有树高，我是一棵无人知道的小草……”熟悉的旋律此时听来竟是淡淡的，很像现在的她。

从此以后，我似乎理解了B君、C君、D君，以及所有“大庙”前辈的爱情与婚姻；也从此以后，我也不再刻意于自己当初的爱情信念了。

只是与她之间，终究没能发生我其实很想发生的爱情。

解脱

就在我们的心变得越来越平静时，意想不到一件事情又让它一下子变得活跃了起来，这件事还让我们知道了，只要我们一天没有获得属于自己的真正爱情，那么心中对爱情的渴望是永远不会随着时间的推移而有一丝一毫的减衰的。

那年夏天，“大庙”上一下子来了三位女性统配生X、Y、Z，而且她们一个比一个长得漂亮。“大庙”的“和尚”们每个人都似乎从她们身上看到了自己爱情的希望，自然个个兴奋异常。

X小姐毕业于省幼儿师范，是来学校接替退休的王老师教音乐课的。团委书记A君跟校长说：“我们学校的少先队工作一直有名无实，音乐教师做少先队工作有许多方便和优势！让X老师兼学校少先队大队辅导员吧！”于是X老师除了教全校的音乐课，还兼做起了学校的少先队工作，成了A君的一名部下，平时办公自然也与A君同室——因为学校办公室紧张，也为了工作方便，学校团委与少先队历来是合一个办公室。在A君的指导下，X老师的少先队工作很有起色，一度使校园里充满了歌声。当然，A君与X老师也从最初只在有关少先队活动中出双入对，渐渐发展到在课余时间、节假日里也形影不离了。

Y小姐和Z小姐都是本校校友，她们当年是从本校初中毕业考取地区师范的，中等师范毕业本只能做小学教师，但那时中学教师奇缺，她们便回母校任教了，因此，本校许多教师都是当年教过她们的地地道道的老师，只是现在成了同事。G君与R君便是。

G先生当年教初一语文，R君当年教高一地理，于是学校便成人之美地让Y小姐和Z小姐也教初一语文和高一地理，并正儿八经地让G君和R君分别做了Y小姐和Z小姐的“教学导师”。一段时间后，虽然教语文的Y小姐却与教地理的R君好上了，教地理的Z小姐好上的则是教语文的G君，这多少有点出乎人们的意料，但并没有人觉得这有什么不妥。即使是我等当初充满了爱情的希望，但最终一无所获的几个“和尚”，心里多少有一点酸酸的醋意，但仍真心地高兴，既是为A君等获得爱情的人们，更是为我们这座古老的“大庙”内终于谱写出了爱情的新篇章。

然而说来令人不可思议，仅仅在一个暑期内，好好的三对儿，每一对都尚未来得及成为“劳燕”，但都统统“分飞”了。

刚放暑假，X小姐得了一种结核病，于是住进了省城的医院就治。就在住院期间，她遇上了在这家医院工作的一个中学时的同学。随着X小姐病情的好转，A君在X小姐心中的位置渐渐被她的那位同学代替了，尽管在这期间，A君为X小姐付出的辛苦是没有人能相比的。

我从A君口中知道了这些，很为A君不平，于是多管闲事地找到了X小姐，并对她说：“他究竟哪一点比A君好？就凭他如此乘人之危，你就不能够相信他对你爱的真诚。”X小姐冷冷地对我说：“这不怪他，要怪就怪我生了这个病。我生了这个病，跟上一个医生有好处！”“那你就不怕害了他？”“害不了他，他问过他们医科大学的教授，我这病能根治。”至此X小姐大概也发现了自己的自相矛盾，低下了头。我知道自己再说什么都是多余了，尽管我很想问她：“假如他们医大的教授说你的病不能根治，他还能接受你的爱吗？”

X小姐的病假还没有休完，便与那位医生领了结婚证，随后便从“大庙”调走了，自然是调进了省城。

如果说，X小姐的另择高枝多少还有一点让人可以理解的地方，那么Y和Z小姐则似乎有点让人莫名其妙。

就在X小姐结婚后没几天，Y和Z二位小姐竟也令人目瞪口呆地宣布结婚了，而且她们结婚的对象谁都没有想到：一位是山下乡政府的秘书，一位是本校的另一位教师。那位秘书不但其貌不扬，而且人品多有为人不齿之处。而本校的那位教师，此人来校工作有年，但全校师生公认其从未认真上过一节课，只是一年到头忙自己的事儿，他教哪个班，哪个班的学生就算倒了霉。二位小姐之所以与他们闪电式结婚的秘密，我们不久后终于知道了：那位乡政府秘书不久高升成了乡长，而那位毫无责任心的教师，终于在第六次参加考试后考取了某研究生班。

Y、Z二位小姐自然也很快地调离了我们的“大庙”，调到了她们该去的地方。

对于我们来说，这简直是一场爱情的灾难，没有比这更残酷的了，也没有比这对我们的打击更大的了：星光无限的歌星可以不爱我们，前途无量的大学女生可以不爱我们，女医生女护士可以不爱我们，甚至女工人女农民都可以不爱我们，但同样做教师的怎么能不爱作为自己同类的我们呢？然而这就是现实，活生生的现实。

在这样的现实面前，我们还谈什么坚守、信念、理想，一切都是扯淡！于是，就在这一年年底，我们的“和尚家族”几乎是哗啦一声解体了：一个月之间，包括G、R二君在内，竟有五人相继结婚，结婚的对象当然都是山下小镇上的农家女。

我一次次地去参加婚礼，但每次参加过后都忍不住想：他们如此草率地结婚，对自己自暴自弃倒也不说了，因为至少这也是一种解脱的方式，可是他们有没想过自己以这种方式解脱，对于那些其实是无辜的农家女来说，不是有点儿太不道德吗？

一封“人民来信”

A君没有如此自暴自弃地闪电式结婚，但谁也没有想到他竟出事了。

A君是学校团委书记，同时又是学校文学社的指导教师，平时常写些小诗小散文在报纸上发表。这在许多农村学生眼里是十分了得的事情，高二年级有一位女生，文学上有几分天赋，是文学社社员，平时对A君充满了崇拜，甚至还给A君写过朦胧的情诗。但A君从未对她有过非分之想和非礼之举，一直在一个为人师者牢牢把守的道德底线之上理智地对待着她。然而，那天晚上，不知是因为A君在同事的婚宴上多喝了几杯呢，还是什么别的原因，A君却在团委办公室内抱吻起了那名女生，谁知这一幕竟正好被窗外的初中学生看见了，这一下子就在校园内炸开了锅。尽管校长很想息事宁人，但没过几天县教育局等上级部门竟就此事从上追查了下来，说是上级收到了关于此事的“人民来信”，不能不管。于是纸怎么也包不住火。先是A君被撤销校团委书记等职务，后是那名女生自动退学，最后是A君被开除公职、遣回原籍。

送A君走的那天下午，天冷得出奇，黑沉沉的，正下着小雪，“大庙”的四周笼罩在一片白茫茫的冬雪中，教育局的那辆吉普车将A君送走了。我站在“大庙”的大门口，望着留在地上的两道深深的车辙，突然间陷入了关于爱情的恐惧中，心想，我也该离开这儿了。好在当时我已在远方找到了一个真正爱我的人。不久，从A君的老家传来消息，说A君疯了。又不久以后，有人说写“人民来信”的是小E。只是我一直不相信，因为我无论如何也弄不明白小E为什么要写这封“人民来信”。

第二年的夏天，我终于调离了生活、工作了八年的那座“大庙”。与我同时离开的还有小E，他是辞职下海。

相融

离开“大庙”后，我常常想起它，想起在那儿时的一段难忘岁月，那是一段空虚而又充实、简单而又复杂、单调而又多彩、如烟如梦而又真真切切的岁月，有时想着想着，竟很怀念起来，可到底怀念什么，似乎又说不清。

有时我又因此而思索这样一个问题：历史上，中国知识分子寻求灵魂安息的办法常常有两种，一是走向大地上山水间一个个大大小小的寺庙——事实上也的确有许多人，他们在历尽了人生的大红大紫，尝尽了人间的大悲大喜，阅遍了人间的春华秋实后，在那里求得了心灵的安慰与宁静。二是走向乡间——这一招为更多的知识分子所常用，也可以说是他们人生的最后一招——去那里开塾馆一间，收“冠者五六人，童子六七人，浴乎沂，风乎舞雩，咏而归”。连孔夫子竟还把这当做是自己的最高人生理想呢。我们的那座“大庙”，似乎具有以上的双重功能：它坐落在一个偏僻的山上，前不着村后不着店，也似乎远离红尘，更何况它还有一个特殊的名字活在人们的口中；可同时它又的确是一座学校，你在那儿虽不能一天到晚“浴乎沂，风乎舞雩，咏而归”，但偶一为之还是可以的，更何况它颇具规模，颇有质量，足可以让你在一定前提下施展自己的才华实现自己的人生。然而事实上，我们怎么就与它如此的水火不相融呢，对于X、Y、Z等来说，甚至不相融到了连牺牲珍贵爱情也在所不惜的地步？每当思索至此，我不能不对当年为我所鄙视的B、G、R等几位仁兄遥遥地表示由衷的敬意，因为他们至今仍在“大庙”安安心心兢兢业业地工作着。

不久以前，当年的小E、如今的E总，请我回去为他的公司题写招牌，他说他本可以请最著名的书法家题写，更可以请到相当级别的高官题写，但他没有请他们，他之所以请我题写，是出于对我们当年共同的一段岁月的怀念。为了那封“人民来信”，我本不想去，但话说到这个分上，再加上我又看到他已年届不惑而至今未婚的这一点，所以最终还是去了。

在小E，不，E总为我而设的酒席上，我又见到了B、G、R等几位当年的“大庙和尚”。席间，E总向我们宣布：“五一”他将结婚，新娘就是当年被A君吻抱的那位女生。至此我似乎才明白他这次请我来的真正目的，也似乎知道了当初他何以要写那封“人民来信”。他宣布完后，端起酒杯一饮而尽，并说：“今天这就算是对大家的邀请，到时收到请柬，务请各位赏光。”但我心里已暗暗决定，自己决不会再来，因为我又想起了疯掉的A君。

来一趟不易，自然要到“大庙”去转一转。所见一切自然都今非昔比，我们当年住过的“禅房”也自然是寻而不得。临走时，B君把我拉到一边说：“你家侄儿明年就师大毕业了，你在省城认识的人多，帮着想想办法，在那儿给找个工作。要不回到大庙上，连个老婆都找不到！”“怎么会呢，像你这样不是也挺好？”我说这话是真诚的，一点儿也不是为了推脱事情。没想到B君却说：“像我？你是饱汉不知饿汉饥呵！”然后是长长的叹息。

B君的这句话，我在来“大庙”的第一天A君就对我说过，B君今天又说了出来，这让我不禁想起了A君，同时也让我觉得自己至今也没能认识这座“大庙”，至于将来则更难以认识了；而B君长长的叹息，则让我禁不住在心中询问：难道他们至今还没有真正与“大庙”相融吗？如果真是这样的话，那么其中的原因恐怕就与爱情无关了。

并非文字游戏

贾老三家有主屋一排六间，两边厢房各六间，共十二间，它们与罩面墙和门楼正好组成了一个正方形的四合院。许多年来，这个四合院被贾老三一家打理得既是个小菜园也是个小果园，里面不但葱、蒜、姜、椒应有尽有，而且桃、李、梅、柿样样不缺。特别是院中的几棵柿树，枝繁叶茂，早高过了屋顶，每到秋后，那红红的柿子挂在树上探出院去，就像一盏盏红红的小灯笼，煞是招眼，又煞是馋人。

一天，贾老三一家正在吃午饭，突然来了一位不速之客，说是要讨口水喝。贾老三是个热心肠的人，不但为来者续了满满一水壶开水，而且还要留他吃饭。

来人说只讨口水喝就行，但喝着水又并没急着离开，而是与贾老三攀谈了起来，从城里企业职工的下岗，说到农村产业结构的调整，说着说着，便说到了贾老三一家的生活境况。

贾老三说前些年日子过得还算顺，砌了这座房子和院子，只是近两年好像不大顺，去年种大棚草莓不成功，赔了些钱，今年搞反季节蔬菜也失败了。

“你知道这是什么原因吗？”来者用一种神秘的语气问。

“哪里知道，要是知道原因就好了？”

“你想不想知道？”

“当然想知道了！”

“这原因就在你们家这院子里？”

“此话怎讲？”此时，贾老三的好奇心倒被勾了上来，禁不住有些急切地问。没想到此时对方反倒没了言语，这让贾老三一家人反倒急了起来。

还是贾大妈头脑转得快，在一旁说：“先生是看风水的吧！您这就给我家看看，您说要几个钱吧？”

“什么钱不钱的，我看你们也是个厚道人家，就这个数吧！”风水先生说着伸出了一个手指头。

“一百就一百，你快说吧！”贾老三狠了狠心说。

“你看，你们家这四合院方方正正的是吧？”

“是呵，这咋了？”

“这方方正正的像个什么字呵？”

“像个‘口’字呵？”

“可不是吗？”

“这又咋了？”

“这倒不咋的，问题是这院子中的树。”

“这树又咋了？”

“树者，木也，这‘口’中加‘木’，是个啥字啊？”

“不就是个‘困’字吗！”

“这就对了，你们家整天被‘困’着，这万事还能顺吗？”

贾老三这时觉得这风水先生说得似乎还真有几分道理，不禁问道：“那以先生之见，如何是好？”

这时，风水先生又不说话了。贾大妈赶紧取来一张百元大钞递了过去，风水先生将钱从容地收进口袋，嘿嘿笑了声说："只要把这几棵柿树砍了就行了……"说着嘴里念念有词地踱出门去。

贾老三不知是因为心疼这一百元钱呢还是怎么了，一时傻愣愣地站在那里一句话也不说，大家也都不敢出声。倒是贾老三正读小学五年级的孙子小虎的一句话，让大家如梦初醒："爷爷，别听这家伙瞎说，要以他说的，咱家这房子即使把树砍光了可也是连人也住不得了呀——这'口'中有'木'是个'困'字；把树砍了，可只要咱家人住在里面，不就是'口'中有'人'吗？这'口'中有'人'，不是个'囚'字吗？这'囚'比'困'更不好呀！"

街边的歌声

我在高楼门的拐弯处突然听到一阵优美的歌声。我这里用“优美”这个词一点也没有形容和夸张。我初听还以为是有人在放歌带或唱片哩，但再听又觉得不是，因为歌带上或唱片上的歌声，伴奏要比它丰富得多，而它的伴奏似乎仅来自一架电子琴，而且琴声似乎并不怎么优美。

是有人在街边卖唱吗？街边卖唱的近来似乎不少，但街边的卖唱人一般绝唱不出如此优美高亢的旋律；唱的歌曲也不对：街边卖唱的要么在劣质的二胡伴奏下有气无力地唱“夫妻双双把家还”，要么在破吉他伴奏下不伦不类地唱“小妹妹坐船头，哥哥你在岸上走”，而我现在听到的分明是《我爱你，中国》的旋律——而且是正宗美声抒情女高音。我不禁放慢了车速，循声望去，见前面一块不大的空地上人头攒动，而歌声正是从那儿传过来的。于是我也将自行车骑了过去。原来还是有人在卖唱！此时我虽有点失望，但看在这位卖唱者非同寻常的歌声分上，我还是决定停下来再聆听一曲。这时，我从人缝中看到了一个熟悉的身影，一个身材微胖、下肢残疾、拄着双拐的年轻女子，再看她的面孔，我差不多惊呆了：是她，正是她！

算起来那是十年前的事了，那时我还在一座小县城里工作。一天，我从电视上偶尔看了场全国残疾人声乐大赛的决赛实况，那些残疾人歌手们的演唱让我深受感动，当然，我感动的不仅仅是他们的歌唱艺术，更因为他们由此而表现出的一种精神。比赛的冠军最后被一位拄着双拐的姑娘获得，她演唱的歌曲是《我爱你，中国》，唱得的确好极了。授奖仪式上照例要请获奖选手说几句话，我从她流着眼泪的叙述中知道了她竟是来自我的身边。这不能不让我激动。激动之余，我决定写一写她，希望能用我的笔助她一臂之力，使她迅速升上艺术的星空。

很容易地，我便打听到了她的住处，竟就在离我一箭之远的护城河边。我很快就采访了她，知道了她学习歌唱艺术的许多故事和种种艰辛，也知道了她为了去大学深造而与丈夫间的种种矛盾。我写她的报告文学很快就完成了，只是辗转了好几家报刊后才在一家并不著名的杂志上发表出来，反响也并没有我想象的那么大、那么好。而她也没能很快地成为一颗新星升上艺术的天空。

不久，我便离开了小城，对她的情况便知道得越来越少。但我还是从别人口中知道了，她不但一直没有放弃对于歌唱艺术的追求，而且越来越执著，以至于最终为此而不得不离婚，不得不离开小城。得知这一切，我只能默默地为她祝福，祝福她早日真正登上歌唱艺术的高峰，成为艺术星空中一颗闪亮的明星。今天，我在街头突然又看见了她，看见她竟以一个街边卖唱者的形象出现在这个陌生的城市中。我知道，这可不是她所追求的人生形象呵！那么她又经受了怎样的生活艰辛，又经历了多少的人生磨难，恐怕是我们所难以想象的吧？

我想走上前去与她打一个招呼，叙一叙久别重逢后的惊喜，但又想，这恐怕会让她十分尴尬；我想像别人那样，走上前去扔几个钱在地上，不，把我身上所有的钱全扔在地上，但又怕被她发现、被她认出——在这种场合，恐怕她是不愿看见熟人的吧！于是我从人群中退了出来，掏出了身上所有的钱，托一个孩子，挤进人群扔到了她面前的地上。

酸酸的红富士

要过节了，红红绿绿的标语贴得满街都是，沿街的一些单位的大门上挂起了五光十色的彩灯，街上行人的穿戴更是焕然一新——节日属于他们。而节日不属于他。

称秤、算账、收钱、找零……他的动作那么熟练，但仍应接不暇。

“长明！给我来二斤‘红富士’……明天的聚会你还是去吧！”

“你看我哪有空，我不像你们！”

“去吧，不就少赚半天钱嘛，老同学分开几年了，聚聚不容易！”

“我……明天国庆节，生意好做。还是你们去吧！”

说不想去，那是假，他是怕去了自己心里难过——同学都有了合适的工作，王雅芳和张伟大学毕业还考取了研究生。自己一年到头守着个水果摊过活……

第二天，为了让自己忘掉那个聚会，他用三轮车装了满满两大筐“红富士”沿街叫卖，到底是节日，生意特别好，没到中午就卖掉了一半，这时他倒真有些庆幸自己没去参加那个聚会，他盘算着：到晚准能卖完，可比平时多赚一倍。

“这苹果怎么卖？”

“一块六。”

问价的看模样是个中学生。他多说了两毛，心想：如果他是问着玩，就是三毛钱一斤他也不要；他要是真买，看样他也不会还价，好赚的钱不赚才傻呢！再说今天生意也好做，随行就市嘛！

“我全要了。”

这真是出乎意料，这样，今天的生意提前半天做完了。当他把所有的毛票硬币点清了以后，老同学们的一张张笑脸在他的眼前晃动——原来他并没能忘掉今天的那个聚会呵！

来到母校，他艰难地爬上了那熟悉的楼梯，忐忑不安地敲响了借用的高三（2）班教室的门——这个教室他曾坐了三年。门开了，他好生惊奇，开门的竟是刚才买苹果的那个学生。

“欢迎你！我是现在这高三（2）班的班长……是你这些老同学‘借’我来为学长们服务的。”

教室里响起了一阵掌声，老同学一张张熟悉的脸扑入了他的眼帘，这时他突然感到节日也属于自己。

“大家说你会来”，王雅芳从桌上拿起两个苹果说，“这两个最大的是给你留的！大伙都说你的苹果好甜呢！”

这时，他看见了每人面前的苹果，红红的，正是节日的色彩。一瞬间，他几乎要哭出来了，装着吃苹果，咬了一口，味道竟是酸酸的。

连心桥

村里人曾经是多么迫切地想在村东的河上建一座桥呵！这不为别的，只因为河对岸有一个国营农场。国营农场有一条沙石路与县城相连，有了桥，村里人就可以把马路接到村里了；国营农场每个星期都要放一场露天电影，有了桥，村里人想去看就可以去看。每当村里有人因游水去看电影而不幸被淹死，村里人想造桥的想法就越发强烈一次。农场已成立十多年了，被淹死的人也已十多个，然而那座桥却一直没能建成。

村里人想造桥的想法虽然强烈，但没有造桥的钱，所以只好把造桥的希望寄托在对岸的国营农场身上。因为在村里人看来，农场既是“国营”，国家要建一座桥该不在话下。

可问题是多少年来那座桥一直未能建成。这不因为别的，只因为对岸的农场不愿建这座桥。

每到夏天，村里人游过河去农场看电影，回家时顺手摘个瓜或果扔进河，游过河时顺便在河水中洗一洗，上岸后边吃边往家走……这样的事情，村里人做起来从未在心中觉得与那个“偷”字沾一丝的边。因为在他们看来，农场既是“国营”，农场的一切也就是国家的，而国家的东西就一定是你我都有份的，凭什么你农场的人吃得，而我就吃不得，我们贫下中农不也是国家的主人吗？

可农场人不这么想，他们觉得村里人偷他们的瓜果是因为太穷，现在隔着河他们都这样，再为他们造上一座桥，那他们过河不是更容易了吗？我们的瓜田、果园和鱼塘的安全不更没保证了吗？到时候村里人不把我们农场偷光才怪呢！这座桥无论如何造不得！

村里人知道了这桥造不成的原因后，自然非常生气，而生气的结果便是变本加厉地“弄”（这是村里人对自己行为的说法）农场的东西。不但是瓜果蔬菜、鱼虾菱藕，甚至连家禽家畜也成了村里人“弄”的对象。

村里人似乎彻底断了指望农场人造桥的念头，而农场人自然越发地恨村里人。

农场人不停地向县里告状。告状的结果是县里将村里的大队书记调到了农场当场长。这让村里人着实扬眉吐气了一番。他们造桥的念头自然也死灰复燃了起来。新场长果然轻而易举地让村里人不再“弄”农场的东西了，只是他仍然没能在农场与村子之间造出桥来，尽管他每天上下班都要过河，很是不便。因为他不愿让农场人说他以权谋“私”。渐渐的，村里人不再将新场长看做是村里人了，终于有一天，场长将家搬到了农场，成了真正的农场人。

许多年后，村里人不再去农场看露天电影了，因为村里几乎家家都有了电视机，而且后来还集资装上了有线电视，什么好看的电影电视中都有。此后，村里还修通了柏油马路，装上了程控电话，办起了自来水厂……这一切让农场人很是羡慕，他们想将农场的电视接进村里的有线电视网，还想将柏油马路接上，还想将自来水接上，还想将程控电话接上……总之，他们想要在那条河上造一座桥。而这一切，几十户人家的农场无论如何是办不成的，他们想起了村里人。然而这时，村里人似乎早忘了要在河上造一座桥的事。于是场长只得一次次过河来找村里人。

一天晚上，场长从村里回农场，可他系在岸边的小船竟被河水冲走了，他只得游水过河，谁知道年轻时水性极好的场长，这一次竟没能游过河去。几天后，人们在下游发现了他的尸体。村里人与农场人都很悲伤。

场长的丧事是村里与农场一起操办的，场长的追悼会村里人与农场人都去了。在追悼会上，村里人与农场人商定，在场长游水的地方造一座桥，桥名就叫“连心桥”。

看夜

深秋时节，稻子登场后需晒干才能入库或上交。那些晒了几成干的稻谷，每天傍晚收好后堆在稻场上，如同一座座圆形的金字塔，在暮色中很是壮观。夜间看管它们谓之“看夜”。

“看夜”通常是生产队男劳力的事。

“看夜”说起来责任重大，其实是个美差。那时家家的口粮虽然都很紧，但似乎也从未发生过生产队稻场上的稻谷被偷的事情，“看夜”实际上也不过只是在稻场边的窝棚里睡一觉而已；而且这一觉，不但可以换得半个劳动日的工分，还能换得半斤米做“夜餐粮”——既是美差，就得大家有份。“看夜”便照着生产队社员名单依次轮流，每夜两人。

同一个生产队的人往往同一个姓，因此排名自然无法“按姓氏笔画为序”，好在大家姓相同而辈分不尽相同，于是生产队的社员名单是依着“全队人辈分高者居先，同辈的年长者居先”的原则排成的。只是这样，有时候名单上相邻的两个同辈人，年龄却并不相仿。因为在一个村子上“爷爷”和“孙子”同岁是常有的，像鲁迅在小说中写的“‘孙子’将‘爷爷’打哭了”真是常事。正因为这样，有时候，同班“看夜”的两个同辈人，年龄却十分悬殊。

和我同班“看夜”的大林，虽然按辈分我叫他哥，而若按年龄，他做我的叔伯绰绰有余。同班“看夜”的两人，一般各带一条被子——一条垫，一条盖，但大林每次都不带被子而只带一条毡子，他说：“稻场上多的是稻草，垫稻草睡觉最暖和，用不着垫被子。”其实是他老婆怕自家的被子垫在稻草上垫坏了，不让他带。大林入睡很快，每次“看夜”，他都似乎是一躺下便发出呼噜声，有时吵得我心烦、睡不着，我便用脚踹他。我一踹，他便一骨碌爬起来：“什么事，什么事！”惊叫着顺手操起枕边的电筒和那支其实并未装弹药的猎枪（那是队里冬天在湖里打野鸭用的，放在稻场上只是给“看夜”的人壮壮胆而已）我说：“你的呼噜太响了。”“哎哟，真是吓死人了，我还以为是有人偷稻哩。”他打出一个呵欠，大概是经过刚才一吓，似乎清醒了许多，说，“好吧，好吧，你先睡，稻场我听着，等你睡着了我再睡。”然而他话虽这样说，但常常会在此时问我一些诸如“你有没有和女人睡过觉了”之类的问题。我那时只有十七八岁，他的这些问题让我很难堪，于是我便骂他老不正经。我的骂不但不会使他生气，反而常常让他很得意，有时他会得意得地在被子里做一个下流动作。我只好侧过身子不理他。只要我不理他，很快，他就会再次打出很响的呼噜。因此，与大林“看夜”，我几乎睡不到什么觉。为此我有点恨他。

有一次，我已经被大林的呼噜吵得很不耐烦了，又想用脚踹他，而就在此时似乎听到有人走近稻场，我屏住呼吸想听个究竟，又没了声息，我于是怀疑自己有点神经过敏。又过了一会儿，听见稻场边的草堆附近有窸窸窣窣的稻草响，再仔细听，竟听到了喘息声。这一次我听得十分真切，心里不禁有点儿害怕，赶紧用脚踹大林，大林惊叫一声坐了起来，我“有人”两个字刚说出口，他便一手拿起电筒一手操起猎枪，连衣服也没来及穿，就冲出了窝棚。我还在穿衣服，便听到大林在外面大喝：“谁！

不许动！再动就开枪了！”然后是“哗啦”一声，那是他拉枪栓的声音。紧接着，我听到了哭泣声——是一个女人嘤嘤的哭声。“怎么是你们两个？”——又是大林的声音，只是声音小了许多，语气也缓了许多……我也冲出了窝棚。借着星光（大林的手电筒没开），我看见一男一女跪在大林面前，头低得很低，而且各自用自己的棉袄包着头，还有几件衣服扔在一旁。我明白眼前发生什么事情了，但一时不知所措。大林见我出来了，转过身子对我语气硬硬地说：“回去睡觉！记住，你什么也没看到！”……

我钻进了窝棚，听到大林说：“你们走吧，包好你们的头……”大林回到窝棚，也不钻进被子，而是抱着被子坐在那儿一动不动，似乎忘记了冷。我问：“到底是哪两个呵？我没看清哩！”他不理睬我。最后似自言自语地说：“这同姓咋就不能结婚？真是造孽！”说着钻进了被窝，任我怎么问，他就是不告诉我那俩人是谁，直到他离开这个世界，也没告诉我，估计更没告诉过别人。

乡村人物志

二呆

据说二呆从娘胎里出来就天生了一副聪明面相，算命先生对他父母说只有起一个贱名才能养活，父母就据他排行老二而给他起名“二呆”。

二呆是我的堂兄，比我大整整二十岁。我记事时他就是一个大小伙子了。那时，他白天在生产队劳动，晚上研究医学。他自己买了许多医学方面的书籍，每天晚上在昏暗的煤油灯光下孜孜不倦地攻读，无论是数九严寒，还是七月流火。因此，那时的二呆与他的那些又大又厚的书一样，在我眼里神秘极了。一个夏天的晚上，我和许多人在门口乘凉，二呆大概是热得实在吃不消了，也从家里走了出来。

“二呆，你研究了这么多年的医学，怎么不给人看看病呀？”有人问。

二呆回答说：“我不是研究一般的小毛小病，而是研究治一种大病。”众人听了都哈哈大笑。但我没有笑，因为我当时并不觉得二呆的话有什么好笑。

又一天傍晚，二呆对我说：“晚上到我这儿来，我给你说说我的研究。”我去了，二呆告诉我，他正在研究癌症的治疗。我说：“你能研究得出来吗？”他坚定地说：“能！”从此以后，二呆在我的眼里不但神秘，而且伟大，我相信他有朝一日一定会研究出癌症的治疗方法，造福全人类。

二呆的母亲不幸得了癌症，村里人说这都是因为二呆整天在家研究癌症造成的。二呆与他的兄弟抬着母亲去了许多家医院，但不久他母亲还是去世了，二呆也从此完全放弃了他的癌症治疗研究。

二呆不研究癌症了，便开始研究书法。那时社员在生产队劳动虽然很辛苦，但也有愉快的时候，比如田间休息时，嬉闹的可以不分男女说说荤话，开开穷心；爱静的可以找块草地躺上一会儿，打个盹儿，松松筋骨。而二呆爱上书法后，每当田间休息，总是顺手捡起一根小树棍子之类，随便蹲下，在地上写起字来，一会儿就是一大片。一片写成后，他便站起身对着自己的作品自我欣赏一番，然后或用脚抹了再写，或另择一块地再写，直写到队长吹哨，他便拍拍手上的灰下地继续干活。我那时每天放学后都要为生产队放牛，并顺便为家里放鹅，村外的田野无处不到，二呆留在田间地头的那些书法自然也天天看到。我和小伙伴们一致公认，二呆写的字比老师写得好看。

然而二呆的字虽然写得好，但他决无资格去写那时常常要写的红标语和大字报，连过年的门对子也没有人请他写，因为他的父亲属于“四类分子”。二呆的书法终究只能写在田间地头的沙土上，二呆为此很伤心。终于有一天，他不再练字而开始学做裁缝，当然也是看书自学。

二呆没钱买布试裁，只好裁剪报纸代替。但报纸的大小只能裁童装，因此他最终“做”成的衣服自己不能试穿，他便找我帮忙。这事给我母亲知道了，二呆便被我母亲骂了个狗血淋头。我从没见过母亲发这么大的火，后来才知道这是因为农村人认为纸衣服只有鬼才穿，人是无论如何穿

幽巷枕河是江南水乡的常见景致。那些河流从远处飘逸而来，与白墙青瓦的故乡缱绻缠绵后，又向远处柔婉而去，故乡的每条小巷因此都与清波粼粼的河水相连。

看夜的人，一整夜听着这个水车的吱呀声。

不得的。从此以后，二呆再也不敢叫我去试穿他做的纸衣服了，当然也不敢让别人试穿。他只好先将几张报纸用糨糊粘在一起，做成成人服装自己试穿。可不久又发生了一件事，二呆便连纸衣服也不再做了：村里的一名工作队员，无意中看到了二呆用报纸裁成的衣服，且正好有一处剪着了报纸上的伟大领袖像。这在当时可想而知是一件性质非常严重的事件。好在二呆“一贯表现”较好，再加上有许多贫下中农为他说话，证明他并非有意，二呆才没被打成现行反革命，只在全体社员大会上被批斗了几次。不过他裁缝终究是没能学成。

我进城读书后的一天，二呆突然来到我读书的学校找到我，说要在我宿舍住些日子，因为县农业局招考技术员，他报考了，想借我读书的校园静静地复习功课。我请示了老师，老师被二呆的上进心所感动，竟然同意了。于是我将自己的床让给了二呆，与一位同学挤一张床。二呆在我这儿住了半个多月，我们上课，他便一个人在宿舍复习他的功课，我们回宿舍吃饭，他便出去吃饭。我要他与我上学校食堂去吃，他怎么也不肯，说我们学校食堂的饭菜贵。我真不知道他那半个多月究竟是吃什么度过的！二呆的考试结果是没被录取，因为与他同考的人多数是“文化大革命”中“下放”的大学毕业生，而他虽然年龄与他们相当，但却连个初中也没读完。

二呆又回家种地去了。不久后我考上了大学，从此离家越来越远，二呆生活的具体情况知道得也越来越少。只知道他的日子过得越来越凄凉，这主要是因为他一直未娶，这倒不是他不想成家，而是没有姑娘愿意嫁给他——早先因为家庭出身不好，没姑娘肯嫁他；后来是因为早过了婚龄，更没姑娘肯嫁给他了。

我偶尔回家探亲，二呆知道了一定会来看我。他一直记着那次我曾将床让给他半个多月，更令我感动的是，我发表在本地报纸上的大大小小的文章他都读得非常认真，有些文章中的句子他竟然能背出来。他说他很为有我这个“作家”兄弟而自豪。我知道他说这些分明是想让我能在生活上帮帮他，但我心里知道自己并无帮他的能力。我说我算不上作家，今天能写一点文字，还与他当年刻苦自学对我的影响分不开。我的话让他很失望。我走时，二呆偶尔会送我。说是送我，但他连一句告别的话也没有，只是跟在我身后走。走到村口，我说你回去吧，他便停下，目送着我离去。我走出去很远了，回过头去看他，他还在向我挥手。

“眼镜”

与我故乡的那个村子一河之隔是国营农场的一片西瓜地。农场既为“国营”，其一切便都是国家的；一切既是国家的，便也有你我的一份——这便是当时我们的逻辑。因此我们去农场的瓜田里摘几个瓜解解渴，从未觉得有何不妥，相反觉得农场总派人将瓜田看着不让我们随便摘是十分不妥的。

看瓜的是一位五十多岁的男人，长得干瘦干瘦，大热天还穿一套中山装，由于他的瘦，这中山装穿在他身上就好像挂在衣架上，里面似乎空荡荡的。更让我们这些农村孩子感到稀奇的是他竟然戴着一副眼镜，于是我们就叫他“眼镜”。

看瓜的“眼镜”一个人住在瓜田边的窝棚里。我们隔河见瓜田四周没人，便游过河去摘瓜，可没等我们从河里爬上岸，眼镜早从窝棚里走出来立在瓜田边上了，我们只好很扫兴地游回去。这样几次以后，有人说：“别看‘眼镜’站在那里虎视眈眈的样子，其实他并看不见我们。你不见他戴着副眼镜吗？听说戴眼镜的人都是近视眼。”

于是我们中几个胆大分子真的又游过河去了，“眼镜”大概是听见了水响，又从窝棚里走了出来，然而他立在这头，他们便悄悄地从那头爬进瓜田……“眼镜”竟然真的没有发现。初战告捷后我们大部队便开始行动了，而且简直是肆无忌惮。“眼镜”这一次发现了我们，我们就干脆“对面为盗贼”（杜甫诗“南村群童欺我老无力，忍能对面为盗贼”而成的一句话，意为当着面拿人家的东西，似偷实抢）。于是“眼镜”满瓜田地追赶起我们来，然而我们一个个都“赤条条来去无牵挂”，身子比泥鳅还滑，哪是他能抓得住的！我们一面躲着“眼镜”的追赶，一面慌忙将摘得的瓜扔进河，然后自己再跳进河里。“眼镜”眼睁睁地看着我们赶着浮在水中的西瓜游过河去，急得在岸上一面跳脚一面大叫。而我们又由此知道了“眼镜”原来是不会游泳的。

这样的事我们一连干了几次，觉得一次比一次刺激，以至于后来偷瓜（实际上是抢瓜）的目的已不全在瓜，而主要在捉弄捉弄“眼镜”。然而我们心里也有点怕，怕有一天“眼镜”会到老师或家长那里告我们的状——要知道，那时我们那里无论是老师还是家长，管教孩子的常用方法便是揍。

那天，我们放学后刚走出校门，突然看见看瓜的“眼镜”向我们走来，我们以为他这是找老师告状来了，一下子吓呆了，连逃的勇气也给吓跑了。可他并没去学校，而只是来到我们面前微笑着跟我们说了声：“你们跟我来！”此时我们谢天谢地，“他总算没去学校告状，跟他去就跟他去吧！”我们心里这样想着，便老实地跟着他来到了河边。他要我们都坐下，我们便老老实实地坐在了草地上，他说：“你知道我是干什么的吗？”“你不是农场看西瓜的嘛！”我们说。“不，我是你们老师的老师……”他似乎还想说什么，但欲言又止，最终只是从身上掏出一叠钞票说："我找你们来，只是希望你们以后再也不要偷瓜了，真正想吃就去农场买，我这就给你们每人发两块钱。"说着真给了我们每人两元钱……

第二天，我们去向老师打听"眼镜"所说的是不是真的，老师告诉我们，他在县中读书时，"眼镜"是县中的校长，因为被打成右派才下放到农场来看瓜……

可是没几天，"眼镜"便不见了，代替他看瓜的是一个满脸大胡子的彪形大汉，那大汉凶神恶煞的样子让我们再也不敢去偷瓜。而"眼镜"发给我们的两元钱，我们谁也没用它去买过一次瓜，而是给家里买了油、盐、酱、醋之类了。至于"眼镜"去了哪里，谁也不知道。

去年春天，我奉命回乡编一本地方乡土教材，常有问题要向几位文化长老请教。其中有一位夏老让我总觉得很感面熟，几次接触后我终于认出了他竟是三十年前的那位看瓜的"眼镜"，而他显然没认出我。我想跟他说三十年前我曾偷过他看的瓜，但终究说不出口。这倒不是我怕丑，而是怕触了老人当年的伤疤。

长寿

每年回老家过年，长寿总等着我给他写对子。他说现如今连乡下人也变懒了，自己写对子贴的人越来越少，都到街上买那印好字儿的现成对子了，可他要贴的这副对子是买不到的，只好请我写。我接过他早准备好的大红纸，不由分说地为他展纸濡墨。此时，长寿站在我的旁边，看着我一笔一画地在红纸上书写着，神情十分的得意、自豪，甚至还有几分骄傲……

长寿是我们村上的剃头匠。据我母亲说，我的满月头就是他给剃的——当然我对此是毫无记忆，不过我的确记得在我很小的时候长寿便开始为我剃头了。大概是因为那一次次剃头在当时感觉都无异于一次次受刑，所以至今记得——

还没轮到给自己剃哩，只看着前一个孩子在剃，我就已经陷入恐怖中了——长寿用一块永远都脏兮兮的白布往孩子的脖子上一围，孩子的身体便一下子淹没在这块白布下了，只剩一颗小小的脑袋掌控在长寿的手上，有如一个物件似的——这只是剃头的一个序幕。紧接着，长寿又将或有点凉或有点烫的肥皂水搽到孩子的头上，有时候他一不小心肥皂水便流到了孩子的嘴里、眼里、鼻里和脖根——那滋味自然是十分的难受——孩子忍不住用手去擦，手又被那块过大的白布蒙着，根本抬不起来；禁不住想扭一下脖子，无奈小小的脑袋被完全捏在长寿大大的手心里根本动弹不得。当然还有更为恐怖的，这就是长寿另一只手上捏着的那一把亮亮的剃头刀子——眼看着这刀子就要架到自己头上了，被剃头的孩子往往就会在此时终于忍不住哇哇大哭起来……而这也是长寿发挥他本领的时候了：只见他一面用手在孩子的头上轻轻地挠着，一面对孩子说："乖孩子，不哭了！噫——听，大公鸡叫了！"这时真的就有公鸡"喔喔喔"的在孩子耳边高叫起来——孩子哪里知道这声音原来是从长寿嘴里发出的。如果孩子还哭闹，他又会说："大公鸡坏，大公鸡坏！还是青蛙好，青娃好！你看你看，青蛙来了！青蛙来了！"这时，孩子的耳边真的就有"咕咕、呱呱"等各种青蛙的叫声……孩子终于被蛙声吸引，定下来似乎要去寻找青蛙，这时，长寿嘴里一面发出各种蛙鸣，一面手起发落，孩子的头上便露出了一块白白的头皮……如此几次三番后，捏在长寿手上的便是一颗白白净净的小脑袋了。

我每次眼看着如此情形，很想就此逃走，无奈被母亲押着而不能。轮到自己坐上那张大大的剃头椅，想来一切只是前一幕重演吧——只是自己的丑态当时自己看不到罢了。

有时候，长寿也会失手：一刀下去，正好孩子的头一犟，孩子的头皮上立即就会出现一道流血的口子。孩子再度大哭，立在一旁的孩子娘，则会不客气地大骂："死长寿，你不能小点心呵！"而这时，长寿嘴里的鸡叫、鸟鸣会戛然而止，如做错了事的孩子一般站在那儿受着骂，直到孩子娘骂到"傻啦？还不快剃！"长寿才如获得特赦令一样重新活跃起来，嘴里再度发出鸡叫、鸟鸣之类，更加小心地将孩子的头剃完。孩子娘临走时总不忘告诉他，因为孩子的头上见了红，长寿的"包头费"中将被扣去一毛钱，长寿说"当然，当然！"样子十分感恩。

长寿是"剃包头"的。所谓"剃包头"，就是剃头者以一个固定的价钱将自己的头"包"给一个剃头匠剃，一年一"包"。说得再明白一点：就是对于剃头一方来说，一年之内你如高兴剃个一百次，剃头匠也得给你剃，且年终只要付给剃头匠说好的那么多钱；但你若一次也不来剃，年终也得付这么多钱给剃头匠；而对于剃头匠一方来说，你必须保证剃头者随到随剃，且还有一点，若发生剃破头皮等"事故"，那就要在"包头费"中扣钱了。

我老家是一个有着近两百户人家的大村子，全村要剃头的大大小小有四五百人，但只有长寿一个剃头匠，也就是说这四五百个头基本都"包"给长寿剃了。那时"包头费"一般是大人每人每年两元，小孩减半（尽管这价钱我在今天想来有点不合理，因为剃小孩的头事实上比剃大人的头更困难，但事实上多少年来就是这样）。因此，长寿一年的收入总在六七百元。那时，我老家一个壮劳力一年一般能挣四百个工分，若年成好的话，每个工分的单价在五毛左右，也就是一年的收入最多也只在二百元左右。因此，那时长寿可算是我们村上的高收入者了。因为收入高，自然会有人眼红。

村东头的银保去学剃头匠了。两年后，他在村里正式“包头”了，且价格比长寿便宜：大人一块八毛，孩子九毛。果然，“包”给长寿剃的头一下子少了近半。

长寿买来了电推剪代替了那把煤油味很重且老夹头发的手推剪，不久他又买来了一把电吹风，他还在他剃头的小屋装上了全村的第一盏日光灯，给白天没空来剃头的村民晚上剃……长寿剃头的神情更加地专注了，迎客送客更加地殷勤了，剃破了孩子的头而被骂时更加的紧张了……这一切，似乎都表明他从事这个职业事实上的不易和卑微。

不过长寿也有得意的时候，这就是村里有孩子要剃满月头了。

每当此时，长寿总是一扫平时卑微的神情而变得神采奕奕。在我们村，为孩子剃满月头是长寿的专利，他之所以能获得这个专利，与他这个吉利的名字分不开。为满月的孩子剃头是整个“满月”仪式的最后一项，如同一台大戏的压轴戏。祖宗敬过了，鞭炮放过了，酒席吃过了，孩子由长辈抱着坐在堂屋的当中，长寿在孩子的所有亲朋好友的注视下为孩子剃头了：只见长寿将夹在腋下的工具箱郑重地放到香几上，从从容容地打开，不慌不忙地从中取出那块永远脏兮兮的白围布，先“呼呼”地抖搂两下，再叠上两叠，然后象征性地把它围上孩子的脖子。正式剪头了：长寿再到工具箱中取出一把豁了好几根齿的梳子，煞有介事地在孩子头上梳几下，然后再在孩子的头上剪下一撮头发，用一条红丝带扎好，把它郑重其事地交到孩子母亲的手上，再说上句“留住命根，长命百岁”之类的话。至此，这“剃满月头”仪式也就算完成了。完事后，作为剃头匠的长寿少不了在众人的欢呼声中，被主人热情地请坐上席，最后还会得到比平时剃一个头高出数倍的报酬，在主人的千恩万谢声中离去——整个过程中，作为剃头匠的长寿既不需要装鸡叫、鸟鸣，更不会发生剃破孩子头皮被骂、被扣钱的事。想来只有在这个时候，作为一个剃头匠的长寿大概才能真正体验到拥有这份手艺的尊严、崇高与价值吧!

村东头的银保终于去县城开理发店去了，但长寿为人剃头时的专注、认真和迎客送客时的殷勤仍一如既往。他剃头的小屋也不知从哪一天起竟成了一个地地道道的乡村沙龙，村上所有的重大新闻总在这儿最新发布，村上所有的隐私密闻也总能在这儿得到证实；有时候这儿似乎又还是一个乡村的道德法庭，哪家的儿媳不孝敬老人，哪个男人好喝懒做还打老婆，在这儿总能得到声讨；有时候两个等着理发的人难免会发生争执——为原子弹与氢弹哪个更厉害，阿庆嫂和柯湘究竟谁更漂亮，村东头的阿霞与村西头的阿牛究竟有没有好上……每每争得不可开交，长寿常常还要兼做一下临时调解员甚至法官。

在村里插队的女知青小冯来找长寿帮着剪发，长寿说："我从不帮女人剪头！"小冯说："为什么？怕我不给你钱吗？"于是长寿只好帮她剪。小冯白嫩的脖颈看得在场的男人们一个个傻了眼，因为他们从未看见过如此白嫩的脖颈，长寿更是被她的发香几乎熏晕，因为作为剃头匠的长寿也从未闻到过如此好闻的发香。长寿有些笨手笨脚地终于帮小冯剪完了头，小冯说："谁说你没帮女人剪过头？这不剪得挺好吗？"说着要给长寿钱，但他怎么也不肯收，他是想以此来拒绝小冯下次再来，可是没想到她下次照来不误。来得次数多了以后，如果到了该来的时间还没来，长寿竟然在心里有几分盼望。为此他暗暗骂自己下贱，但骂过以后越发的盼望……

"好你个长寿，你为什么帮小冯剪头不帮我们剪……"村里有名的泼辣货明嫂质问长寿，于是长寿只好也帮明嫂剪发。渐渐地，村里年轻漂亮的女人都来找长寿剪发了，长寿当然是一律不收钱的。因此我老家那个村上女人的发型，曾在一个阶段让附近村子里的女人们羡慕不已。

小冯回城了，再也不来找长寿剪发了。好在长寿在心里失落了一阵后便渐渐把她忘了。不久，长寿结婚生子，日子过得倒也平平静静。

在城里开理发店的银保发财了，回村盖了三间又高又大的楼房。有人劝长寿也去，每有人说起这话题，长寿总是说："我走了，你们这些骷髅头哪个给剃呀！"于是长寿一直在村里剃着"包头"，当然"包头费"也涨到了一年20元了。

渐渐的，村里的女人不再来找长寿剪头了，她们一个个都喜欢去城里的发廊烫"大波浪"或"狮子头"了，年轻的丫头们竟然还将好好的黑发染得五颜六色。最后连男人们也越来越多地喜欢去城里的"美发中心"理个"三七开"或"大背头"了，总之找长寿"剃包头"的人越来越少了。

"看来这老手艺不变变是不行了，得学点儿新玩意了！"长寿在心里想。于是有一天，他特地进城踏进了一家门脸挺花哨的叫做"勿忘我"的发廊，谁知他这一进去便从此改变了自己的人生。

长寿被派出所抓进去了，被拘留7天、罚款2000元，罪名是嫖娼。一段时间内，这事不仅成了本村，也成了四乡八邻的一个重大新闻。长寿从拘留所出来回到村里，与他相濡以沫二十多年的妻子与他离了婚，已成家的儿子也与他分了居。离了婚的妻子跟儿子一块过，只留下长寿一个人住在他剃头的那间老屋里。

找长寿剃头的人更加的少了，又有人建议他也去城里开间发廊，他瞪着眼睛红着脸庞粗着脖子吼道："你再提这事我骂你娘！开那玩意儿的根本就不是人！"

长寿改行做起了卤菜生意，但我知道他一直不能忘怀自己是一个剃头匠，因为他每年过年都要我为他写同样内容的一副对子，并且把它工工整整地贴到自己小屋的门上——

虽为毫末技艺，却是顶上功夫。

魏驼子

别看老魏人长得又黑又瘦又矮，还是个驼子（所以人们背后都叫他“魏驼子”，只有当着他的面才叫他“老魏”），但是他竟然娶了一个非常年轻漂亮的老婆。

我的一位远房叔叔大海，当兵时是老魏的部下，与老魏关系不错，因此每隔一段时间老魏总要上他家来串串门。老魏每次前来，他老婆总会一道，而且来去总是挽着老魏的膀子一道走。要知道，这可是在三四十年前的乡下，他们的这举动没少让村里的男女老少“开眼界”，当然也没少招来议论甚至责骂：“这魏驼子，净丢人现眼！”然而，老魏夫妻不知道是并没听见这些呢，还是压根儿就不把这些放在心上，仍是一如既往我行我素。久而久之，人们反倒见怪不怪了——再看见他们这样走在村子的街巷里，一些人的目光中竟然多了几分羡慕，议论的话也变成：“这魏驼子，好有艳福哩！”

尽管老魏夫妻俩人前人后都表现得十分恩爱，但人们总觉得他们不般配，总爱猜测如此不般配的两人咋就成了夫妻了呢？开始时人们猜测——可能是因为老魏是干部吧！因为那时候，我记得有这样一首儿歌：“丫头丫头快快长，长大了嫁队长；队长送你小阳伞，打上不用晒太阳！”儿歌里说的“队长”，就是指生产队长，而那老魏的官可比队长大多了——当时他是县国营农场的副场长——在乡下人看来，一个女人能嫁上这么一个大官，他就是再丑一点又能算得了什么呢？所以猜测，老魏的漂亮老婆当初一定是看上了老魏的官职才嫁了他。

但是后来，发现这老魏原来并不是副场长，只是一个“副场长级”，属于那种有职无权的一般干部。人们于是又不解了。越是不解越要解，越是要解就越去猜，越猜测不出便越是要设法去打听。

一个夏天的傍晚，老魏又挽着他的漂亮老婆到我叔叔家来串门了。由于来得晚，叔叔婶子都留他们吃过晚饭再回。那时的乡下，每到夏天，晚饭是不在家里吃的——傍晚时，人们先将门前场院扫净，再洒上一些井水降降地温，然后在上面放上一张“春凳”（它既是吃晚饭的饭桌，又是吃过后乘凉的凉床），晚饭时，一家大小，围着享受着并不算丰盛但一定可口的晚餐，其乐融融——这样，邻里间，谁家来了什么亲朋好友，备了什么好的酒菜招待客人，自然也都毫无秘密可言。

随着老魏夫妻的到来，叔叔家门前的院场上很快就围过来许多乡亲。男人更多的是想看一看老魏老婆的漂亮，而女人更多的是希望能了解到这么漂亮的女人为什么就嫁了老魏这么一个罗锅。

见这么多人过来，老魏很高兴，又多听了几句男人夸他老婆漂亮的话，他更是得意。老魏老婆开始有点不好意思，后来也与大家又说又笑了，尤其是与我的几个婶子和大嫂，竟互称起了姐啊妹的了。说话间，一向嘴快的水珍嫂子突然说：“大妹子，我们乡下女人笨，一直想不明白，你这么一美人咋就嫁了他老魏了呢？”

水珍嫂的这话，声虽不算大，却如同一声惊雷将在场的人都给震惊了，一起都停止了说笑，气氛一时陷入了尴尬，老魏老婆则低下了头，还用手抹起了眼泪；老魏端着一杯酒正要喝，听了这话，端杯子的手僵在了半空中……还是我大海婶子反应快，忙出来打圆场：“看你水珍的这张烂嘴，少问一句也没人当你是哑巴呵！”水珍嫂一看自己闯了祸，又被我婶子这一骂，也不敢多说话了，只嘟哝了一句：“人家不只是问问嘛！”

“问问，有你这样问的吗？老魏呵，咱哥俩还是喝酒吧！”大海叔也赶紧出来打马虎眼。

这时，大家也一起看着老魏，只见他将手上的酒杯慢慢放到了春凳上，忽然又端了起来一饮而尽，再将空了的酒杯重重地一放说：“没什么没什么！我知道你们都很想知道，我魏驼子凭什么就娶了这么一个漂亮的老婆呢？我告诉你们，我老魏也是付出了代价的，不信你们问问大海！大海，你跟他们说说就是了，也没什么见不得人的！”说完站起身，拉起在一旁低头啜泣的老婆起身就走。尽管大海叔和婶子一再挽留，他们还是走了。大家目送着他们月光下渐渐消失的背影，发现这一次一直是老魏拉着他老婆的手，而不像平时总是他老婆挽着他的膀子。

老魏一走，现场的尴尬一下子也便没了，水珍嫂又活跃了起来，她一个劲地要大海叔快说说这魏驼子咋就能娶上这么个漂亮老婆。大概是老魏刚才说过让大海叔说的话吧，大海叔在大家的催促下，深深地叹了一口气说：“你们别看这魏驼子长得这个样，可是个真男人！”

原来大海叔真知道老魏许多过去在部队上的事情。大海叔当兵时，老魏是他的连长，但听老兵说他本来是团长，为啥成了连长的，全是为了他这个老婆。大海叔还说，你别看老魏是个罗锅，但在战场上机灵着哩！正是凭着自己在战场上的机灵和勇敢，老魏屡立战功，并且从战士一直当到团长。在解放战争中，老魏的团是解放南京的主力之一。南京解放后老魏是军管会的成员，还被任命为一个公安分局的局长，就在这期间，他在审问一资本家姨太太的过程中，竟然看上了这名姨太太，并且还向上级打报告要娶她为妻。上级领导为此很不高兴，批评他缺乏阶级观念，并且还循循善诱地对他说，革命已经快胜利了，胜利后你找什么样的漂亮老婆找不到呢，为什么非得找一个做过别人姨太太的女人？但老魏就是执迷不悟，最后上级只好要他自己选择“究竟是要老婆，还是继续革命”，没想到这老魏竟然选择了老婆。就这样，那位资本家的姨太太最终成了老魏的老婆，而老魏却从团长被降职成了连长，不久又被转业到了地方，分配到了与我们村子一河之隔的国营农场成了一名“副场长级”的一般干部。

老魏和他老婆的故事让在场的每一个人都唏嘘不已，尤其是在场的女人们，刚才还与老魏老婆称姐道妹的，听完故事后，竟然一下子分成了两派，一派直骂老魏那老婆是狐狸精，另一派则一个劲地夸老魏是情种，是真男人……我当时也在场，大体也听懂了大海叔所说的老魏的故事，但大概是年龄太小的原因吧，就是不懂人们为什么会这样说老魏和他老婆。

老魏和他老婆这次从大海叔家走后，便再没来过，听说是老魏主动要求从农场调走了，去了哪里，连大海叔他也没告诉。

许多年后，我成了县中的一名高中生。有一年的清明节，照例去烈士陵园祭扫革命烈士墓，照例要听老革命讲当年革命烈士的英雄事迹，那次主讲的那位老革命就是老魏。我还从主持人的介绍中知道了老魏的大名叫“魏财喜”，也知道了他从农场调走后当上了县烈士陵园管委会主任。这是我最后一次见到老魏。不过此后虽然没再与他见过，但我还是从各种渠道了解到，老魏在县烈士陵园管委会主任的位置上一待就是三十多年，直到退休，退休后也一直与他这个老婆一起住在烈士陵园。有时候我曾想，老魏为自己选择这么一个职位做自己的人生归属，一定有他的想法吧？

我今天之所以想起来写这篇文章，是因为刚刚得到老魏去世的消息，还得知老魏与他老婆终究没生下个一男半女，所以老魏的后事全是由他的那个老婆料理的。至此，我又想，老魏娶了这么一个老婆，福耶祸耶？

菜林叔

那年，我高考落榜后回生产队务农，虽然乡亲们对我倒绝无一点另眼相看的意思——在他们眼里一个农家孩子考不上十分正常，考上了才不正常哩——可我总有点落落寡欢，再加上劳动时叔伯婶子们之间不分大小的荤素笑话对我来说实在是难以入耳，更不用说去插话了，所以内心十分寂寞。好在还有一个与我算是说得来的人，这就是菜林叔。

我叫菜林“叔”，是按辈分叫的，其实他年龄比我称为兄的二呆还小好多。生产队干活总是一伙伙的，我总愿与菜林叔在一起。我们在一起似乎总有说不完的话。为此有人对我们说：“你们干活不嫌累呵，一天到晚地说话！”他们哪里知道，正是因为与菜林叔的聊天，我不但觉得繁重的劳动因此而似乎减轻了许多，而且内心深处的寂寞也排遣了许多。

菜林叔有一个姐夫是跑供销的，曾带他去过全国的一些地方，这让我十分羡慕。那时他跟我说的自然多是他曾经的见闻。比如：当时有一首歌叫《太阳岛上》，是郑绪岚唱的。这首歌可是当时的流行歌曲，我说我十分喜欢，菜林叔便对我说：“其实太阳岛可没歌里唱得那么好，我去过那里，只是松花江边一个偏僻的小公园。”然后便给我讲真实的太阳岛是个什么样……总之，那时我那颗年轻的心，会常常因菜林叔的话而从故乡的田野飞往遥远的北国和南疆。当然菜林叔也有听我说的时候。如收音机里刚播了一条新闻，我往往便会进行一番想当然的分析和评论，虽多为信口开河，但他听得永远那么认真。他的认真不仅使我对自己的口才第一次产生了隐隐约约的自信，而且竟感染了几位常在一起干活的社员，使他们竟也渐渐地成了我的听众，以至于他们一致认为我比其他几个回乡知青有“学问”，并鼓励我再去考一次大学。

我真的又去考了，竟还真的考取了一所不太像样的大学。但就是那年，我家里因为父亲治病而一贫如洗，连我去学校的路费也拿不出。菜林叔是生产队会计，想了许多办法，才从大队里借得二十元。但至少还差二十元，父亲想到了一家亲戚，但那家亲戚在三十里外，去那里无车可乘，而且还得翻过一座山。父亲大病初愈走不动，但又不放心我一个人去，最后是菜林叔陪着我去的。路上我们照例说了许多话。我说了些什么，过后便忘了，但他跟我说的一句话我上学的几年一直记着，他说："你毕业之前可要让我去你学校一趟，我要看看大学究竟是个什么样！"为此我在毕业前夕真的请他与我父亲一道去了趟我的学校。

上大学期间，寒暑假我照例是回家闲居，每天晚饭后照例是说闲话的时间，串门最常去的仍是菜林叔家。他家在一座祖上传下来的老宅里。这座老宅三间两厢，住三户人家，他和他年迈的双亲住中间的半间正屋和东边的一间厢房。菜林叔有两个哥哥，都早已成家立业，另有较宽畅的住房，但父母一直跟菜林叔住，并由他养活。这让许多人不解。每当有人说起，菜林叔总是一句："娘要给我做饭哩！"老人还是那样老，那样质朴，那样热情，老屋还是那么暗，那么简陋，那么整洁，我每次虽然只是去坐坐，但分明可以体味到他处已不多的古风。

我知道菜林叔与邻村的一个姑娘好上了，很为他高兴。后来他写信告诉我说他快要结婚了，我让他别忘了给我寄喜糖。可左等右等也没有等到他的喜糖。我回家后才知道，那位姑娘因自己的婚姻而与父母亲发生了争执，最后竟服毒自杀了。谁知这也便扼杀了菜林叔的终生爱情。

和所有去外面混的人一样，我离家乡越来越远，与菜林叔见面的机会自然也越来越少，但每年还是会回去住几天的，当然每次回去总会去菜林叔那里坐坐。他已不再当生产队会计，因为农村大包干后，生产队早已不存在了。他告诉我，当年给我的二十元路费并不是从队里借的，并说他当了近二十年会计，唯一挪用过这么一次公款。

我结婚成家后，再与菜林叔见面，想劝他早点结婚，但终未开口，怕触了他的伤疤。后来我有了孩子，再与菜林叔见面，见他十分喜爱孩子，才忍不住劝他："找个人结婚吧！老人年纪也太大了，家里总得有个人料理，再说你又这样喜欢孩子。"他苦笑说："你看我都这样了，找谁呵！"

没想到过了不久，便得到他结婚的消息，只不过是"倒插门"去了一个寡妇家。可能就是因为这吧，他结婚时没有通知我，更没给我寄喜糖。我想起他是那样地喜欢孩子却一辈子不能有自己的孩子了，不禁心里为他感到难过。又过了不久，听说他领养了一个弃婴，这总算让我感到了几分欣慰，为他，也为那个被父母丢弃的孩子。眼看他的人生正渐渐走上正轨，谁知道天有不测风云，他却在这时得了癌症。我特地赶回去看他时，他早已带着他领养的那个孩子回到了自己的老宅（他不愿拖累他的新娘），不久便去世了，他领养的那个孩子便又成了孤儿。

回家过年

年底并不买太多的鸡鸭鱼肉、羊腿香肚之类鲜货，却总要买许多桂圆蜜饯、糖果糕点之类礼品的，是那些生活在城市而在遥远的乡下还有一个“老家”的人。他们有时把顺便买得的大包小包带到单位的办公室，说一声“过年带回家的！”或者“带回家过年的！”这“家”字总说得特别亲切，语气中抑制不住得意和兴奋，周围的空气也便被他们搅得早早地有了过年的气息。那些在本市长大而无“老家”可回的同事，此时竟会从心里生出几分羡慕，羡慕那些“回家过年”的人，每年的“年”都过得如此隆重而热烈。

在外的游子，无论是已飞黄腾达的，还是正风雨飘摇的，回家过年的愿望一样总会有。回家过年，可与久别的亲人一享团圆的幸福、一解多日的相思；也可为家中的长幼尽几日做儿孙的孝心和做父兄的责任；还可与早年的伙伴叙叙幼时的趣事和往昔的情怀；更可看一看故乡熟悉的山水，听几日故乡纯正的乡音，住几天故乡的老屋，睡几夜老屋的土炕……回家过年，既是游子的一个不解情结，也是他们的亲人一年到头最后的一个愿望。

年前，我在单位值夜班，有几个四川打工仔为我们的办公室装修，正连夜赶着活儿。我问他们何以赶得那么急，一位说：“赶完了早点拿到工钱，好早点回家过年。”我又问他出来多长时间了，他说近一年了，我说一定挣了不少钱带回家吧，他说：“干这样的力气活能挣多少钱！还要住店吃饭，剩下的没几个。本不想回家过年，好省个几百元路费寄回家。可家里来信说，母亲要我一定回家过年，老婆还寄来了路费……”是的，要过年了，母亲盼儿子，妻子盼丈夫，儿女盼父亲，并不一定盼他带回多少钱。喜儿“盼爹爹快回家”，不就为了“欢欢喜喜过个年”吗？杨白劳带回给喜儿的不就是二尺红头绳吗？

记得有一年，我将回家过年，一场大雪使公共汽车全部停开，我天天去车站，直到年三十下午，往我老家方向只开通了公交车，长途班车仍未开。我一咬牙挤上了车。出城才三十多里，公交车便到了终点站，可我离家还有近八十里。下了车，天快黑了，我看看前方的马路上连一条车辙也没有，便二话没说，甩开大步深一脚浅一脚地往家赶。幸好有一位小伙子与我同路。小伙子是一所大学的研究生，他告诉我，前天——就是腊月廿八，是他与在故乡中学当老师的对象结婚的大喜日子，可他这个新郎官却被雪留在了省城，不知家里的喜事做成个啥样了。我与他一面说一面走，在茫茫的雪夜里，靠马路两旁的树判断着方向。一会儿，我们的肚子都饿了，但不知是走路用力，还是离家越来越近的缘故，心里和身上反倒越来越热。我们走过了一个山村又一个山村，翻过了一个山坡又一个山坡，小伙子指着远处的一片灯光说他到家了，并邀我到他家一歇。我说还是赶回家过年吧，便祝他和新娘子好好过个团圆年，继续赶我剩下的近三十里路。

故乡终于隐隐在望了，我分明已听见远近村子里响起了迎新年的爆竹声。我来到村口，远远地见自家的窗口还亮着灯，我家的那条大花狗远远地迎了上来。回到家，母亲忙着为我热饭菜，父亲起身叫醒了全家。半夜里，一家人又围成了一桌，为我重吃了一回年夜饭。

回家过年，有时候竟这样重要！

老父亲大造屋

安得广厦千万间，大庇天下寒士俱欢颜，风雨不动安如山。

——唐·杜甫《茅屋为秋风所破歌》

要求

“这老屋无论如何住不得人了，再住下去，我与你娘的这副老骨头，指不定哪天就会被砖头瓦砾埋在里面了！”回老家过春节时，父亲把我叫到一边这样对我说。

我知道父亲说这话的目的其实只是在催促我赶紧为他翻盖新房，并非老屋真的会倒：老屋的屋顶几年前翻过一次新，梁檩、椽子等当初都换了新旳；屋顶的瓦也没有一块破的，下再大的雨雪也不漏；四周的墙壁，从墙基到窗台的“大片”虽然在今天看起来确有点碍眼，但还没有一处大的裂缝，至于上面的青砖墙更是好得很，既没裂缝也没倾斜。总之，老屋老是老了点儿，但一时半会儿是绝不会倒的。

于是，我笑着对父亲说：“没这么严重吧，这好好的房子，顶不漏墙不裂的，咋能说倒就倒哩！”

没想到我这话似乎惹怒了父亲，他突然间语气生硬地说：“那你就给我一句明白话，到底是盖，还是不盖？你要是实在不想盖，那我就自己盖！”

父亲说这话时虚龄整整八十岁。

我没想到八十岁的父亲会说出这样的话，看来他是铁了心要翻盖新房了。但毕竟盖房子不是一件小事，我说：“您总得让我回去与徐玲商量商量吧！”

徐玲是我的妻子，说实话，对于父亲的建房要求，她一直不同意，父亲对此是知道的，为此对她一直很有意见。当然，父亲对我除了有意见外，还多一份失望，因为在他看来，盖房子这样的大事，怎能听女人的？其实父亲并不知道，我从内心里也并不想翻建新房，只是每当父亲提出建房时，我一直以“媳妇不同意”为借口而已，其实妻子是为我背着“黑锅”哩。

话说到这儿，父亲不再说话，但我分明又一次感到他对我的深深失望。

动怒

我家的这座老屋，说是老屋，其实并不算太“老”，算起来只三十年还不到，当年建造它时的情景我还清楚地记得。那可以说既是父亲的一个壮举，也可以说是父亲的一次无奈之举，用父亲当年的话来说，是“逼上梁山”，因为直到动工，父亲也并没做好建房的材料和资金准备。

那是在1975年，当时我们那儿不知怎么突然刮起了一股“建设社会主义新农村”风，即将村里各家各户原来的住房重新“规划”，盖得横竖对齐如军营一般。根据大队的统一“规划”，我家的房子要么向前挪三丈，要么向后挪两丈，这才能合乎“规划”的要求。这可让父亲为了难，因为这房子哪是说挪就能挪得了的呢？挪就等于重盖，而我家当时的房子刚翻盖过三年，还是新房哩，就要拆了重盖，不是劳民伤财没事找事吗？更何况盖房欠下的债务还没完全还清哩。

但是，不重盖还不行！

大队书记找到父亲说："你家要是不服从'规划'，就是破坏'建设社会主义新农村'！"

父亲说："我就破坏了，你能把我怎么着？总不能抓我去坐牢吧！"

大队书记原是本生产队的会计，而父亲是生产队长，他当年当上生产队会计还是父亲"提拔"的，所以父亲并没把他这个书记放在眼里，一句话便把他顶了回去。可是没过几天，意想不到的事情发生了。

那天，村东头的二狗和村前头的贵生，突然一起找到我父亲说，他们两家准备在我家房子一前一后盖新房，并说这是大队"规划"他们来盖的。父亲听了他们的话，脸色气得铁青，知道这是大队书记的损招，但他当时并不在场，便当着二狗和贵生的面从牙缝里挤出一句话："你们谁要是不怕死就来盖！"

不知道是因为怕了我父亲的那句话，还是怕被乡亲们戳脊梁骨，最终良心发现，二狗家终于没来我家门前盖新房（如果真那样的话，我家大门口就只有两米不到的出场了）。但不久，贵生家竟真在我家屋后动工盖起了新房，他家新房的前檐墙墙脚离我家后檐墙的墙脚竟然不到两尺。

父亲虽然先前是说过狠话的，但人家是在你家屋后盖房，并没挡你家什么事呵，所以并不好去干涉。父亲只能无奈地说："随他盖去吧，我倒要看看他盖好了住进去，如何将香的担进家臭的担出门！"

不久，贵生家的新房盖好了，青砖黑瓦三大间，很是气派，相比之下，我家的房子就有点相形见绌了，但是父亲似乎并不太在意，每当隔着墙壁听见贵生家人抱怨出场太小不方便进出门时，似乎还有一种莫名的得意。然而父亲并没得意几天，又发生了一件意想不到的事情。

贵生家当初开墙脚时，不知是有意无意，将墙脚开得很深（至少是比我家的房子的墙脚深许多），梅雨季节一到，墙根周围的泥土经雨水浸泡自然向着墙根塌陷了下去，由于两家的墙根靠得实在太近了，我家的墙基石竟然随着泥土也向着他家的墙根塌陷了过去……

那天早晨，是父亲第一个发现了我家堂前墙上出现了一道裂缝，似乎一夜之间，这道裂缝中就透过了外面的光亮，紧接着，又出现了第二道、第三道……只两三天工夫，整个房子便朝北边倾斜了过去，任凭父亲在堂屋前打满了撑子，也阻止不了它倾塌的趋势。

父亲站在堂屋中间骂了一声："狗娘养的！" 就冲进了外面一连下了几天的雨中，留下母亲一面抹着眼泪，一面带着我和妹妹一起搬家，搬进门口因闹地震而搭起的"抗震棚"里。

父亲再次回到家中，说已与几个亲戚说定了下半年借几百元钱给我们家重新盖房。当天晚上，就在我们家的"抗震棚"里，父亲在喝下去两杯土烧酒后终于说出了这样的话："老子一定要盖得比你狗日的贵生还要高还要结实！"

时在公元1977年春。

重建

雨季一过，父亲便率领着全家开始实施他的盖房计划了。

新房的墙脚这次一定要打得深，这就需要更多的碎砖石。别人家一般都是去后山的石塘里用炸药去炸，然后再用拖拉机拖回来。但是买炸药需要钱，租拖拉机又需要钱，父亲就率领我们全家一起去后山捡“山皮”（散落在满山遍野的乱石片），连两个已嫁出了门的姐姐也被叫了回来一起捡。白天捡了堆在山上，晚上趁着月亮一担一担往家担。后山上的山皮捡完了还不够，就到湖对岸的一个废砖窑上去捡碎瓦片。捡了再用船装回来。只是回来的路上有一段河水过浅，船装满了便会搁浅过不来，我们只好先卸下一部分，用肩膀一担一担担过这段浅水河，再装上船。船靠岸离家还有一段路，还得再用肩膀担回家。总之，仅为了那些断砖头碎瓦片，我们家每一个人的肩都不知磨破了几层皮。

打墙基的碎砖石可以捡，那砌墙的青砖是无处可捡的，去窑厂买得三分钱一块。好在窑厂烧砖得需要柴火，如果用柴禾去换也是可以的，一般是一担干柴火换二十块砖。父亲决定用柴火去换建房的青砖。整个一个夏天，我们一家人硬是从田边地头砍了一百多担干茅柴，用它从公社的窑厂里换得了两千多块青砖。但父亲算来算去觉得还不够，那只能用借来的钱买了。

至于瓦、梁、檩、椽等等，父亲说就用老屋上折下来的，估计差不了多少……

当年的农历十月初八，是父亲请人看的日子。那天一大清早，我家门前准备盖房的空地上站满了前来帮工的乡邻和亲戚们，他们除带来了准备挖墙基的镐头、砌墙的瓦刀和砍削木料的斧子等以外，有的人还带来了三五斤不等的米面和三五元不等的钱——他们都知道我家这次盖房实属无奈。他们带来的是他们的一份心意，也是对我父母在村里几十年做人的肯定，同时他们也用这种方式表达着他们心中的正义感。

父亲一一谢过前来帮工的乡邻和亲戚后，就像个司令官一样，高喊过一声“开工”，然后便指挥着大家先将要塌没塌的老屋拆了：下瓦的时候，父亲不住地告诫着“小点心，小点心！这瓦还有用的，可不能碰破了呵”，下梁的时候，父亲又不住地告诫“榫头千万小心，弄折了就不好用了……”

母亲除了将家里的三只大公鹅宰了，还托人到镇上的供销社买了一只猪头，红烧了盛了满满两大脸盆招待工匠和所有帮工的亲邻。

由于大家的帮忙，房子盖得十分顺利，眼看就要“上梁”了。这时，负责木匠活的表叔说，还差三根梁，原因是新房子比老屋“进深”和“开间”都大，有几根老梁不能用了。再请瓦匠算一算，瓦也差两百多块哩!

这可急坏了父亲。大家也你一言我一语地帮助出主意，最后还是父亲出其不意地想出了一个既省钱又省事的好办法：他花六十元钱，买了六块水泥楼板，盖在了东面南向的半间房子上。这样，不仅一下子省去了梁头、椽子、瓦等，算起来比买这些花的钱还少哩，而且使得本来很普通的三间瓦房一下子变得不那么普通，似乎洋气了许多——因为它多出了一个阳台，这在当时的乡下可是很稀罕的，父亲为此而很是得意。

病倒

我家的新房终于竖了起来，但父亲却躺下了。母亲开始以为这都是因为盖新房累的，躺几天歇歇就会没事的，哪知道父亲一躺下竟然好几天起不来，母亲这才发了慌，赶紧叫上人把他送到公社卫生院，医生说得赶紧送县医院。父亲在县医院里一住就是四十多天，最后总算老天保佑他大难不死，但我家盖房子欠下的老债还没还上一分，便又因为父亲治病而欠下了新债，而且医生还说，父亲至少一年内不能下地干活。

那时我虽然还是少不更事，但每当夜深人静，母亲的啜泣将我惊醒时，我常常一夜无眠。我听见父亲这样劝母亲："你哭个啥，没有过不去的坎！再说，我们好歹不是将房子盖了吗？这房一百年也不会倒的，我们今天苦点，将来孩子不就不用苦了吗？"

父亲的话常常让我在黑夜里泪流满面。哎，我想我家的所有苦难都是因为这房子造成的：如果不是为了盖这房子，我们家就不会欠下这么多的债，父亲也不会这么累；父亲不这么累，或许就不会得这么重的病，也就不会如此老债加新债……每每想到这些，我真有点恨我家的新房，也恨那些逼得我家当初非盖房不可的人。为此我很不愿与他们为邻，我要离开他们，远远地离开他们！

两年后我考上了大学，终于离开了那块生我养我同时又让我既爱又恨的土地，这让我也一时成了父亲除房子外的另一个骄傲，因为我毕竟是我们这个几百户人家的大村子里出的第一个大学生。那一段时间里，父亲逢人最爱说的一句话便是："我家小子上了大学便是国家的人了，以后连房子也不用自己盖了，国家会给分！只是可惜了我这三间大瓦房了！"话语间掩饰不住一种俏皮、自豪和骄傲，尽管那时我们家欠的债并没完全还清。

我大学毕业后，工作第一个月的工资便是用来为家里还债了，不久便还清了所有的债务，其时父亲已年届花甲了。妹妹出嫁后，父亲当初亲手盖起的三间大瓦房只有父亲与母亲两个人住着，也算宽畅。而我到城里不久也有了自己的住房。

翻新

我故乡的村子位于苏南的石臼湖北岸，美丽的石臼湖水给故乡带来了作为江南水乡应有的美丽和富饶。据族谱记载，故乡的先民们在明代万历年间迁居到此，随后围垦出了第一片圩田，盖起了第一间房屋，修起了第一座院落，从此一代一代，生生不息。到了清代中叶，村里已“弥望皆瓦屋，土屋草房几无”，可以想象，那时与石臼湖水相映照的故乡，是怎样的一个粉墙黛瓦的美丽世界呵！只是这个美丽世界毁在了太平天国后的一次次战火中。直到我小时候还清楚地记得，村子里多的还只是些土墙草顶的屋子，整个村子是一副僻壤穷乡的模样。20世纪70年代的那场“建设社会主义新农村”的风，像当时的许多类似的风一样，只一阵便过去了，终究也没能让村子有多大改观。直到20世纪80年代末90年代初以后，故乡头顶映着的这块天空的颜色才开始渐渐由土黄变成青灰，变成瓦红，尤其是近年来竟变得多彩起来——村里兴起了一股又一股盖房热，有钱的盖，没钱的兄弟、姐妹、亲戚、朋友帮衬着也盖；你盖平房，我盖楼房；你盖一层楼，我盖两层楼；你家墙上粉白灰，我家墙上贴瓷砖，总之一家盖得比一家高，一家盖得比一家好。相比之下，我家的那座当初有点鹤立鸡群的老屋，终于有一天变得鸡立鹤群了，它被一座座形式各异的新楼包围着，显得寒碜而丑陋。有一次，有位文友与我一同来村里采风，见了我家老屋，跟我开玩笑说：“你家这老屋呵，得在门楣上挂上一块‘诸荣会故居’或者‘诸荣会文学纪念馆’才相称！”

文友的话说得我心中很是惭愧，当时也曾闪过要将老屋拆了重建的念头，但是当我一想到父亲当年盖房时的艰辛，再想到村里除了父母已没有别的任何亲人，而我即使将来退休也不太可能回村居住，父母也住不了多少年了，花一笔不小的钱造一座房子似乎已没多大意义……想到这些，那个一时闪现出的念头又被我很快放弃了。

1998年，也就是老屋建成二十年后，我对它做了一次修葺。那一次我不仅将老屋的屋顶做了翻新，还对内墙重做了粉刷，将原来的泥地铺上了方砖，最后还在屋里装上了电话，让父母亲有事与我联系起来方便些。我做这些的时候曾想，父亲当初建房时或许真不完全是为了自己，或许他为子孙考虑的更多，但如今，我真的不再需要他为我盖的这处住房了，留着给他自己住在里面安享晚年，他应该是最心满意足的吧！

愿望

我在家里虽然装了电话，但父亲一向很少给我打。有一天，我正上着班，父亲突然给我打来电话，我吓了一跳，赶紧问他有什么要紧事，可问了半天，他直说没有，东拉西扯地说了一大通，最后告诉我："门后的贵生家小子要盖楼房了！"我说："他爱盖就盖吧，也不关咱们什么事，你烦什么呀？"父亲说："是呵，我烦什么呀！他再怎么盖能好过你城里的房子呵？我只是告诉你一声！"说着便把电话挂了。

又过一些日子，父亲又打来电话，又是没什么要紧事，又是东拉西扯说了一大通："村东头的石头家的新楼房，连外墙也全贴了瓷砖……二愣子这小子更邪乎，竟把澡堂子和厕所修家里了，听说光这两个玩意就花了两万多。不过在我看来真不值……"他一面说着，一面发表着自己的见解，而我只能耐心地听着。突然间，他停了下来，不再说话，我忙说："喂，我听着哩！"这时父亲用一种怪怪的语气说："还要告诉你一个事情，"说着又停了下来，我问他什么事，他吞吞吐吐地说："贵生家小子的楼房……盖好了……"说完便挂了电话。

以后父亲每次与我通电话，他一定要说到村里谁家又盖了楼房，那楼房是如何如何。我从父亲的一次次诉说中分明已听出，父亲又生出了再造新房的愿望。此时父亲已是年过古稀的老人了。

虽然我从内心真的很不愿意费这个精力和财力去老家重建一座新房，但父亲既然有了这个心愿（虽然他还并没正面向我表达过他的这个心愿），做晚辈的只要力所能及总该满足他才好。于是我与妻子商量：“不就是几万块钱吗，我们现如今也不是花不起，就算是尽一次孝心吧，更何况住房盖在那里也算个不动产。”

然而妻子却说：“你父亲想盖房无非是为了挣个面子，但我们为了他的这个面子搭上这么一笔钱实在不值。不如干脆多花点儿钱在城里再买上一套房子，就说是为他们买的，他与你妈真要来住就让他们住，他们要是不来，将来处理起来也容易，说不定还可以增值，不至于盖在农村白搭一笔钱；况且这样不也可以为你父亲在村上的老哥们面前挣回面子了嘛！”妻子的这番话我觉得颇有道理，于是我也改变了要翻建老屋的想法，决定在城里另买一处住房。

不久，我们便在城里按揭买下了一处一百三十多平方米的三居室。

新房钥匙一拿到手，我与妻子便赶紧回了趟老家，将这个自以为是的好消息迫不及待地告诉父母亲。可是没想到的是，父亲并不领我们的这份情，他冷冷地对我和妻子说：“你们要我们去城里住，是想让我们早点儿死吧！”一句话说得我们张口结舌。妻子当面就很不高兴，嘟哝着说：“话怎么这么说？”这时父亲进一步解释说：“这不明摆着的事吗？城里那房子上不见天下不着地的，像鸟笼子一般，我们在地里野了一辈子的人，住那里面，不被闷死，就得被憋死。”“是的呵，这城里哪是我们住的呵，光这说话就不是个事儿，我们说话城里人不懂，城里人说话我们也不懂。”从来不对家里的事发表意见的母亲这时也在一旁插嘴说话了。

看来我们真的考虑欠周到。但我又怕妻子生气，便对父母说：“可这事好歹也是我与徐玲的一片好意呵！”这时，父亲叹了一口气说：“你们要是真有这份心，就把那房卖掉，回来把这老屋翻了！”

——这是父亲第一次跟我正面提出翻建新房的要求。

但是这刚买的房子哪是说卖就卖的？况且近几年这城里的房价总一个劲地涨，留着就意味着增值，要卖，真还舍不得哩。但是不卖一时又凑不出一笔翻盖老屋的钱，于是就只好这么拖着，一拖又是几年。每次回家，父亲总忘不了老调重弹，而我也总是以“媳妇不同意”为借口一直拖着，直到今年春节，也就是我文章开头写的，父亲几乎向我发出了最后通牒。

存钱

五一长假期间我回家时，父亲一反常态，竟然一句也没再提让我翻盖老屋的事，这让我感到有些奇怪。临走时母亲送我走了好远，似乎有什么话欲言又止，我再三追问，母亲才吞吞吐吐地说：“你能再给我几个零花钱吗？”我忙问：“我每个月捎回家的钱你们不够用吗？”母亲连忙说：“不，不，不！”最后，在我的再三追问下母亲才告诉我，我每个月捎回家的钱全给父亲存起来了；不仅如此，父亲还将喝了几十年的酒戒了，另外还将二狗家的那块荒地种上了。父亲说等攒够了钱他就自己翻盖老屋，他不能让乡亲们看不起我，说我在外面混得人模人样的，在老家竟然连个老屋也翻不起。

母亲的话让我几乎惊呆了，虽然春节时父亲与我说过我若不愿翻盖他自己盖的话，但我以为这只是父亲说的一时气话，绝没想到父亲真的会准备凭自己的力量再盖新房。这时我不禁在心里叹问：父亲呵父亲，你干吗这样在乎别人，在乎别人对你儿子的评价？你都八十岁了，人生还有多少年头了呵，你也该为自己活几年了！为了子孙把自己最后的人生弄得这么苦，这又何必呢？

我决定，无论如何也要为父亲盖一座新房，盖一座让父亲满意的新楼房！否则，与父亲相比，我显得太自私了！

新房

我在城里请人为将要造的新房画出了图纸，转念一想，又怕父亲看不懂图纸，我又亲手画了一幅效果图。父亲眯着眼睛看着我画在纸上的小楼，脸上露出了灿烂的笑容，那满脸又深又密的皱纹笑成了秋日阳光下一朵盛开的菊花。

我对父亲说："你好好看看，就盖成这个样儿行不行？你要是看着哪儿不合心意，这还可以改的！"

父亲连声说："行！行！行！"最终一点儿意见也没说出。

秋收结束了，我家的新房便开工了。工程队是我专门从城里请的，工头是我表弟。为了怕父亲累着，我与表弟谈好，大小工全包。而材料供应的活儿则交给了我外甥操办。我当着表弟的面跟父亲说："你不必动手，只管每天看着就行了，看老表还敢在哪儿偷工减料！"表弟说："你就放心吧，我给一千家人家偷工减料，也不敢给姑爹的房子偷工减料呵！姑爹您说是不是？"表弟的话说得在场的人都笑了，父亲也笑着说："这活儿我放心着哩，你要我干我也不会干的，也干不动了！"

我在城里上班，每天用电话与家里联系着，工程进展得异常顺利，只三天时间，墙基便出了地面，又过了三天，就要浇铸二楼的混凝土笼子和圈梁了。而就在这时，表弟忽然打来电话说让我立即回家一趟。我问他什么事，他在电话里也不肯说，最后还搁下一句话：“你要是不回来，我这就停工了！”

我不知道发生了什么事，立即赶回了家。回家后才知道，原来是父亲非得要在客厅东面的山墙上开一个大窗户，表弟说图纸上没有，不肯开，父亲说：“这房子我住，我说了算！”任凭表弟历数若开这窗户将会带来的种种不好，父亲一句也不听，最终竟与表弟争执了起来。听了事情的来龙去脉，我笑着说：“我还以为是什么事哩！”我把表弟说过的东墙上开窗的种种不利与父亲又说了一遍，没想到父亲听了我的话后说：“你就为这事回来的呵？不就是这个窗户不开吗？不开就不开吧！”于是父亲和表弟，当然还有我，又都皆大欢喜，而为了开不开窗而停砌的东山墙，当天下午便砌好了。

吃晚饭时，由于我得连晚赶回城里去，只敬过父亲和表弟两杯酒就要先走。这时表弟对父亲说：“姑爹您要早听我的，我也不必把表哥叫回来了！”父亲听了表弟的话，端起一杯酒一饮而尽，然后重重地放下酒杯说：“不是我盖房子了，我的话不作数了！”父亲的话让我倒有点后悔没随了父亲的要求，他要开这个窗户就随他开吧，只要他高兴。但墙现已经砌好，只得算了，但我暗暗地想，后面父亲若再有什么要求，我将全听他的。

果然，随着工程的进展，父亲不断有事情与我们意见相左。如盖什么瓦，我以为我家老屋上的青灰色瓦就很好，盖上它，整座小楼粉墙黛瓦的，与江南水乡的总体环境很协调，再则那些拆下的瓦都不破不裂，如果不用，只能扔了，大小也是个浪费；但是父亲坚持要盖红色硫璃瓦，理由是现在时兴这个。再如门窗用什么材料，我本来准备用白色的塑钢，这不仅是因为塑钢是最新的门窗材料，而且它的白色会使得门窗的线条比较鲜明、漂亮；但父亲坚持要用铝合金，他说这塑料的玩意儿哪有铁（父亲将所有金属一概称作铁）的结实，任凭我怎么跟他解释塑钢不是塑料，他也坚持他的看法；又如楼上要不要吊天花板？我本来考虑，空调一般都会装在楼上，如果不吊天花板，空间太大，且瓦缝间冬天不保暖，夏天不隔热，既影响空调效果，也费电；但父亲说："这从前大地主家的房子也没见有天花板的，本来高高亮亮的屋子硬隔矮去一截，这不是犯贱吗？还有，这天花板一隔，屋顶全看不到了，这么粗的梁、檩、木椽和望砖，不给人家看看不是太可惜了吗！"……这些，我最后全随了父亲的愿，虽然我明明知道父亲的想法其实并不正确，至少并不完全正确。父亲为此而很高兴，工程的进展也很顺利，一个多月下来，一座两层的小楼终于建成了，最后就剩下厨房和卫生间了（我们那儿的乡下，厨房和卫生间一般都不做在主屋内，而是靠着主屋另建）。我也着实松了一口气。

旺子孙

然而，关于厨房和卫生间，父亲又突然提出了一个令人意想不到的要求：他要将厨房和卫生间盖成一个平顶小屋。

父亲的这个想法一提出来，首先遭到表弟的反对，因为盖平顶屋意味着要用混凝土现浇，这比盖瓦的尖顶屋要费许多工，再则这平顶屋防漏也很难。第二个提出反对的是母亲，母亲对父亲说："这平顶屋夏天会蒸死人！你反正不下厨房，到时倒霉的只会是我！"但任凭表弟晓以利弊，任凭母亲冷嘲热讽，父亲仍固执己见，最后表弟只好又一次打电话将我叫回。

我当然不想让父亲不高兴，但这事我又真不能随了父亲，因为若随了他，会带来一系列的后果，从这一点来说，真还与上面的几件事件不同。

于是我只得又一次与父亲商量。而这一次父亲并不像第一次那样好商量，任凭我怎么说，他就是要盖成平顶，且也不跟我说为什么。既然这样，我也就没了什么办法。

然而回到城里的第二天，表弟打来电话说父亲同意不盖平顶了。我问他是怎么说服父亲的，表弟说：“连你都说服不了，哪还有人能说服他呵？是我无意中的一句话让他改变了主意。”我问他是句什么话，表弟说：“你忘了老家不是有一种说法吗？”我再问他什么说法，他说：“平顶房子不旺子孙呵！”

哦，原来如此！

在自己的愿望与“旺子孙”产生矛盾时，80岁的父亲为了子孙的兴旺，毫不犹豫地放弃了自己原本强烈得几乎成了一种固执的愿望！

总以为我这次建房是为了满足父亲的心愿，哪知道父亲产生这个心愿的根子原本还是为了我，为了我在乡亲们面前的面子，更为了子孙们将来有一个较好一些的安身立命之所，为了子孙的兴旺发达！

说实话，20世纪80年代读高晓声的《李顺大造屋》，我曾经很不明白中国的农民为什么似乎一辈子都在造房！近年来，老家的经济得到发展后，乡亲们似乎一直只在忙一件事，这就是造房——草房建成瓦房，平房建成楼房，一层建成两层，两层建成三层，建了拆，拆了建……对此我除了不理解外，甚至还曾有过深深的不屑。而如今，我从父亲身上似乎明白了一点儿，但也仅仅只是一点儿，真正完全明白恐怕是一件很难的事件，因为我毕竟已离开故乡故土多年，成了一个城里人眼中的乡下人和乡下人眼里的城里人；更何况如今的城里人又似乎一夜之间也变得与乡下人一样了，一辈子似乎就为了忙乎到一套好一点儿的住房。所不同的只不过乡下人多半自己亲手盖，而城里人要存钱从开发商手里买，为此，尽管他们存折上数字的增长速度似乎永远也赶不上房价上涨得快，但仍然乐此不疲地努力着，且这种努力似乎支撑着他们的全部生活梦想。住房呵住房，似乎成了全体中国人的一个宿命，成了我们这个民族的一种集体无意识对象。为此我常常想起诗圣在一千多年前发出的呼号：“安得广厦千万间，大庇天下寒士俱欢颜，风雨不动安如山……”

我家的新房终于建成了。落成的那天我当然要回家庆贺一番。当我向村里走去时，远远地看我家红色琉璃瓦的屋顶在太阳下闪着耀眼的光。这光晃得我有点眼花，那一瞬间，我觉得那小楼似乎并不属于我，于是，我在心里不住地告诫自己，那确确实实就是我的家！